Surprise à la maternité

*

Le baiser d'une sage-femme

ANN McINTOSH

Surprise à la maternité

Traduction française de
MARIE-JOSÉ LAMORLETTE

BLANCHE

HARLEQUIN

Collection : Blanche

Titre original :
CHRISTMAS MIRACLE ON THEIR DOORSTEP

HARPERCOLLINS FRANCE
83-85, boulevard Vincent-Auriol, 75646 PARIS CEDEX 13
Service Lectrices — Tél. : 01 45 82 47 47 - www.harlequin.fr
ISBN 978-2-2804-8953-9 — ISSN 0223-5056

Composé et édité par HarperCollins France.
Imprimé en novembre 2023 par CPI Black Print (Barcelone)
en utilisant 100% d'électricité renouvelable.
Dépôt légal : décembre 2023.

FSC www.fsc.org MIXTE Papier issu de sources responsables FSC® C159065

Pour limiter l'empreinte environnementale de ses livres, HarperCollins France s'engage à n'utiliser que du papier fabriqué à partir de bois provenant de forêts gérées durablement et de manière responsable.

1

Nya Ademi ôta ses lunettes de lecture, qu'elle utilisait rarement, et cligna rapidement des yeux. Normalement, elle n'avait pas à les mettre en arrivant au travail ; elle attendait l'après-midi, quand la journée avait été bien remplie en paperasses. Mais ce matin-là elle s'était réveillée avec les yeux irrités et les cils collants, comme si elle avait pleuré durant la nuit. Incapable de se rendormir, elle était venue travailler de très bonne heure.

Elle ne pouvait se rappeler ses rêves, mais il était bien possible qu'elle ait versé quelques larmes. Après tout, la journée de la veille avait été forte en émotions, même si elle ne la qualifierait pas de triste. Il lui était arrivé de rire.

Comme quand le vent l'avait poussée le long du trottoir et qu'elle avait serré fortement la ficelle des ballons colorés qu'elle tenait pour qu'ils ne s'envolent pas dans le temps agité de l'automne. Elle s'était servie de son corps pour protéger les fleurs dans son autre main, inquiète qu'elles ne perdent leurs pétales. Il eût été ridicule d'arriver avec des tiges dénudées au lieu du bouquet de belles roses rouges.

Cette pensée l'avait fait rire, car elle savait que Jim aurait trouvé la scène très amusante. Elle pouvait si facilement l'imaginer plié en deux, son grand rire résonnant dans l'air.

— Rien que des tiges, aurait-il dit, des larmes montant à ses beaux yeux bruns et le visage plein de gaieté. Pas une seule fleur qui reste, après tout l'argent que tu as mis dedans.

Elle avait pouffé, alors, et avait encore ri doucement en entrant dans le cimetière et en se dirigeant vers sa tombe.

Maintenant, en se pinçant la racine du nez, elle laissa une sensation d'irréalité la submerger.

Le cinquantième anniversaire de Jim.

Sa mort qui remontait à presque vingt ans.

Bien que Jim soit toujours dans son cœur, la plupart du temps elle allait bien - menant sa vie sourire aux lèvres - mais à présent encore des vagues de chagrin et de deuil pouvaient la renverser. Plus aussi vives qu'autrefois, mais capables tout de même de lui briser le cœur.

La veille, cependant, avait été programmée et elle s'était attendue à se sentir bien plus mal qu'elle ne l'avait été, en fait. Elle n'allait jamais sur la tombe de Jim pour le 11 Novembre. Ce jour-là, elle se rendait au Monument aux morts de Carey Cove pour saluer les hommes et les femmes tombés au combat. Le jour de Jim était toujours le 1er décembre.

Son anniversaire.

Et assez de temps avait passé pour qu'elle n'ait pas besoin d'y aller chaque année. Alors, maintenant, elle venait à Andover pour des dates marquantes. Son quarantième, son quarante-cinquième anniversaire. La veille, ses cinquante ans.

Pendant un moment, seule près de sa tombe, elle pensait à lui d'une façon qu'elle ne s'autorisait pas le reste du temps. Se rappelant son sourire, son rire et sa tendresse. La manière dont il tenait si profondément à elle et à sa famille. Elle pensait aux plans qu'ils avaient faits, si longtemps auparavant. Parfois, elle se permettait même d'imaginer qu'il n'avait pas été tué au combat et que ces plans avaient miraculeusement été réalisés.

Alors peut-être n'était-il pas surprenant que, même si elle ne s'était pas sentie vraiment triste la veille, le chagrin de la perte l'ait saisie la nuit dernière, pendant qu'elle dormait.

Remettant ses lunettes sur son nez, elle se força à se concentrer sur le planning auquel elle travaillait. En tant que sage-femme en chef de la maternité de Carey Cove, elle devait répartir de façon égale la charge de travail, ce qui en ce moment n'était pas facile. Elle avait une sage-femme récemment engagée - Kiara - qui travaillait bien, et une stagiaire - Lorna - qu'elle devait superviser. Avec une autre sage-femme, Marnie, en congé de maternité, et qui ne serait pas remplacée avant deux semaines, Nya devait jongler pour que la maternité tourne bien.

Lorsqu'on frappa à la porte de son bureau, ce fut presque un soulagement pour elle d'être interrompue. Mais elle fut surprise quand sa mère entra, à la place d'une de ses collègues.

C'était dans des moments comme celui-ci, quand elle voyait sa mère de façon inattendue, qu'elle réalisait pourquoi une de ses amies de l'école d'infirmières l'avait comparée à une *orisha*, une divinité yoruba. Avec sa posture très droite et sa peau sombre superbement mise en valeur par sa coiffure verte, jaune et rouge, Iona avait tout d'une déesse africaine.

Nya avait hérité du teint lisse et de la silhouette pulpeuse de sa mère, mais elle savait qu'elle ne possédait pas le port royal de cette dernière.

— Maman. Que fais-tu ici si tôt ? Il est à peine 6 heures.

Elle contourna son bureau pour embrasser sa mère sur la joue.

— Je me rendais à Penzance pour le séminaire sur les textiles, mais j'ai eu envie de te voir, répondit Iona du ton bref qui lui était habituel. Je me suis arrêtée chez toi et j'ai vu que tu n'y étais pas, alors je suis venue ici. Tu devrais vraiment verrouiller la porte d'entrée, quand tu es seule de si bonne heure.

Nya plissa le nez.

— Nous sommes à Carey Cove, maman. Pas exactement un endroit dangereux.

Les sourcils levés d'Iona en dirent long, mais elle ne poursuivit pas la discussion.

— Je voulais te montrer ceci, dit-elle.

Elle déboutonna son manteau vert foncé, et quand elle l'ouvrit Nya retint une exclamation, puis battit des mains.

— Tu as fini ton pull ! Il est splendide !

Sa mère sourit et baissa les yeux sur le vêtement.

— Et juste à temps.

Elle avait travaillé sur un nouveau tricot en s'inspirant de deux étoffes africaines, *aso oke* et *kente*. Nya savait quel travail elle avait fourni pour le finir en vue d'une présentation spéciale à l'université, en présence d'une experte en tissus et en tissages africains.

— Maintenant, j'en veux un, dit-elle.

Iona rit et secoua la tête.

— Tu sais que je suis nulle pour transcrire des modèles, mais si tu veux regarder mes notes et essayer…

Nya gloussa à cette idée. L'écriture de sa mère se changeait en pattes de mouches quand elle concevait un nouveau modèle de tricot, ce qui était une plaisanterie entre elles.

— J'aurais besoin d'un interprète, répondit-elle.

Iona fit claquer sa langue, mais elle souriait toujours en s'asseyant dans le fauteuil du visiteur. Puis son sourire s'estompa et Nya se vit décocher un regard acéré et pénétrant. D'un signe de tête, sa mère lui désigna son propre fauteuil, de l'autre côté du bureau. Cela lui rappela pourquoi les étudiants d'Iona Bradford étaient terrifiés par leur professeur de littérature anglaise ancienne et d'études africaines. La retraite n'avait pas adouci ce regard d'acier.

Nya alla s'asseoir, se demandant à quoi s'attendre. On ne savait jamais, avec sa mère. Levant une main pour toucher son turban, celle-ci demanda :

— Comment s'est passée la journée d'hier ?

Nya n'avait pas dit qu'elle allait au cimetière, mais elle ne fut pas surprise qu'Iona l'ait deviné. Ce qui l'étonna, ce fut que sa mère ait soulevé ce sujet. Les cinq dernières années, depuis qu'elles s'étaient disputées parce que Nya refusait de nouer une autre relation, elles avaient évité de parler de Jim.

— Peu m'importe si tu as décidé de ne pas avoir d'enfants, même si je pense que tu serais une mère merveilleuse, avait dit Iona à l'époque. Mais tu t'es barricadée, tu as verrouillé ton cœur, et ce n'est pas sain.

Alors, que sa mère ait parlé de Jim lui apparaissait maintenant un peu comme un terrain miné.

— C'était bien. J'ai même ri.

Elle raconta l'histoire des fleurs et ce que Jim aurait dit, à son avis, et Iona hocha la tête.

— Je peux imaginer sa réaction, moi aussi, dit-elle avec un petit sourire. Il avait un étonnant sens de l'humour. Et un tel goût pour la vie. Je ne pense pas qu'il ait eu peur de quoi que ce soit.

Elle hésita à ajouter autre chose, puis regarda sa montre.

— Bon, il faut que j'y aille ou je serai en retard pour le séminaire.

Nya contourna de nouveau son bureau pour l'embrasser, et eut droit à un autre de ses regards pénétrants.

— J'ai été invitée par l'intendant à dîner avec le Dr Agyapong, mais je peux rentrer et te retrouver au Dauphin, si tu veux.

Nya l'étreignit.

— Bien sûr que non, maman. Je suis en retard dans mes papiers, alors il vaut mieux que je reste tard ce soir pour me mettre à jour. Nous dînerons ensemble comme d'habitude la semaine prochaine.

Ce n'était pas tout à fait vrai pour les papiers, car elle avait presque rattrapé son retard. Mais la visite de sa mère, et le fait qu'elle ait mentionné la visite au cimetière, mettait Nya en alerte ; elle sentait qu'Iona voulait dire quelque chose d'autre. Il valait probablement mieux laisser passer quelques jours avant d'avoir cette conversation, quel que soit son sujet.

La dernière chose qu'elle souhaitait était de se disputer de nouveau avec sa mère.

Le temps que celle-ci revienne à Carey Cove, il fallait espérer qu'elle penserait à Noël et au tas de cadeaux à moitié terminés se trouvant dans son panier à ouvrages. Iona avait un petit studio à Penzance et un cottage à Carey Cove, et elle se partageait entre les deux. Souvent, lorsqu'elle se rendait à Penzance et commençait à voir des amis et d'anciens collègues, elle y restait quelques jours.

Après avoir accompagné sa mère dans le vestibule et être revenue dans son bureau, Nya ne put s'empêcher de repenser à leur conversation - et à leur dispute d'autrefois. Elle n'avait jamais réussi à comprendre l'attitude d'Iona.

C'était comme si elle avait complètement oublié le fait qu'elle ne s'était jamais remariée après la mort du père de Nya. Alors pourquoi avait-elle tant de mal à comprendre les choix de sa fille ? Elles avaient toutes les deux vécu un deuil long et difficile, et s'étaient tournées vers leur métier comme une source de consolation et de sens. Nya n'avait pas eu la chance d'avoir les bébés dont Jim et elle avaient parlé, mais aider d'autres femmes à mettre au monde des enfants en bonne santé lui apportait la plus grande satisfaction.

En outre, se dit-elle en rapprochant son siège de son bureau, même si elle était intéressée par une relation, ce n'était pas comme si Carey Cove grouillait de partis possibles. Et elle n'était pas revenue dans le village de son enfance dans l'espoir d'y trouver l'amour - juste la paix et un certain bonheur.

Elle y était parvenue, et même plus, se rappela-t-elle fermement en reprenant son planning. Et elle était absolument satisfaite.

Le Dr Theo Turner conduisait dans les rues encore tranquilles de Carey Cove, essayant de se sortir de son aigreur. Le monde semblait déterminé à le faire se sentir misérable, en ce moment, et bien que l'année et demie qui venait de passer ait été extrêmement difficile, il refusait de prendre l'habitude d'être malheureux.

Mais il était dur d'y parvenir, quand tout paraissait tellement déstabilisé et qu'il essayait - en vain - de s'adapter à une nouvelle normalité.

Une normalité où il menait la vie d'un homme divorcé, combattant la solitude en travaillant comme un forcené. Il avait même envisagé de quitter Carey Cove, un endroit qu'il aimait mais où il ne se sentait plus à sa place.

Une légère brume planait au-dessus du village pittoresque, donnant au paysage un air fantomatique. En approchant de la route principale, il vit une voiture qui allait vers Penzance et reconnut Iona Bradford à sa coiffure colorée. Il était trop loin pour lui faire signe. Une fois qu'il fut au centre du village, il aperçut Avis Mitchell sur la pelouse, entraînant un de ses bergers allemands. Elle leva les yeux lorsqu'il passa, mais n'en fit pas plus. Colin Duncan se rendait à son petit magasin, qui servait aussi de bureau de poste. L'homme âgé agita la main et sourit. Theo le salua en retour, tout en se demandant si le salut de Colin était un signe d'amitié ou seulement de familiarité.

Il était étrange d'avoir ce genre de pensées alors qu'il vivait à Carey Cove depuis vingt ans - et s'y était senti complètement à l'aise jusqu'à ce que sa femme Femi, au milieu d'une dispute, l'accuse d'être un visiteur chez lui.

— Tu vas et viens comme il te plaît. Tu passes plus de temps à Falmouth avec tes patients qu'à la maison avec ta femme et tes enfants. TJ et Gillian te connaissent à peine, et les gens de Carey

Cove encore moins. Tu pourrais aussi bien t'installer dans ce fichu hôpital. Tu préfères probablement être avec tes collègues, de toute façon.

C'était terriblement injuste, avait-il pensé à l'époque, et il le pensait toujours. Oui, son métier lui prenait beaucoup de son temps. Les mères et les bébés n'étaient pas programmés à heures fixes - chose qu'il avait expliquée à ses enfants dès qu'ils avaient été en âge de comprendre.

Femi s'en était offusquée aussi, l'accusant d'essayer d'éluder ses responsabilités en se déchargeant sur elle de toutes les tâches pénibles du quotidien et en embarquant les enfants avec lui. Lui faire remarquer qu'arrêter sa carrière de psychologue pour devenir une mère au foyer avait été sa décision ne lui avait pas valu de bons points. Et sa suggestion qu'elle engage quelqu'un pour l'aider n'avait fait que provoquer une autre dispute.

Mais il avait été déterminé à donner à ses enfants tout ce qu'il n'avait pas eu quand il était petit.

La stabilité. Un père qui était un membre responsable de la société et pouvait leur fournir tout ce dont ils avaient besoin. Il avait aussi fait de son mieux pour être là pour eux autant que possible. Ils avaient eu des sorties qui n'avaient pas été interrompues, des vacances en famille, et il avait passé des heures à assister à des matchs de rugby, à des récitals de piano et à toutes leurs autres activités. Il savait intellectuellement, malgré les insinuations de Femi, que sa relation avec ses enfants était solide, mais les graines du doute qu'elle avait plantées s'étaient quand même développées.

Il se sentait maintenant un étranger dans sa propre vie.

D'ordinaire, début décembre, il était plein d'excitation à propos de Noël. Il préparait des surprises pour ses enfants, même s'ils étaient tous les deux adultes - Gillian qui avait déjà fini l'université et travaillait à Londres, TJ en deuxième année à Cambridge. Il pensait à se procurer un sapin et prenait du temps pour le décorer et décorer le cottage.

Femi avait coupé court à tout enthousiasme qu'il aurait pu avoir d'une manière expéditive : elle l'avait écarté des fêtes avec ses enfants.

— Devi et moi organisons une grande fête de famille, avait-elle dit au téléphone la veille au soir. J'ai déjà dit aux enfants qu'ils sont attendus le 23 et qu'ils peuvent rester autant qu'ils le veulent. Gillian doit reprendre le travail le 27, mais TJ restera jusqu'à la reprise des cours à l'université.

Le cœur de Theo avait sombré et il essayait de trouver le bon moyen d'exprimer sa déception quand Femi avait continué, du ton acide qu'il connaissait trop bien :

— Je te prie de ne pas harceler les enfants pour qu'ils viennent te voir. Cela ne fera que les contrarier. En outre, je suis sûre que tu es content, étant donné que ça te laissera passer autant de temps que tu veux à St Isolde, et que tu n'auras pas à penser à autre chose qu'à toi-même et à tes patientes.

Il ne lui avait pas dit que les autorités de l'hôpital l'avaient obligé à prendre des congés, vu qu'il avait travaillé sans arrêt depuis dix-huit mois. De son point de vue, Femi s'amusait déjà assez à ses dépens.

Et il détestait se sentir aussi amer à propos de tout ça.

Même la vue des décorations de Noël tout le long des rues et dans les vitrines ne faisait rien pour lui remonter le moral. En fait, elles semblaient se moquer de sa tristesse et la rendre encore pire.

Au moins, il avait son bureau à la maternité de Carey House. Il pouvait aller s'y cacher, et s'il ne disait pas qu'il était là, personne ne le remarquerait. Après tout, il n'y aurait personne à l'hôpital de si bonne heure, sauf si une patiente était présente, et il n'avait pas l'intention de s'approcher du service. Rester seul chez lui une journée de plus pourrait le rendre fou. Sur l'ordinateur de son bureau, il y avait au moins six mois de revues médicales et d'études qu'il voulait lire, mais n'en avait pas eu le temps. Cette lecture lui tiendrait l'esprit occupé, et, il fallait l'espérer, empêcherait ces pensées déprimantes de le bombarder toute la journée.

Une fois à l'hôpital, il contourna le bâtiment en voiture, se gara, descendit et prit sa mallette sur le siège arrière. Plongé dans ses pensées, il s'approcha de la porte d'entrée, ses clés à la main, prêt à s'introduire à l'intérieur, lorsqu'il remarqua quelque chose sur le seuil et hésita un instant.

Cela ressemblait à un long paquet enveloppé dans une couverture, et tandis qu'il s'approchait, son rythme cardiaque s'accéléra.

Arrivé à la porte, il posa sa mallette sur la marche et se pencha pour soulever le coin de la couverture.

Du panier qui se trouvait dessous, une paire d'yeux bleus à la vision floue papillonna en le regardant, comme pour essayer de comprendre qui il était. Et puis, presque au ralenti, le petit visage du bébé se plissa et il se mit à pleurer.

2

Il était encore trop tôt pour que Hazel vienne prendre son poste à la réception, alors quand Nya entendit du bruit à la porte d'entrée de l'hôpital, elle se leva pour aller voir qui c'était. S'il n'était pas inhabituel qu'une future mère arrive à toute heure, en travail, la sage-femme de garde pour la nuit aurait normalement été déjà prévenue de son arrivée. Pour autant que Nya le sache, ce n'était pas le cas.

Et étaient-ce les pleurs d'un bébé qui résonnaient dans le couloir ?

Ne sachant que penser, Nya accéléra le pas, tourna au coin de la salle de réception et s'arrêta net en voyant Theo Turner qui semblait batailler pour refermer la porte derrière lui.

Rien d'étonnant, étant donné qu'il tenait dans une main un panier, sa mallette et ses clés - et qu'il portait au creux de son autre bras un bébé emmailloté dans un lange, qui pleurait.

L'incongruité de la scène la tint figée sur place un moment. Assez longtemps pour que l'obstétricien se tourne vers elle, et quand leurs yeux se rencontrèrent, son cœur eut un drôle de petit soubresaut, ce qui fit monter une onde de chaleur à son visage.

Elle avait toujours trouvé que Theo était beau. Il avait le type d'élégance discrète qui faisait que la plupart des femmes lui jetaient au moins un deuxième regard, et un charme tranquille qui illuminait néanmoins toute pièce dans laquelle il se trouvait.

Mais depuis qu'ils s'étaient rencontrés, à son retour à Carey Cove, il avait toujours été Theo, le mari de Femi, une part intrinsèque d'un couple qu'elle connaissait bien, et donc complètement inaccessible à tout point de vue. Se sentir soudain consciente

- comme pour la première fois - de sa beauté et éprouver de la gêne en sa présence choqua Nya.

Puis elle n'eut plus le temps de s'interroger sur son étrange réaction à son vieil ami, tandis qu'elle se précipitait pour le débarrasser du panier et de sa mallette.

— Theo, au nom du Ciel, qu'est-ce que... ? demanda-t-elle en posant les affaires sur le bureau de Hazel, avant de tendre instinctivement les bras vers le bébé, pour le tenir et le calmer pendant que Theo enlevait son manteau.

Le poids léger dans ses bras, le petit visage crispé, les grosses larmes qui roulaient sur des joues rougies, tout cela la toucha en plein cœur.

— Le bébé était sur le seuil de la clinique, répondit Theo.

Tout de suite après, il prit le nourrisson des bras de Nya et se dirigea vers une salle d'examen, la laissant trotter derrière lui pour rattraper ses longues enjambées.

— Je ne sais pas depuis combien de temps il ou elle était dehors.

— Ça ne peut pas faire plus de dix minutes, dit-elle en allumant la lampe au-dessus de la table d'examen où il avait posé le bébé, qui hurlait maintenant de toutes ses forces. Ma mère est partie il y a un quart d'heure environ et je l'ai accompagnée. Crois-moi, nous aurions vu ce panier s'il avait été là.

Le sourire que Theo lui décocha éclaira son visage souvent sévère et le coin de ses yeux se plissa. Luttant contre une autre onde de chaleur qui lui montait aux joues, Nya baissa les yeux sur le bébé pour ne pas fixer ses lèvres. Mais alors elle se retrouva en train de regarder ses mains qui démaillotaient le nouveau-né remuant ; ses propres doigts la picotèrent et la sensation de chaleur se répandit dans son ventre.

— J'ai aperçu Iona en venant ici, dit-il, et je ne doute pas que ce que tu dis est vrai.

Il baissa la voix pour prendre un ton cajoleur.

— La super sage-femme Nya n'aurait pas pu ne pas te voir, hein, petit cœur ?

Il parlait au bébé, bien sûr, mais elle sentit son souffle se coincer un instant dans sa gorge. Au nom du Ciel, que lui arrivait-il ?

Elle se reprit et orienta ses pensées vers le côté pratique de la situation. Theo avait défait la couverture, révélant un chaud pyjama rose.

— À moins que ta maman soit contre les traditions, je pense que tu es une petite fille, continua-t-il du même ton chantant. Et tu as besoin d'une couche propre.

Contente d'avoir quelque chose à faire, Nya alla au placard de fournitures et prit ce qu'il leur fallait.

— Comment est son pyjama ? demanda-t-elle.

— Il est sec, répondit Theo en prenant la lingette qu'elle lui tendait pour nettoyer les fesses de l'enfant. Elle semble avoir environ huit jours, n'est-ce pas, mon chou ? Est-ce que tu la reconnais ?

— Non.

Nya secoua la tête, passant un doigt sur un petit poing fermé, puis sur les fins cheveux châtain clair du bébé.

— Je suis sûre qu'elle n'est pas née ici. Je vais lui ouvrir un dossier, si tu veux la mesurer et la peser, puis j'appellerai les Services sociaux.

— Elle semble être en bonne santé, dit Theo en la rhabillant adroitement. Et sa maman l'a habillée chaudement, alors il n'y a aucun signe d'hypothermie.

— Je me demande ce que traverse sa pauvre mère, murmura Nya. Elle a dû penser que c'était sa seule option.

— Oui, dit Theo en prenant doucement le bébé contre son épaule. Et elle a amené sa petite dans un endroit où elle savait qu'elle serait en sécurité et bien soignée.

C'était bien de lui de ne pas juger la mère de l'enfant, pensa Nya en rassemblant les formulaires appropriés. Il estimait probablement, comme elle, que tout le monde avait droit au bénéfice du doute. La maman avait dû faire de son mieux en amenant son bébé à la maternité.

— Oh ! dit-elle en regardant la fiche qu'elle tenait à la main. Comment allons-nous l'appeler ? Je refuse de mettre « bébé Jane Smith » sur ce dossier.

— J'espère bien, répondit Theo, de l'amusement dans la voix. Elle est trop belle pour un nom pareil.

— Voilà ! dit Nya, incapable de refréner un petit rire. Si nous l'appelions Hope, « espoir » ?

— Parfait. En particulier à cette époque de l'année.

Elle ne put réprimer un petit frisson de satisfaction.

Tandis qu'ils examinaient Hope ensemble, Theo informait Nya de la même voix enjôleuse et elle devait faire un effort pour se concentrer. Elle l'avait déjà entendu parler aux bébés de cette façon, mais pour une raison quelconque, ce jour-là, elle trouvait cela particulièrement adorable.

Et voir un homme aux grandes mains tenir si tendrement un nourrisson d'une semaine lui faisait fondre le cœur.

Elle secoua la tête, s'imposant de s'arrêter. C'était peut-être une conséquence de la visite de sa mère ou de ses propres pensées, plus tôt, mais ce n'était pas le moment de laisser son esprit vagabonder ainsi.

— Si tu peux te débrouiller seul un moment, je vais aller dans mon bureau pour appeler Caroline, des Services sociaux. Il faut que nous trouvions un endroit sûr où Hope pourra rester jusqu'à ce qu'ils trouvent sa mère.

Theo lui lança un coup d'œil qui lui accéléra le cœur et le fit voltiger. Puis il ramena son regard sombre et brillant sur le bébé, qui était de nouveau blotti dans ses bras.

— Bien sûr, que nous pouvons nous débrouiller. Je pense que je suis tout à fait qualifié pour m'occuper de Hope aussi longtemps qu'il faudra.

— Super, dit Nya, en s'arrachant à leur proximité avec plus de mal qu'elle l'aurait aimé pour gagner la porte.

Puis une pensée lui vint et elle se tourna pour demander :

— Que fais-tu ici, au fait ? J'ai entendu dire que tu étais en congé.

Le léger sourire de Theo s'estompa et ses yeux prirent une expression circonspecte. Il regarda Nya et haussa légèrement une épaule.

— Je pensais venir faire quelques papiers, mais apparemment j'étais là pour sauver cette petite chérie, n'est-ce pas, Hope ?

Et comme son ton un peu dédaigneux semblait indiquer qu'il n'avait pas l'intention d'en dire plus, Nya tourna les talons sans rien ajouter.

Mais elle était piquée au vif. Ils étaient amis depuis des années, mais elle savait que Theo l'évitait depuis son divorce et elle ne pouvait s'empêcher de se demander pourquoi il était devenu si froid. Il ne pensait sûrement pas qu'elle voulait le draguer, comme elle avait entendu dire que quelques femmes du village l'avaient fait ? Ou peut-être était-ce le fait que Femi et elle, même si elles n'étaient pas de bonnes amies, se fréquentaient et sortaient quelquefois ensemble ?

Elle avait jugé préférable de laisser les coudées franches à Theo, en espérant qu'avec le temps il réaliserait qu'elle restait une amie, à défaut d'être de son côté. Mais il semblait ne rien vouloir avoir à faire avec elle, du tout.

Et si c'était ce qu'il voulait, c'était ce qu'il aurait. Dès qu'ils auraient trouvé une solution pour Hope, Nya s'assurerait de garder ses distances.

C'était probablement pour le mieux, vu les étranges émotions qu'il avait éveillées en elle ce jour-là !

Theo suivit des yeux Nya qui s'en allait et se retrouva en train d'observer le balancement de ses hanches avec beaucoup plus d'intérêt qu'il ne l'aurait dû. D'une manière quelconque, ce matin-là, il avait été conscient d'elle d'une façon nouvelle, perturbante.

L'éclat de ses chauds yeux bruns.

Sa douceur lorsqu'elle avait touché la petite Hope et passé ses jolis doigts minces sur les cheveux du bébé.

Le frais parfum qui montait de ses cheveux tandis qu'elle se penchait près de lui, et la courbe lisse de sa joue sombre, vue de trois quarts lorsqu'elle souriait.

Tout cela, plus ce petit rire contagieux qu'elle semblait toujours vouloir réprimer, l'avait empli de la sorte de joie qu'il avait pensé ne plus jamais éprouver.

Puis il avait relevé toutes les barrières derrière lesquelles elle s'était si facilement glissée.

À un moment donné, il devrait s'excuser. Ce besoin de mettre une nouvelle distance entre lui-même et les autres était devenu instinctif. C'était beaucoup plus facile que d'essayer de deviner qui était toujours un ami, et qui le regardait de travers. Réaliser que les potins du village étaient allés bon train, et que les gens jasaient probablement sur le fait qu'on l'avait mis de force en congé, l'avait conduit à traiter Nya avec fraîcheur.

Et il savait qu'il se montrait injuste avec elle, qui était la personne la plus aimable et la plus généreuse qu'il connaissait. Il s'était souvent demandé comment il se faisait qu'un homme chanceux ne lui avait pas mis le grappin dessus depuis longtemps, même en sachant que les chances du candidat seraient minces. Tout le monde savait qu'elle aimait toujours son mari, bien qu'il soit mort depuis près de vingt ans.

Theo croyait à l'amour durable, aussi pensait-il comprendre les hésitations de Nya. Mais c'était bien dommage. Elle avait tellement à donner, et elle aurait fait une mère extraordinaire.

Il réalisa qu'il pensait à tout ça pour pouvoir ignorer le fait qu'il l'avait blessée dans ses sentiments.

— J'ai été un goujat, n'est-ce pas, Hope ? demanda-t-il à la petite fille qui le regardait en suçant une de ses mains. Nous devrions aller trouver tatie Nya et nous excuser, tu ne crois pas ? Ou je le devrais, en tout cas.

Mais il s'avisa qu'il était réticent à se mettre en quête de sa collègue. Elle avait si facilement remué quelque chose de profond, en lui. Le genre de nostalgie qu'il n'avait pas à éprouver.

Il avait toujours considéré Nya comme une amie, et se demander ne fût-ce qu'un instant ce que ce serait de la toucher, et peut-être même de l'embrasser, le plongeait dans la confusion. Toutefois, ils devaient travailler ensemble pour s'assurer que Hope bénéficie des soins qu'il lui fallait. Alors, après avoir pris une grande inspiration et déposé un rapide baiser sur l'avant-bras du bébé, il se dirigea vers le bureau de Nya.

Elle était encore au téléphone. Elle leva vivement les yeux lorsqu'il se présenta à sa porte et lui désigna du menton le fauteuil qui se trouvait de l'autre côté de sa table.

— Certainement, dit-elle. Bien sûr, que nous le pouvons. Tenez-moi informée. Merci.

Posant le récepteur d'un geste bref, à son habitude, elle ôta ses lunettes carrées, à monture noire, et se frotta un œil de son index.

— Caroline dit qu'ils sont surchargés en ce moment, mais qu'elle va commencer à chercher une famille d'accueil pour Hope.

Elle va aussi informer la police que tu l'as trouvée, et des policiers passeront probablement plus tard pour prendre nos dépositions. Entre-temps, elle a demandé si nous pouvons prendre soin d'elle ici.

Hope émit un petit bruit, et Theo baissa les yeux sur elle. Elle s'était endormie, un poing dans sa bouche, et sa douce innocence lui serra le cœur.

— Eh bien, dit-il sans réfléchir plus avant. Comme je n'ai rien de prévu pour la journée, pourquoi ne m'occuperais-je pas d'elle jusqu'à ce que Caroline trouve à la placer ?

Le visage de Nya s'illumina, et ses lèvres pulpeuses décrivirent l'un de ses chauds sourires.

— Ce serait formidable, dit-elle en s'adossant à son siège et en le balançant doucement. Je sais que les sages-femmes qui vont bientôt prendre leur service seraient d'accord pour garder un œil sur elle, mais malheureusement nous sommes un peu à court de personnel. Si tu es partant, quand elle se réveillera, tu pourras lui donner le contact physique dont elle a besoin.

Hope remua contre la poitrine de Theo et il la regarda de nouveau, lui offrant une position plus confortable. Elle soupira et se blottit plus étroitement contre lui, et il ne put s'empêcher de sourire.

Lorsqu'il releva les yeux vers Nya, il y avait dans son regard une expression qui le figea sur place et lui fit tambouriner le cœur.

Puis elle détourna son visage pour regarder par la porte et dit :

— C'est Hazel qui arrive. Allons lui dire ce qui se passe, pour qu'elle ne fasse pas une crise quand les policiers arriveront.

Avant que Theo puisse bouger, elle quitta son siège et se dirigea vers le couloir - et il lui fallut un instant pour recouvrer son équilibre et la suivre jusqu'à la réception.

3

Ce fut comme si toutes les sages-femmes, tous les docteurs et même quelques patientes voulaient voir Hope de leurs propres yeux, et il fallut un bon moment à Nya pour installer confortablement le bébé et Theo dans le bureau de ce dernier.

— Quelle mignonne petite chérie, roucoula Sophie French. Attendez que je raconte ça à Roman. Il va être estomaqué.

— Il paraît que des félicitations sont de mise ? demanda Theo. Roman et vous avez-vous fixé une date ?

Il sourit à la sage-femme, dont les joues se colorèrent d'un joli rose.

— Tout est si nouveau, nous n'en sommes pas encore là. Vous viendrez à la fête de fiançailles la veille de Noël, n'est-ce pas ?

Nya vit le changement qui se produisit en Theo. Il souriait toujours, mais ses yeux s'étaient attristés et elle pensa qu'il se rétractait un peu.

— Je ne sais pas encore où je serai, répondit-il. Mais si je suis là, je viendrai certainement.

Cela sembla satisfaire Sophie.

Lorsque Nya suggéra que Theo dépose Hope pour une sieste dans la petite nurserie attenante à la maternité, il réfuta immédiatement cette idée.

— Nous serons mieux dans mon bureau, dit-il, le regard fixé sur le bébé qui dormait toujours dans ses bras. Je suis tout près de la salle du personnel, alors quand elle se réveillera en ayant faim, je ne devrai pas aller loin pour lui donner son biberon.

— Si tu as besoin de faire une pause, appelle-moi, dit-elle

lorsqu'ils eurent installé un berceau et tout ce dont il avait besoin à portée de main.

Elle avait décidé que, jusqu'à ce qu'elle parvienne à contrôler ces étranges impulsions qui la prenaient quand elle était près de lui, il valait mieux l'éviter. Mais malgré tout, elle eut du mal à s'en aller et elle s'arrêta à la porte pour leur jeter un dernier regard.

Theo semblait captivé par le bébé qu'il avait dans les bras - il était debout près du berceau, tenant Hope, la regardant avec une extrême tendresse.

Le cœur de Nya parut se gonfler, et il accéléra. Elle éprouva une chaude sensation au niveau de ses vaisseaux sanguins, et eut l'impression de fondre.

Puis, tandis que Theo posait doucement Hope dans le berceau, elle se glissa hors de la pièce avant qu'il remarque qu'elle l'observait toujours. Mais elle dut s'arrêter et prendre une grande inspiration, en battant des cils, les yeux humides, avant de pouvoir retourner travailler.

Et bien qu'elle ait décidé de ne pas trop se montrer jusqu'à ce que les Services sociaux prennent Hope, elle se sentit attirée vers le bureau de Theo de nombreuses fois dans la journée. Pour s'assurer qu'ils avaient bien tout ce qu'il leur fallait.

Elle apporta son déjeuner à Theo quand il déclara qu'il n'avait pas besoin que quelqu'un prenne le relais pour qu'il puisse aller manger.

Elle pointa le bout du nez et exigea de faire téter Hope lorsqu'elle le vit s'asseoir pour lui donner son biberon.

— Je commence à penser que tu ne me fais pas confiance pour m'occuper d'elle, dit Theo en lui confiant la petite fille avec réticence.

— Bien sûr, que je te fais confiance, répondit-elle en s'asseyant dans le fauteuil confortable destiné aux visiteurs. Mais pourquoi devrais-tu avoir tout le plaisir pendant que je m'éreinte au travail ?

Cela lui valut un éclat de rire et un coup d'œil plein de chaleur qui la fit ramener vivement son regard sur le bébé dans ses bras.

Quand Theo la regardait ainsi, elle avait envie de frissonner. Pas d'un frisson désagréable, mais d'un frisson qui lui donnait des pensées fâcheuses, ne conduisant nulle part.

Hope tourna la tête, perdant un instant sa tétine, et poussa un petit cri de désarroi. Nya remit le biberon en place.

— Voilà, mon cœur. Il est là.

Elle s'était occupée de centaines, sinon de milliers de bébés durant sa carrière de sage-femme, mais Hope avait quelque chose de très spécial. C'était peut-être de savoir que ce petit bout était seul au monde qui la touchait et rendait son cœur douloureux.

Elle était si concentrée sur le nourrisson que lorsque Theo parla, elle sursauta.

— Je te dois des excuses, dit-il d'un ton qui paraissait à la fois réticent et sur la défensive, comme s'il n'était pas sûr de la pertinence de cette conversation.

Après un rapide regard à son visage qui ne souriait pas, Nya garda son attention rivée sur Hope, qui tétait avec bonheur.

— Je ne vois pas pourquoi, répondit-elle, en ayant du mal à garder une voix égale, alors que son cœur cognait stupidement contre ses côtes.

— J'ai été sec avec toi ce matin, quand tu as mentionné que j'étais en congé. C'est juste que...

Quand sa voix s'éteignit, Nya risqua un autre coup d'œil vers lui, mais trouva son regard fixé sur le bébé et non sur elle.

— C'est juste que quoi ? demanda-t-elle doucement, souffrant de le voir si grave et si triste.

— J'ai été en colère quand on m'a mis en congé, et quand tu en as parlé, j'ai réalisé que le bruit avait dû se répandre, et cette colère est revenue.

Il releva les paupières et Nya put voir la douleur et l'incertitude reflétées dans ses yeux.

— On nous a dit que tu ne serais pas de service jusqu'au nouvel an, Theo, c'est comme ça que je l'ai su. J'ai pensé que tu prenais une pause bien méritée et que tu allais peut-être partir pour un endroit chaud et amusant, pendant une semaine ou plus.

Elle eut un petit rire.

— J'étais un peu jalouse.

Un côté de la bouche de Theo se releva en un semblant de sourire qui disparut tout de suite.

— Non, je n'ai pas eu le choix.

Elle le connaissait depuis assez longtemps pour savoir que cela n'avait pas dû lui convenir. Mais elle l'avait aussi vu se tuer au travail depuis son divorce.

— C'est aussi bien, dit-elle doucement. Si on t'avait laissé le choix, tu ne te serais pas arrêté et cela fait une éternité que tu ne t'es pas reposé. Parfois, d'autres personnes savent ce qui est le mieux pour toi.

Theo se leva brusquement, alla jusqu'à la fenêtre et regarda dehors, une main posée sur le cadre. Comment avait-elle pu ne jamais vraiment remarquer ses doigts, longs et forts ? Il avait de très belles mains.

— Je suppose que tu as raison, dit-il d'un ton peu convaincu. Mais je n'aime pas être forcé.

— Bien sûr que non. Mais nous t'avons tous vu travailler comme un fou. Et tu as traversé pas mal de choses ces dix-huit derniers mois. Il est peut-être temps pour toi de t'arrêter et de faire le point - afin de définir ce qui te convient le mieux. Penses-y sous cet angle, et peut-être que cela te blessera moins.

Theo hocha la tête, regardant toujours par la fenêtre, et Nya vit sa poitrine se soulever et s'abaisser. Lorsqu'il se tourna et rejoignit son fauteuil, son expression la réfrigéra.

— C'est quelque chose que j'ai fait presque obsessionnellement ces derniers mois, déclara-t-il, sa voix grave presque distante, comme s'il s'adressait plus à lui-même qu'à elle. Et certains jours, j'ai l'impression de ne plus être à ma place ici.

Nya frémit, son sang se glaçant dans ses veines. Et son ton n'eut rien de calme ou de gentil lorsqu'elle lança, coupante :

— Qu'est-ce que tu racontes ?

Hope s'agita un peu, repoussant la tétine avec sa langue. Comme le biberon était presque vide, Nya la prit contre son épaule et se mit à lui frotter le dos.

Croisant le regard de Theo par-dessus le bureau, elle le fixa de l'air sévère qu'elle prenait avec les maris récalcitrants ou les belles-mères envahissantes.

— Explique-toi, au nom du Ciel.

Il lui décocha un regard contrit, mais solennel.

— Depuis le divorce, j'ai l'impression que ma vie ne colle plus. Que je ne suis plus fait pour rester à Carey Cove.

Il pinça les lèvres et secoua la tête.

— Femi disait toujours que j'étais à peine là, de toute façon, et me retrouver seul dans le cottage... Je ne sais pas où j'ai envie ou besoin d'être, en ce moment.

Cela, Nya le comprenait et elle hocha la tête, la tristesse remplaçant le froid qu'elle avait ressenti.

— Quand Jim est mort, je n'ai pas pu rester à Andover parce que les souvenirs étaient trop durs à supporter. Alors je suis revenue ici ; c'était là que je me sentais en sécurité et chez moi. Ce que je veux dire, c'est qu'un divorce est difficile et que tu as le droit d'éprouver du chagrin aussi longtemps que tu veux ou que tu en as besoin. Et si dépasser ce chagrin ou mener une vie plus heureuse implique un nouveau départ, je le comprends. Mais dire que tu ne sais pas si tu es à ta place ici ? Je pense que c'est aller trop loin.

Theo s'adossa à son siège, les yeux fixés sur son visage.

— Pourquoi penses-tu ça ?

— Tu es une partie intégrante de notre communauté, et pas seulement parce que tu es un médecin respecté. Tu vis ici depuis vingt ans et il n'y a pas une personne qui ne s'est pas tournée vers toi à un moment ou à un autre. Je n'ai jamais entendu quelqu'un te critiquer. Pas même Mme Prentiss, et tu sais qu'elle déteste presque tout le monde.

Ces mots mirent un semblant de sourire sur les lèvres de Theo, et Nya sentit ses épaules se détendre.

— J'essaie de la prendre du bon côté, parce qu'elle me terrifie, dit-il sèchement.

Puis il haussa les épaules.

— Honnêtement, je me suis toujours senti chez moi ici, depuis la première fois où je suis venu en consultation à Carey House. Je suis rentré à Falmouth et j'ai dit à Femi que j'avais trouvé l'endroit où j'aimerais vivre. Quand elle a vu le village, elle a pensé aussi que ce serait l'endroit idéal où élever nos enfants. Hélas, son histoire d'amour avec Carey Cove n'a pas duré. Elle trouvait la vie villageoise ennuyeuse. Elle me trouvait ennuyeux, comme la vie que l'on menait, ajouta-t-il après une brève hésitation.

Ils arrivaient là en terrain miné, se dit Nya, heureuse de l'interruption quand Hope lâcha un énorme rot qui les fit rire.

— Ce n'est pas très distingué, mademoiselle Hope, dit-elle, tandis qu'elle cherchait frénétiquement quoi répondre à Theo.

Elle pouvait toujours ignorer ce qu'il avait dit - passer à un sujet moins sensible - mais ce n'était pas ce qu'une amie ferait. Même s'ils étaient divorcés, serait-il sage d'émettre une critique vis-à-vis de Femi ? En quoi cela l'aiderait-il ? Toutefois, il avait l'air si grave et si blessé qu'elle devait lui dire ce qu'elle pensait. Il était son ami et il avait besoin de son soutien. Et peut-être un peu de la lucidité qu'une personne extérieure à la situation pouvait apporter.

— Je pense, commença-t-elle lentement, en cherchant les mots justes, que tu as besoin de regarder en avant et non pas en arrière, et que tu dois admettre que nous sommes tous responsables de notre propre bonheur.

Voilà qui était convenablement neutre, non ? Mais le regard de Theo s'acéra.

— Pourquoi dis-tu ça ?

— Quelquefois, à mon avis, nous devons regarder sérieusement où nous en sommes dans la vie et ce que nous voulons, et le faire arriver. Ce n'est pas à quelqu'un d'autre de nous rendre heureux, tu sais ?

Theo ouvrit la bouche pour argumenter, mais à ce moment-là son téléphone sonna et il répondit. D'après ce qu'il dit, Nya comprit que la police était arrivée et qu'ils n'avaient plus le temps de discuter.

Elle ne pouvait absolument pas lui dire que selon elle, Femi n'avait fait aucun effort pour s'intégrer à la vie du village, et que si elle s'était sentie malheureuse et frustrée, cela avait été sa faute. Cette femme avait eu un mariage stable, deux beaux enfants et la possibilité de faire ce qu'elle voulait pour rendre sa vie plus remplie. Mais au lieu de faire les démarches nécessaires, elle avait choisi de blâmer son mari pour son insatisfaction.

Des années auparavant, quand les enfants avaient grandi et étaient devenus plus indépendants, Femi s'était de nouveau plainte de s'ennuyer, et d'avoir abandonné sa carrière de psychologue.

— Pourquoi ne reprendrais-tu pas des consultations à temps partiel à Carey House ? lui avait suggéré Nya. Quand nous avons besoin d'adresser des patientes à un psychologue, nous devons les envoyer à Penzance ou à Falmouth. Ce serait formidable d'avoir quelqu'un sur place.

Femi avait haussé les épaules et froncé les sourcils.

— Oui, c'est sûr, j'y réfléchirai, mais je veux rester disponible, pour le cas où l'un des enfants aurait besoin de moi.

Nya s'était mordu la langue pour ne pas répliquer que Femi oubliait les nombreuses fois où elle se rendait à Londres pour faire du shopping. Cela montrait qu'elle avait beaucoup de temps à elle, pour faire ce qu'elle voulait. Mais rien n'était sorti de sa suggestion.

Non. Femi avait semblé déterminée à être malheureuse à Carey Cove et dans son mariage, et cela rendait difficile à Nya de se montrer aussi compatissante envers elle qu'elle l'aurait aimé. En particulier maintenant, quand il était évident que Theo avait été durement affecté par leur divorce, au point qu'il envisageait de quitter Carey Cove.

Cette seule pensée la rendait tour à tour en colère et triste. Mais si c'était ce qu'il lui fallait pour oublier Femi et continuer à avancer dans la vie, elle ne pouvait que lui témoigner sa sympathie.

Même si ce qu'elle souhaitait était de l'obliger à rester. Seulement elle n'avait aucune idée de la façon de s'y prendre. Et pourquoi c'était si important pour son propre bonheur, cela restait incompréhensible pour elle.

4

Quand Nya eut fait sa déposition auprès de l'officier de police, elle retourna travailler, laissant Theo terminer. Lorsque le policier partit, il alla s'assurer que Hope dormait toujours, puis regarda par la fenêtre de son bureau.

La vue sur le petit jardin de Carey House et sur le port, au loin, était l'une de ses préférées et il découvrit qu'il l'appréciait encore plus que d'habitude.

Après avoir parlé avec Nya, il se sentait un peu plus léger, un peu mieux dans sa vie. Il l'avait évitée depuis la fin de son mariage, et il se demandait pourquoi.

Il aurait dû savoir qu'elle ne le blâmerait pas et ne le traiterait pas différemment, et il admettait maintenant qu'il avait laissé sa culpabilité et ses doutes sur lui-même brouiller ses décisions. C'était un soulagement de se sentir soudain moins alourdi par les circonstances - et un peu plus optimiste concernant l'avenir.

Hope fit un bruit dans son sommeil et il la regarda par-dessus son épaule, souriant.

Devoir s'occuper d'elle avait également aidé à améliorer son humeur. Il avait mis au monde et s'était occupé de tant de bébés, y compris ses propres enfants, mais cette sensation de se prendre d'amour pour chaque nourrisson ne s'étiolait jamais. C'était leur totale innocence et le fait de savoir qu'une nouvelle vie commençait qui touchaient toujours son cœur.

Regarder Nya la nourrir l'avait empli de chaleur. Il était évident qu'elle ressentait la même chose que lui pour Hope - et que, même s'ils n'étaient pas pour longtemps dans la vie du nourrisson, ils feraient le nécessaire pour la protéger et s'occuper d'elle.

Il fallait espérer que la police trouverait vite sa mère ou son père, et que les retrouvailles se passeraient bien. Personne ne méritait de se sentir seul et abandonné. Ce genre de cicatrices était difficile à guérir.

Pourquoi cela le fit penser à Nya, il ne voulut pas y réfléchir, alors il regagna son bureau et afficha la revue qu'il voulait lire. Après un rapide coup d'œil au bébé endormi, il fixa son attention sur l'écran de son ordinateur et se plongea dans une étude sur les effets de la grippe pendant la grossesse.

Lorsqu'on frappa doucement à sa porte et que Hope bougea, Theo fut surpris de constater que l'après-midi était presque passé. Il ne fut pas très étonné de voir entrer Nya, mais elle avait un air excité qui le fit la regarder avec attention tandis qu'il prenait Hope.

— J'ai eu des nouvelles de Caroline, des Services sociaux, annonça-t-elle, et il ne put s'empêcher de remarquer son sourire et ses yeux brillants. Ils ont beaucoup de mal à trouver quelqu'un pour prendre Hope.

— Ah oui ?

Il lui jeta un coup d'œil de côté, alors qu'elle s'approchait pour le regarder changer la couche du bébé.

— Elle m'a expliqué qu'il y avait de moins en moins de volontaires depuis deux ans. Et à l'approche de Noël, il est encore plus difficile de trouver une famille d'accueil dans un bref délai.

Theo ne réfléchit même pas. Il se tourna vers Nya, Hope dans les bras, et dit :

— Je vais la garder, au moins aussi longtemps que je suis en congé. Cela leur donnera une chance de trouver sa mère, ou des parents d'accueil permanents.

— Oh... fit Nya, et son sourire s'estompa.

— Qu'y a-t-il ? demanda Theo en posant une main sur son bras et en soutenant son regard.

— C'est juste que...

— Quoi ? Dis-moi.

Des larmes brillèrent dans ses yeux.

— Eh bien, je comptais la garder moi-même.

Elle se tenait avec raideur et s'efforçait de paraître détachée, mais il pouvait voir qu'elle était déçue.

— Tiens.

Il lui tendit Hope et en un clin d'œil elle la serra contre elle.

— Assieds-toi et parlons-en.

— Je ne vois pas de quoi nous pourrions parler, dit-elle en prenant place dans le fauteuil. Tu es un meilleur choix que moi, en fait. Je ne peux pas prendre de vacances maintenant, à cause des problèmes de personnel. Il est beaucoup plus judicieux que tu gardes Hope.

Elle avait raison, mais à voir sa tendre expression tandis qu'elle regardait Hope qui gazouillait, Theo sut que ne pas s'occuper de la petite fille serait un arrache-cœur pour elle.

— Nous pourrions nous partager sa garde, dit-il, de nouveau sans réfléchir.

Le visage de Nya s'illumina.

— J'adorerais ça. Si tu n'y vois pas d'inconvénient. Je peux la prendre la nuit, et tu peux t'occuper d'elle la journée, pendant que je travaille.

— Tu es sûre que tu auras assez de sommeil, si tu la prends la nuit ?

Nya lui jeta à peine un coup d'œil.

— Les mamans seules le font tout le temps. Tout ira bien pour moi. En outre, je dors rarement plus de quatre ou cinq heures par nuit.

— Je l'ignorais.

Elle releva la tête et lui décocha un grand sourire.

— Tu ne me connais que depuis vingt ans. Normalement, on ne donne ce genre d'informations qu'au bout de vingt-cinq ans. Là, ce sont des circonstances spéciales.

Theo ne put s'empêcher de rire, et il lui vint à l'esprit qu'il n'avait pas autant ri que ce jour-là depuis des siècles.

— Tu te couches très tard, ou tu te lèves très tôt ?

— Ça dépend. Si j'ai eu une dure journée, je me couche tôt, vers 22 heures. Sinon, je reste debout jusqu'à minuit, au moins.

Il hocha la tête.

— Je suis un oiseau de nuit, moi aussi, admit-il. Et si tu te rends compte que tu manques de sommeil, fais-le-moi savoir, je prendrai Hope une nuit ou deux.

— Je vais avoir quelques jours de libres avant Noël, je pourrai me rattraper à ce moment-là.

Elle souriait de nouveau - elle rayonnait presque - et il ne put détacher les yeux de son visage.

— C'est arrangé, donc, dit-il en obtenant un autre de ses grands sourires. Je vais appeler Caroline et l'informer de ce que nous avons décidé - partager la garde de Hope au moins jusqu'à la fin de l'année. Je suis sûr qu'elle aura des tonnes de papiers à nous faire remplir.

— Je déteste ça, d'habitude, dit Nya en souriant au bébé et en caressant sa joue potelée du revers des doigts. Mais je le ferai volontiers pour toi, mon cœur.

Et la chaleur qui emplit la poitrine de Theo lui parut si bonne qu'il ignora la petite voix lui soufflant à l'arrière de son esprit de prendre garde à ce dans quoi il mettait les pieds.

Lui disant qu'avoir une fois le cœur brisé était plus que suffisant, et qu'il se mettait en danger de recommencer.

Le temps qu'ils règlent tous les détails administratifs, il s'était fait tard, alors Theo dit qu'il allait appeler Le Dauphin et demander au patron du pub, Davy Trewelyn, de leur livrer à dîner.

— Super, dit Nya en jetant un coup d'œil à la pile de couches, de pyjamas et de lingettes et en en faisant mentalement l'inventaire. Quand tu rentreras chez toi, tu n'auras pas envie de cuisiner.

— Et toi, tu n'en auras pas le temps, répondit-il en chantonnant, ce qui lui fit comprendre qu'il parlait au bébé plutôt qu'à elle. Pas vrai, Hope ?

— Demain, pendant ma pause-déjeuner, je me procurerai un siège-auto, dit-elle. Heureusement, nous pourrons emprunter celui de Marnie ce soir. Et Hope pourra dormir dans le couffin de la nurserie, cette nuit. Mais il serait bien qu'on en ait un chacun, plutôt que de faire des allées et venues avec.

— Ne t'inquiète pas pour ça, répondit Theo. Donne-moi une liste et je commanderai tout en ligne ce soir, pour être livré demain.

— Tu n'as pas à…

Il leva la main.

— Laisse-moi acheter certaines choses pour ma petite fille, s'il te plaît. J'en ai envie.

Nya eut sur le bout de la langue de le prévenir de ne pas s'attacher - la situation n'était que temporaire - mais il paraissait si heureux qu'elle garda cette pensée pour elle. En outre, elle avait du mal à se rappeler ce fait, elle aussi.

Comme elle était venue travailler à pied, ce matin-là, lorsqu'ils eurent dîné, ils chargèrent tout dans la voiture de Theo, et il les conduisit jusqu'à son cottage. Elle s'était servie de l'application de son téléphone pour allumer des lampes chez elle, sans oublier les guirlandes de Noël qu'elle avait installées dehors, et lorsqu'ils arrivèrent, elle regarda d'un œil critique les modestes décorations.

— Il faut que je décore plus la maison, dit-elle tandis que Theo coupait le moteur. Chaque année, j'en fais un peu moins que l'année précédente.

— C'est très joli, déclara-t-il en ouvrant sa portière. Très gai.

— Et toi, tu as déjà décoré ton cottage ?

— Non. Je n'en ai pas eu le temps.

Son ton impliquait qu'elle n'avait pas à se mêler de ça. Et la froideur de sa voix la fit se demander s'il y avait là derrière autre chose qu'une affaire de temps.

Elle le précéda dans la maison, portant Hope dans le siège-auto, et indiqua à Theo où poser les affaires. Puis elle s'activa pour les ranger.

— Qui eût dit qu'un minuscule bébé pourrait avoir besoin de tant de choses ? dit-elle avec un petit rire. Je n'aurais jamais cru manquer de place dans ma cuisine, un jour.

Theo sourit et secoua la tête.

— Cela paraît beaucoup, non ?

Hope choisit cet instant pour se réveiller, et avant que Nya puisse aller jusqu'à elle, Theo la prit et vérifia s'il fallait changer sa couche ou la nourrir de nouveau.

Nya resta où elle était, l'observant, se demandant pourquoi ses battements de cœur étaient soudain si irréguliers, et pourquoi elle ressentait des picotis le long de son échine en les regardant tous les deux.

Puis elle se secoua mentalement.

La journée avait été riche en émotions - au moins pour elle. Et maintenant elle avait la merveilleuse perspective de s'occuper de Hope pendant un mois environ, jusqu'à ce que l'on trouve ses parents ou une famille d'accueil. Pas étonnant qu'elle se sente un peu trop sentimentale à la vue d'un bel homme tenant un tout petit bébé.

Presque toutes les femmes le seraient, non ?

Theo avait presque fini de changer la couche de Hope, et même si Nya n'avait aucune envie qu'il s'en aille, elle se força à dire :

— Nous devons penser à mettre le support du siège-auto dans ma voiture, afin que je l'aie demain matin. À quelle heure veux-tu que je t'amène Hope ?

Il lui jeta un coup d'œil et haussa une épaule.

— Quand tu voudras. D'habitude je me lève tôt pour aller courir, mais si je sais que tu arriveras avant 8 heures, je resterai à la maison.

Soudain, l'image de Theo en tenue de course se présenta à l'esprit de Nya, lui échauffant le sang dans les veines, et il lui fallut un instant pour remettre son cerveau en route.

— Non... non. Va courir. Mon premier rendez-vous est à 9 heures, alors je te l'amènerai vers 8 heures et quart.

Bien trop tôt à son gré, Theo lui tendit Hope et prit ses clés de voiture pour transférer le siège-auto, après quoi il revint prendre congé.

Hope commençait à s'agiter, prête pour sa prochaine tétée, alors il ne s'attarda pas.

— Je vous verrai toutes les deux demain matin, dit-il avant de se pencher pour poser un baiser sur la tête du bébé.

Et puis, avant que Nya ne comprenne ce qui se passait, ses lèvres - chaudes et fermes, mais merveilleusement douces - s'appuyèrent sur sa joue, semblant s'attarder sur sa peau pendant une éternité. Ensuite, il se redressa.

Quelque chose dans ses yeux bruns mit son cœur au galop et

elle ne put que le fixer, jusqu'à ce qu'il pivote brusquement et se dirige vers la porte.

— Bonne nuit, lança-t-elle avec difficulté, et il lui répondit par un signe de main, avant de disparaître.

Tandis qu'elle réchauffait le biberon de Hope, Nya repensa à la journée et aux montagnes russes de ses émotions.

Jim, sa mère, Hope et Theo. Chacun y jouait un rôle. Mais sa tête la ramenait sans arrêt au moment où elle avait vu Theo franchir la porte de Carey House, et à la façon dont son corps avait réagi.

C'était juste *Theo*, sapristi. Un ami et un collègue de longue date.

Un homme qui bataillait manifestement avec tout ce que la vie lui avait fait subir depuis deux ans.

Quelqu'un qu'elle souhaitait voir heureux de nouveau, et non si souvent grave et triste.

Hope recracha la tétine, puis la chercha de nouveau, faisant rire Nya. C'était apparemment son tour préféré.

— Tiens, la voilà, dit-elle en lui remettant la tétine dans la bouche, et en l'encourageant de la voix à téter.

Autrefois, il y avait si longtemps que cela semblait être un rêve, Jim et elle avaient parlé des enfants qu'ils espéraient avoir. Deux garçons, avait-il insisté, pour qu'ils puissent se bagarrer ensemble, et au moins trois filles. Quand elle lui avait demandé en riant pourquoi trois, il avait répondu : « Pour qu'elles puissent s'occuper de moi à tour de rôle quand je serai vieux. Quand l'une se lassera de mes singeries, elle pourra m'envoyer chez une autre de ses sœurs. »

Nya avait acquiescé, tout en secouant la tête à cette pensée. Cinq enfants, c'était trop, à son avis. Mais comme ces futures grossesses appartenaient à l'avenir, il avait été facile de se rallier à l'idée de Jim.

Et bien sûr, rien de tout cela n'était arrivé.

Quand elle avait perdu Jim, elle avait mis de côté la possibilité d'avoir des enfants. Elle ne pouvait s'imaginer être mère avec quelqu'un d'autre que lui - et n'avait jamais vraiment essayé de trouver une autre relation. Son mari avait été unique, mais lorsqu'elle l'avait dit à sa mère, Iona avait secoué la tête et lui avait décoché un regard sévère.

— Chacun de nous est unique, et différent, avait-elle déclaré. Si tu passes ton temps à essayer de trouver un autre Jim, tu seras cruellement déçue. Cherche et trouve un autre homme unique qui t'aimera autrement, mais tout autant. Tu le mérites.

— Je ne veux personne d'autre, avait répondu Nya, ce qui avait conduit à cette discussion échauffée entre elles.

Et à l'entente tacite de ne plus aborder ce sujet, entente que sa mère avait rompue ce jour-là.

Un déferlement d'émotions la submergea tandis qu'elle berçait Hope et laissait dériver ses pensées, cherchant un peu de paix et de lucidité - paix et lucidité qui se montrèrent fuyantes.

— Oh ! Jim, murmura-t-elle enfin en secouant la tête. Comme tu me manques encore...

Mais cette nuit-là, quand elle eut couché Hope et se fut mise au lit, ce fut le visage de Theo Turner qui flotta dans son esprit et la suivit dans le sommeil.

5

Le lendemain matin, juste avant l'aube, Theo courait le long des petits chemins qui entouraient sa maison. Il était déterminé à faire cet exercice dont il avait besoin, mais qu'il n'aimait pas être obligé de pratiquer. Chaque fois qu'il allait courir, cela lui rappelait son âge et le temps qui passait.

Quand il était jeune, il avait joué au football et au cricket, et même si cela remontait à de nombreuses années, il considérait toujours ces sports collectifs comme les seules activités qui en valaient la peine. Courir ou faire du jogging était plutôt ennuyeux, et lui laissait vraiment trop le temps de penser.

Et ses pensées aboutissaient toujours au même sujet.

Nya.

Son chaud sourire et sa belle peau douce qui soudain, après toutes ces années, faisaient picoter ses doigts de l'envie de la toucher. La tendresse qu'elle montrait à Hope. La délicatesse avec laquelle elle caressait la tête ou la joue du bébé.

Il était habitué à son bon sens abrupt, à la façon dont elle le faisait toujours se sentir écouté et apprécié, mais remarquer ces autres choses beaucoup plus personnelles lui donnait le tournis.

Ceci était-il simplement une autre conséquence des changements de vie qu'il avait traversés ?

Il serait le premier à admettre qu'il avait été terriblement seul. Alors qu'il avait toujours jugé de sa responsabilité de soutenir et d'encourager ses enfants, de les préparer à l'âge adulte, cela avait été un arrachement lorsqu'ils avaient quitté la maison. Et après leur départ, les failles dans son mariage s'étaient élargies jusqu'à devenir infranchissables.

Quand Femi était partie, cela avait presque été un soulagement. Un répit dans leurs constantes disputes, émaillées de froids silences. Au début, le calme avait été apaisant, et puis le vide du cottage et de son appartement de Falmouth avait commencé à se faire sentir. Alors le sentiment de paix s'était évaporé et il n'avait plus eu envie de rentrer chez lui après le travail.

La veille au soir, en regardant la confortable salle de séjour de Nya, décorée pour Noël, il avait mesuré à quel point sa propre maison était froide et stérile. La personnalité de Nya apparaissait partout - sa chaleur et son humour manifestes dans les objets de décoration colorés et festifs - et, étrangement, il avait senti son attirance pour elle grimper d'un cran. Tout cela lui avait donné envie de l'attirer sur le canapé à côté de lui, de la serrer contre lui avec Hope et de trouver une sorte de doux oubli.

Bien sûr, il n'en avait rien fait.

Même si, la veille, par deux ou trois fois il avait surpris Nya en train de le regarder d'une façon qui lui avait emballé le cœur, il n'avait aucun moyen de savoir exactement ce qu'elle pensait. Suspecter qu'il n'était pas seul à éprouver cette nouvelle conscience qu'ils avaient l'un de l'autre ne faisait pas tout, bien que cette idée l'intéressât grandement.

Ce fut sûrement la raison pour laquelle, lorsqu'il fit demi-tour, il ressentit une petite bouffée d'énergie en pensant que Nya allait bientôt déposer Hope chez lui.

Pour tenter de se distraire, il fit la liste des choses qu'il avait accomplies la veille au soir. Il avait probablement commandé plus de choses pour Hope qu'elle n'en aurait jamais besoin, mais il y avait pris un tel plaisir qu'il avait fini par choisir des cadeaux pour ses propres enfants, aussi.

Cela l'avait amené à penser à ce que Nya avait dit - que les gens étaient responsables de leur propre bonheur - et à s'avouer qu'il laissait le passé faire de l'ombre au présent. Du coup, appeler TJ et Gillian lui avait semblé approprié, et la conversation qu'il avait eue avec eux avait contribué à apaiser son âme.

— Je suis coincé ici pour un projet jusqu'à la veille de Noël, avait dit son fils, mais j'espérais venir à Carey Cove entre les fêtes. Si cela ne te dérange pas.

— Que tu viennes à la maison quand tu veux ne me dérangera jamais, avait répondu Theo, surpris, en essayant de ne pas le montrer. Mais je pensais que tu passais les vacances avec ta mère.

Il y avait eu une pause, puis TJ avait expliqué :

— Oui, j'ai dit que je le ferais, mais je voulais savoir si tu serais par-là, si je décidais d'aller te voir.

Theo le connaissait bien, et il pouvait additionner deux et deux. Femi était experte dans l'insinuation. Comme elle avait laissé entendre à Theo que les enfants n'avaient aucune envie de passer les fêtes avec lui, elle avait dû insinuer à ces derniers que leur père n'avait pas le temps de les recevoir.

— Oh ! je ne vais nulle part, avait-il assuré, se sentant plus joyeux qu'il ne l'avait été depuis longtemps.

Gillian s'était excusée de ne pas avoir assez de temps pour venir, mais elle avait ajouté qu'elle passerait le prochain Noël à Carey Cove, quoi qu'il advienne.

Theo savait intellectuellement que ses enfants l'aimaient, mais en avoir la preuve faisait toute la différence du monde. Et lorsqu'il leur avait parlé de Hope, et de son offre de partager sa garde avec Nya, ils l'avaient approuvé. Gillian l'avait taquiné.

— Quoi, papa ? Tu ne pensais pas pouvoir t'occuper tout seul d'un bébé ?

— Tais-toi, toi ! avait-il répondu, faisant rire sa fille. Je l'ai proposé, mais Nya avait l'air si déçue - elle souhaitait garder elle-même le bébé - que j'ai suggéré ce partage.

— Ah, je vois, avait dit Gillian, lentement. Bon, c'est bien, alors.

Il lui avait demandé d'en dire plus, mais elle avait changé de sujet. Et il était resté à se demander si ses enfants seraient contents ou ennuyés s'il fréquentait Nya.

Et voilà, il repensait encore à elle en remontant en courant l'allée qui menait à sa porte. Mais s'il espérait un signe du fait qu'elle éprouvait le même intérêt pour lui, il perdit vite ses illusions.

Elle se montra abrupte, à son habitude, et débordante d'activité quand elle déposa Hope ; telle une tornade, elle virevolta dans son vestibule, déposant des affaires. Elle lui dit rapidement comment le bébé avait dormi et combien de biberons elle avait pris, tout en transférant le siège-auto de sa voiture à celle de Theo. Ensuite, après avoir posé un baiser sur la tête de la petite fille, elle franchit la porte, lui donnant l'impression d'avoir été percuté par un camion.

— Eh bien, murmura-t-il à Hope, en regardant la voiture de Nya s'engager sur la route. Cela m'apprendra à mal interpréter les choses, tu ne crois pas ?

L'enfant émit un son qui lui parut mi-amusé, mi-compatissant, et il ne put s'empêcher de rire, même si sa déception était claire.

Nya se rendit compte qu'elle s'éloignait à toute vitesse de la maison de Theo, et elle leva le pied de l'accélérateur. Elle était agitée rien que de l'avoir vu, d'avoir senti son odeur fraîche, son parfum de savon. Ce qui l'avait poussée à l'imaginer sous la douche après sa course, l'eau ruisselant sur son corps, la mousse blanche contrastant avec sa peau sombre.

Ce fantasme avait provoqué une bouffée de désir qu'elle avait voulu à tout prix cacher à Theo, et la meilleure manière de le faire avait été de se cacher derrière la personne qu'elle était au travail. Mais même ainsi elle n'était pas sûre d'y avoir complètement réussi, car lorsqu'elle avait rejoint sa voiture son cœur battait très vite et elle avait le souffle court.

— Ressaisis-toi, Nya, marmonna-t-elle en s'engageant dans l'allée de Carey House. Tu n'auras pas à le revoir avant la fin de la journée.

Mais son cœur bondit encore stupidement à cette pensée, et elle se sentit toujours déstabilisée en pénétrant dans la maternité. Par chance, c'était le jour des visites à domicile, et avoir la stagiaire Lorna avec elle força Nya à fixer son esprit sur son travail et non sur Theo Turner. Du moins jusqu'à ce qu'elles arrivent chez Marnie, pour vérifier comment elle et son bébé Violet se portaient.

— Alors, dites-moi tout, demanda Marnie tandis que Nya supervisait Lorna qui examinait Violet. Racontez-moi comment Theo a trouvé un bébé sur le seuil de Carey House, et comment vous

vous partagez sa garde. Je n'ai pas eu le temps de discuter hier, en vous prêtant le siège-auto, mais maintenant je veux tout savoir.

Le seul fait d'entendre le nom de Theo fit sursauter Nya, et Lorna lui jeta un regard surpris.

— Oh… euh…

Nya s'interrompit pour dire à sa stagiaire de prendre des notes tout le long de la visite, de ne pas se fier uniquement à sa mémoire. Des dossiers bien remplis aidaient les parents et les praticiens.

— Oui, madame Ademi - je veux dire Nya, déclara Lorna en notant la taille et le poids du bébé.

Elle les énonça à haute voix, ce qui permit à Nya de recouvrer son équilibre. Mais elle savait que Marnie avait remarqué sa réaction, et elle dut se concentrer pour sourire et lui parler de Hope. Et encore, elle s'en tint à la soirée de la veille, quand la petite fille était chez elle, et évita de parler de la journée, quand Theo avait partagé la garde avec elle.

Puis, une fois que Lorna eut fini avec Violet, elle la mêla à la conversation et fut soulagée que Marnie s'intéresse à la jeune stagiaire et à ses plans. Pendant qu'elles discutaient, elle prit Violet, qui avait quelques semaines de plus que Hope, et se rappela comment, autrefois, elle avait rêvé d'élever ses enfants avec ceux de ses amies.

Au fil des années, elle avait fini par accepter le fait de ne pas être mère, et ce n'était plus douloureux pour elle. Cependant, ce jour-là, elle sentit son cœur se serrer à l'idée que sa garde de Hope n'était que temporaire. Même si les Services sociaux ne retrouvaient pas sa mère, ils lui procureraient une famille d'accueil permanente, et il n'y avait rien à faire contre ça.

Mais Nya n'eut aucun mal à laisser courir son imagination, caressant un rêve où Theo et elle seraient ensemble pour élever Hope. Vivant ensemble, dormant ensemble…

— N'est-ce pas, Nya ?

Marnie lui donna un coup de coude et elle réalisa qu'elle avait manqué toute la conversation. Une onde de chaleur lui monta au visage.

— Euh… pardon ?

Marnie plissa les paupières et parut sur le point de dire quelque chose, puis elle secoua la tête et déclara :

— Aucune importance. Qu'avez-vous encore au programme aujourd'hui, mesdames ?

Nya sourit, soulagée.

— Pourquoi ? L'agitation de la maternité vous manque ?

— En un sens, oui, répondit Marnie en riant. Mais j'aime trop mon nouveau travail pour l'arrêter tout de suite. Même si ma nouvelle patronne est très exigeante, ajouta-t-elle comme Violet commençait à s'agiter.

Peu après, Lorna et Nya repartirent pour la clinique. En voiture, Lorna déclara :

— La layette que vous avez tricotée pour Violet est magnifique, Nya. Où avez-vous trouvé le modèle ?

— Ma mère en a toute une collection. Tricotez-vous ?

— Un peu, mais je suis trop lente. Je suis meilleure au crochet.

— Nous avons un groupe de travaux manuels au village, si cela vous intéresse. Nous nous réunissons une fois par mois pour bavarder, partager des modèles et prendre un verre ou une tasse de thé ensemble.

— Oh ! dit Lorna en se redressant. J'ai remarqué la garniture au crochet de la boîte aux lettres, près de l'épicerie, et l'arbre transformé en ange sur la pelouse. Est-ce une de vous qui les avez faits ?

Nya eut un grand sourire.

— La première règle de la décoration sauvage est de ne pas en parler.

Elles rirent et continuèrent à discuter en pénétrant dans la réception de la clinique, où elles découvrirent un petit groupe de personnes autour du bureau de Hazel. Et au milieu se trouvait Theo, qui tenait Hope.

Nya ne put ignorer la façon dont son cœur bondit, puis se mit à galoper. Par chance, Theo ne l'avait pas encore vue et elle put le dévorer des yeux tout en se ressaisissant - chose plus difficile à faire.

Il était si beau, tellement à l'aise et empli de fierté en montrant le bébé aux sages-femmes, aux patientes et à Hazel que Nya ne put presque pas le supporter. Juste une fois, il serait bien de voir

Theo négligé ou aussi troublé qu'elle se sentait en le regardant. Oh ! elle savait à quel point il était humain, mais là, avec cette nouvelle conscience de lui qui la faisait frissonner d'une manière terriblement charnelle, elle souhaita qu'il fasse quelque chose de travers. Peut-être que cela romprait le charme.

Puis, alors qu'elle hésitait sur le seuil, Theo leva les yeux et la vit, et son sourire faillit la renverser. Soudain, les sages-femmes escortèrent leurs patientes hors de la pièce et les autres disparurent aussi, comme si Nya était venimeuse. Cela se produisit si vite que c'en fut presque caricatural, et elle ne put réprimer un gloussement. Qui aurait dit qu'elle faisait assez peur pour produire cet effet sur les gens ? Heureusement, Theo ne semblait pas éprouver la même chose, car il marchait vers elle, son splendide sourire toujours en place.

— Te voilà, dit-il. Nous sommes venus te demander de déjeuner avec nous.

— J'adorerais, répondit-elle instinctivement, mais Hope est trop petite pour aller au pub. En fait, elle ne devrait pas être au milieu de tant de monde, pour le moment. Nous ne savons rien des circonstances de sa naissance, de sa santé ou de celle de sa mère. Nous ne savons même pas si elle est née dans un hôpital.

Theo hocha la tête sans se départir de son sourire.

— Oui, j'ai écarté tout le monde du mieux que j'ai pu. Et j'ai pensé que nous pouvions commander et manger ici, dans mon bureau, ou chez moi. Hazel m'a dit qu'en général tu apportais ton déjeuner, mais je doute que tu aies eu le temps de préparer quoi que ce soit ce matin.

Le téléphone sonna et Hazel répondit.

— Nya, docteur Turner, dit-elle d'un ton urgent. Liz McDermott souffre terriblement du dos. Son mari veut savoir quoi faire.

— Dites-lui de l'amener ici, immédiatement, répondit Theo.

Nya se tourna vers lui.

— Décollement du placenta, dit-elle.

Elle savait que Liz avait été suivie de près par Theo les deux derniers mois, à cause d'un décollement partiel du placenta. Elle avait dû rester allongée et était presque à terme, maintenant, mais le danger pour la mère et le bébé était très réel si la rupture avait progressé.

— Je vais préparer l'appareil à échographie et la salle d'accouchement.

— Contacte Roman, aussi, dit Theo en traversant la pièce à grands pas. Il faudra peut-être transporter Liz par hélicoptère jusqu'à St Isolde pour une césarienne en urgence, suivant ce que nous trouverons.

Tout le monde était sur le pont. Hazel prit Hope en charge pendant que Nya allait trouver Lorna dans la salle du personnel et lui demandait de l'aider à tout préparer.

— Vous vous souvenez certainement grâce à vos cours qu'un décollement du placenta, c'est quand le placenta commence à se détacher de la paroi utérine. Liz McDermott, vingt-six ans, première grossesse, est venue il y a deux mois pour des saignements vaginaux. Notre généraliste, le Dr Wilde, a diagnostiqué le décollement du placenta et a adressé Mme McDermott au Dr Turner, qui a recommandé du repos et donné au couple une liste des symptômes à surveiller.

Tout en parlant, Nya vérifiait mentalement que Theo aurait sous la main tout ce dont il pourrait avoir besoin.

Puis un bruit de voix vint du couloir, celle de Liz rendue aiguë par la peur, tandis que le ton de Theo était apaisant. Nya se tourna vers sa stagiaire, qui paraissait inquiète. Elle lui sourit et lui donna un coup de coude.

— Tout ira bien. Suivez juste ce que le Dr Turner dira.

6

L'examen de Theo et l'échographie indiquèrent que le décollement du placenta avait progressé.

— Je vais provoquer le travail, Liz, dit-il. Il est temps de faire sortir ce petit bonhomme.

— D'accord, répondit la patiente, paraissant terrifiée.

Elle serrait si fort la main de son mari que ses doigts étaient blancs.

— Est-ce que le bébé va bien ?

— Nous le surveillons avec attention, déclara Nya. Ne vous inquiétez pas.

Quand Theo eut administré l'ocytocine, il prit Nya à part.

— Demande à Hazel d'appeler Roman. Je veux m'assurer qu'en cas de complications après l'accouchement, Liz et son fils soient transportés le plus vite possible à St Isolde.

Nya hocha la tête et sortit. Les risques d'hémorragie et de formation de caillots étaient élevés, après une rupture de placenta, et bien que le bébé soit presque à terme, il pouvait avoir des problèmes pulmonaires.

Le travail de Liz commença peu de temps après, et le bébé naquit rapidement. Alors que Nya entendait le bruit des pales de l'hélicoptère, dehors, le petit McDermott poussa un faible cri et Nya le posa sur la poitrine de sa mère. Les deux parents pleurèrent de soulagement en le voyant.

Puis elle dut interrompre cette tendre scène pour vérifier le score Apgar du bébé.

— 7 sur 10, annonça-t-elle à Theo. Avec 1 pour le rythme cardiaque, la respiration et la tonicité musculaire.

Il hocha la tête.

— Je vais avec eux à Falmouth. Préparons-les pour le transfert.

Un moment plus tard, quand l'hélicoptère s'éleva dans le ciel de l'après-midi, Lorna soupira.

— Vous pensez qu'ils vont aller bien, Nya ?

Nya passa un bras sur ses épaules et lui donna une brève pression.

— Nous n'avons aucune garantie, mais je pense que oui. Non seulement St Isolde est un hôpital de première catégorie, mais le Dr Turner est l'un des meilleurs obstétriciens de la région.

Elles rentrèrent dans la clinique et se séparèrent, Lorna pour finir son déjeuner abandonné depuis longtemps, Nya pour aller chercher Hope.

— Oh ! laissez-moi la garder avec moi, demanda Hazel. Je n'ai pas eu de bébé à câliner depuis une éternité. En outre, vous êtes toujours de service, non ?

Nya rit et fit un signe des doigts pour qu'elle la lui donne.

— À quoi bon être sage-femme en chef si je ne peux pas prendre un petit moment pour m'occuper de ma protégée ? Si quelqu'un a besoin de moi, je serai dans mon bureau. Et s'il y a une autre urgence, je vous la ramènerai.

Avec un gros soupir, Hazel lui remit le bébé. Nya partit pour son bureau en passant par la salle du personnel, où elle prit la salade qu'elle avait préparée le matin. Hope était réveillée, mais pas agitée. Nya vérifia sa couche et l'installa dans le couffin avant de se mettre à déjeuner.

Grâce au Ciel, on était samedi et la sage-femme senior, Sophie, serait de garde le dimanche. Nya serait libre les deux jours à venir. Cela signifiait qu'elle aurait le temps de s'occuper de Hope et de vaquer à ses tâches habituelles. Elle avait eu l'intention de dire à Theo qu'elle garderait le bébé le lendemain et le surlendemain, pour qu'il n'ait pas à s'inquiéter, mais elle ne l'avait pas fait.

Et elle savait pourquoi.

Jusqu'à ce qu'elle puisse définir ce qu'étaient les émotions et les réactions qu'elle avait chaque fois qu'il était à proximité, elle était déterminée à limiter leurs contacts. Et justement, lui dire qu'elle garderait Hope les deux prochains jours n'était-il pas un moyen de ne pas le voir ? Mais au lieu de le faire ce matin-là, quand elle y avait pensé, elle avait allègrement poursuivi sa journée. Après tout, elle pourrait facilement lui envoyer un texto…

Détachant ses pensées de ce problème, elle sortit son téléphone et consulta la liste des choses qu'elle avait à faire. La dernière qu'elle avait établie remontait à deux jours et il lui restait encore des tâches à effectuer. Faire une lessive. Terminer le pull qu'elle tricotait pour sa mère et les derniers des plaids qu'elle voulait donner à la maison de retraite de Penzance. Finir de décorer son cottage et trouver le temps de s'occuper de son projet ultra-secret.

Il y avait d'autres rubriques à ajouter. Un ensemble en layette pour Hope. Peut-être un cadeau pour Theo ?

S'adossant à sa chaise, elle réfléchit à cette idée. Comme elle ne lui avait jamais fait de cadeau de Noël jusqu'à présent, sauf la fois où elle avait tiré son nom pour tenir le rôle du Père Noël, le faire maintenant ne semblerait-il pas étrange ?

En même temps, ils étaient amis de longue date et se partageaient la garde d'un bébé, maintenant. Est-ce que ne pas lui faire de cadeau ne paraîtrait-il pas encore plus bizarre ?

Devrait-elle l'inviter à passer Noël et la fête africaine de Kwanzaa avec elle, sa mère et Hope ? Elle ignorait quels étaient ses plans, et si venir chez elle ce jour-là l'intéresserait. Peut-être envisageait-il d'avoir Hope pour lui, à moins que ses enfants ne viennent passer les fêtes avec lui ?

Il faudrait qu'elle le lui demande, c'était le seul moyen de le savoir. Mais ajouter cette question à sa liste ne résolvait pas le problème du cadeau, et Nya n'aimait pas ne pas être parfaitement organisée.

— Ne sois pas sotte, Nya, se morigéna-t-elle en massant sa tempe. Demande-lui ses plans, et tu verras après pour le cadeau.

Mais, elle le savait, elle espérait qu'il voudrait passer la journée avec elle. Avec elles, corrigea-t-elle. Puis elle fit une grimace, admettant qu'elle avait pensé juste la première fois.

Elle avait envie de passer du temps avec lui, même si elle le redoutait aussi. Quoi qu'il lui arrive en ce moment, elle était certaine que ce n'était pas réciproque. Et si elle était intelligente, elle ne laisserait jamais deviner à Theo comment ses sentiments envers lui se modifiaient.

C'était probablement juste temporaire - une anomalie causée par la période de l'année et l'expérience partagée de s'occuper de Hope. En outre, on ne pouvait pas savoir si celle-ci serait encore avec eux pour Noël, se rappela-t-elle fermement. L'assistante sociale l'avait laissé entendre, mais Nya savait qu'elle devait se préparer à ce qui adviendrait, quoi que ce fût.

Par le passé, la première partie de décembre avait toujours été une période un peu désagréable pour elle. L'anniversaire de Jim, joint aux festivités de Noël qui arrivaient à toute allure, l'avait souvent fait se sentir déstabilisée. Il avait fallu un certain nombre d'années après sa mort pour qu'elle apprécie de nouveau la saison des fêtes. Jim avait tellement aimé cette période. Il insistait pour s'habiller en Père Noël et distribuer des cadeaux à la base militaire. Il achetait à ses parents les plus beaux présents qu'il pouvait se permettre et les regardait les ouvrir avec une telle joie !

Il la comblait de cadeaux, aussi, même lorsqu'elle le grondait de dépenser autant d'argent. Il riait, la soulevait de terre et la faisait tourner, la menaçant de ne pas s'arrêter tant qu'elle n'aurait pas reconnu que ses cadeaux lui plaisaient. Accrochée à son cou, elle riait aux larmes.

Un tel goût de la vie.

Les mots de sa mère lui revinrent et s'attardèrent dans son esprit tandis qu'elle fermait son application et reprenait sa fourchette. Aimer Jim lui avait appris à profiter de tout ce qui pouvait lui arriver. Le perdre lui avait appris que rien ne durait toujours, et qu'il était sage de ne pas trop s'investir dans une relation avec quelqu'un.

Toutes les choses, et surtout les bonnes choses, avaient une fin.

Pour une fois, elle fut contente que son téléphone sonne au milieu de son repas, pour la distraire de ses pensées moroses. C'était Caroline Harker, l'assistante sociale.

— Bonjour, dit-elle. Je vous appelle pour savoir comment vont les choses avec le bébé Hope, et pour vous dire que j'ai pris un rendez-vous pour elle avec notre pédiatre. Il la verra mardi prochain. Pourrez-vous l'amener à Penzance ce jour-là ?

— Bien sûr. Indiquez-moi juste l'heure, et le Dr Turner ou moi-même nous en occuperons.

L'appel téléphonique terminé, il fut temps pour Nya de se remettre au travail. Par chance, l'après-midi ne fut pas surchargé, mais comme elle devait superviser Lorna et voir des patientes, Hope passa plus de temps avec Hazel qu'elle ne l'aurait souhaité. Toutes les allées et venues dans le secteur de la réception n'en faisaient pas un environnement optimal pour un bébé aussi jeune, même si Hazel s'assurait de tenir tout le monde à distance. Sauf elle-même, bien sûr.

— C'est une si adorable petite chérie, roucoula-t-elle en rendant Hope à Nya, avec réticence, à la fin de la journée. Et un bébé très sage, aussi.

— Oui, agréa Nya en attachant Hope dans le siège-auto pour la ramener chez elle.

Hélas, le support du siège était resté dans la voiture de Theo, et les clés étaient certainement dans sa poche. Heureusement, le cottage de Nya n'était pas trop loin et elle décida de rentrer à pied.

Même s'il était encore tôt, il faisait déjà nuit, mais les réverbères étaient allumés. Bien qu'il ait bruiné et qu'un léger brouillard plane dans l'air, le trajet ne fut pas désagréable. La plupart des cottages étaient auréolés de guirlandes lumineuses, et çà et là un arbre de Noël apparaissait derrière des fenêtres. Nya inspira à fond, heureuse que la journée se termine et d'avoir deux jours devant elle pour câliner Hope.

Mince ! pensa-t-elle. Elle n'avait pas prévenu Theo.

Haussant les épaules, elle décida de lui envoyer un texto une fois chez elle, lorsqu'elle aurait couché le bébé.

Dès qu'elle atteignit sa porte, Hope s'agita et émit un petit cri qui annonçait qu'elle allait avoir faim.

— Deux minutes ! dit Nya en gloussant. On peut dire que ton timing est impeccable.

Un peu plus tard, elle pensa que ce moment-là était désormais son moment préféré de la journée. Hope était nourrie et baignée, et il émanait d'elle cette douce odeur de bébé qui faisait fondre le cœur. Elle la tint contre son épaule, la berçant pour l'endormir. Elle ne pouvait se rappeler un instant plus paisible, et qui lui donnait l'impression d'être exactement là où elle devait être. C'était si fort qu'elle dut s'obliger à se lever pour aller mettre Hope dans son berceau.

En revenant dans le living-room, elle s'arrêta quelques secondes, se demandant si elle allait manger ou non. Elle n'avait pas envie de faire la cuisine, et du fromage avec des crackers ne lui disait rien. Mais son estomac la rappela à l'ordre en grognant.

— Bon, je vais manger quelque chose sur le pouce, marmonna-t-elle en se dirigeant vers la cuisine.

À ce moment-là, des phares éclairèrent la façade de la maison et elle s'immobilisa. Lorsqu'elle entendit un moteur s'arrêter, elle regarda par la fenêtre et vit Theo qui sortait de sa voiture.

Alors que son cœur faisait ce petit bond ridicule qu'il avait pris l'habitude de faire chaque fois qu'elle voyait son ami, elle essaya de se raisonner et de contrôler sa respiration. Il devait juste s'arrêter pour lui donner le support du siège-auto. Sans plus.

Elle s'écarta de la fenêtre et s'octroya quelques secondes avant d'ouvrir la porte. Theo avait bien le support dans une main, et un sac en papier dans l'autre.

— Désolé de t'avoir laissée sans ça, dit-il avec l'un de ses sourires à faire fondre le cœur. J'ai apporté de quoi dîner, pour me faire pardonner.

— Ce n'était pas la peine, répondit Nya en reculant pour le laisser entrer. Mais c'est accepté avec joie. J'allais juste me rabattre sur des crackers et du fromage, n'ayant aucune envie de cuisiner.

— Ce n'est pas la façon la plus équilibrée de terminer la journée, mais je comprends tout à fait. Ça m'est arrivé aussi quelques soirs.

Curieux comme sa maison bien proportionnée, avec son living-room ouvert sur le coin-repas, sembla soudain se rétrécir quand Theo entra. Il prenait tout l'espace et apparemment une bonne partie de l'air, si elle en jugeait par sa difficulté à respirer.

— Je vais chercher des couverts, annonça-t-elle pour dire quelque chose. Assieds-toi.

Il posa le sac sur la table de salle à manger et se mit à en sortir le contenu. L'estomac de Nya gargouilla de nouveau aux relents délicieux qui emplirent la pièce.

— Je ne savais pas très bien ce que tu aimerais, dit-il, mais je me suis arrêté au restaurant éthiopien de Penzance, parce que leur cuisine est toujours bonne.

Elle sentit un gloussement monter dans sa gorge et le réprima.

— Ma mère adore cet endroit.

— Je crois que c'est Iona qui m'en a parlé, il y a quelques mois.

— Je n'en suis pas surprise. Elle y dînerait tous les soirs, si elle le pouvait. Comment vont Liz et son fils ?

Theo dépliait un paquet enveloppé dans du papier d'aluminium, ses belles mains agiles et efficaces.

— Elle est stable et devrait complètement se remettre. Nous avons dû la cautériser et lui donner du sang, et le petit Nicolas restera en soins intensifs au moins jusqu'à demain, pour s'assurer que ses poumons fonctionnent correctement.

— Miam, fit Nya comme il ouvrait une boîte et que l'odeur familière lui mettait l'eau à la bouche. Du *doro wat*. Mon plat préféré.

Theo sourit, et elle dut détourner les yeux.

— Il y a plein de sortes de *wat*, dit-il. Je voulais être sûr que quelque chose te plairait.

Ils utilisèrent les assiettes, mais pas les couverts. Ils mangèrent à l'éthiopienne, prenant des morceaux d'*injera*, un pain plat, et s'en servant pour savourer les différents ragoûts.

La conversation se limita aux plats qu'ils se faisaient passer, et ils mangèrent avec appétit. Lorsqu'ils eurent fini, Nya se leva pour emporter les restes et Theo demanda à voir Hope.

— Bien sûr. La dernière porte au fond du couloir.

Et elle se tourna vers la cuisine, ne voulant pas qu'il voie comment la pensée de le savoir dans sa chambre lui mettait le visage en feu.

Tout ce qu'elle pouvait espérer, c'était que lorsqu'elle irait se coucher, il n'y aurait pas de trace du parfum propre à Théo, pour troubler ses rêves !

7

La chambre de Nya était assez surprenante, et en même temps elle lui ressemblait beaucoup. Gaie et colorée, éclectique tout en restant assez traditionnelle pour les meubles et les motifs.

D'une certaine manière, sachant combien sa mère était férue d'Afrique, Theo s'était à moitié attendu à ce que le décor penche du côté ethnique. Mais les rideaux inspirés de William Morris, un créateur textile de la fin du XIXe siècle, le mobilier des années 1950 et des touches de couleur un peu partout proclamaient que le style de Nya se résumait à ce qu'elle aimait.

Et cela lui plaisait. Beaucoup.

Même si pénétrer dans ce qui était son domaine privé lui donnait encore plus de ces pensées inconvenantes contre lesquelles il bataillait sans arrêt lorsqu'ils étaient ensemble. Ses yeux furent attirés par son lit, très bien fait, et il les en écarta rapidement pour les poser à la place sur le berceau.

Hope dormait profondément, et n'avait même pas frémi lorsqu'il avait allumé la lumière. Allant se poster au-dessus d'elle, Theo toucha d'un doigt sa joue et son petit poing serré. Comme elle paraissait minuscule et vulnérable, et comme elle l'était ! Son cœur lui faisait mal chaque fois qu'il pensait à ce qu'elle allait devenir.

Même si l'on retrouvait sa mère, cette femme serait-elle capable de reprendre son bébé, ou bien Hope finirait-elle dans le système d'accueil comme des centaines d'autres enfants ? Y restant jusqu'à ce qu'ils deviennent grands. Sans jamais connaître un foyer vraiment aimant.

Une partie de lui avait envie de pester contre cette idée. De jurer que cela n'arriverait jamais sous son égide. Mais il savait que dans ce cas, il n'avait pas de vrai pouvoir sur la situation. Il devrait attendre et voir ce qu'il adviendrait.

Sachant qu'il n'y avait pas de réponses à attendre ce soir-là, il se pencha pour embrasser les cheveux de Hope et se tourna pour quitter la pièce. Soudain, une photo posée sur la table de nuit attira son regard, et il s'arrêta pour la fixer.

Voilà donc le mari de Nya, James. Jim, comme elle l'avait toujours appelé les quelques fois où elle avait parlé de lui en présence de Theo.

Un grand homme bien bâti, large d'épaules, le cou puissant. Manifestement en parfaite forme physique, s'il fallait en juger par ce portrait en pied. Vêtu d'un uniforme militaire, il aurait pu être impressionnant, sans l'air ravi de son visage tandis qu'il souriait à l'objectif.

En général, Nya émettait l'un de ses délicieux petits gloussements quand elle parlait de lui. Il était, avait-elle dit une fois, un homme qui ne semblait jamais avoir une mauvaise journée. Il apportait la joie et le rire partout où il allait.

Pourquoi le fait de regarder cette photo contractait-il la poitrine de Theo, c'était inexplicable. Et lorsqu'il se tourna pour sortir de la pièce, il ne put s'empêcher d'y jeter un dernier coup d'œil avant d'éteindre la lumière. En s'efforçant de lutter contre une subite bouffée de ressentiment à l'encontre de cet homme, simplement parce qu'il était aimé si profondément, et depuis si longtemps.

— Elle dort toujours paisiblement ? demanda Nya quand Theo revint dans le living-room, après s'être arrêté un instant dans le hall pour se ressaisir.

— Comme le petit ange qu'elle est, répondit-il en se demandant pourquoi il rechignait tant à dire bonne nuit et à rentrer chez lui.

Bien sûr, c'était parce qu'il n'avait rien vers quoi revenir...

— Assieds-toi, dit-elle. Puis-je t'offrir une tasse de thé ? Une boisson ?

Soulagé qu'elle ne le mette pas dehors, il opta pour une tasse de thé. Alors qu'il se dirigeait vers la table de la salle à manger, Nya lui indiqua la cheminée.

— Peux-tu mettre une allumette pour moi ? Il commence à faire frais, et un feu évitera à Hope de prendre froid.

Pendant que Theo allumait les bûches, Nya lui demanda :

— Comment vont Gillian et TJ ? Vont-ils venir pour Noël ?

Il ne releva pas la tête, content qu'elle ne puisse pas voir son expression.

— Pas cette année. Je ne sais pas si tu le sais, mais Femi s'est remariée il y a deux ou trois mois. Son nouveau mari et elle organisent une grande réunion de famille, et les enfants doivent y assister.

Nya ne fit pas de commentaire, mais il entendit le tintement des tasses lorsqu'elle revint dans la pièce. Elle posa le plateau sur la table basse devant le canapé et il crut sentir son regard sur lui, ce qui fit passer un petit frisson sur son échine.

— Je n'étais pas au courant de son mariage. J'ai essayé de la joindre plusieurs fois depuis qu'elle est partie, mais elle ne m'a jamais répondu, alors j'ai arrêté.

Il n'y avait pas de sympathie dans la voix de Nya. Elle poursuivit :

— Bon, eh bien, si tu n'as pas de plan, tu peux passer Noël avec maman et moi. Et Hope, si elle est toujours là.

Sa gentillesse le fit sourire, et il se sentit capable de se relever et de lui faire face.

— Cela me plairait. Surtout si Hope est encore avec nous. Ce sera son premier Noël, et elle mérite qu'il soit beau.

Le léger froncement de sourcils de Nya fut la seule indication que quelque chose la contrariait, car elle souriait toujours. Il savait ce qu'elle ressentait. Lui non plus n'avait pas envie de rendre Hope, même s'il savait qu'ils devraient le faire tôt ou tard.

Pour la distraire, il changea de sujet.

— Tu sais, quand je repense à toutes les vacances que j'ai manquées avec mes enfants, je le regrette vraiment, maintenant. J'ai laissé mon travail me prendre tout mon temps, à leur détriment.

Elle ouvrit de grands yeux.

— Tu ne crois sûrement pas ça ?

— C'est vrai.

Il s'assit à côté d'elle sur le petit sofa et se tourna légèrement pour lui faire face, un bras sur le dossier. Soudain, il eut conscience de la chaleur de sa jambe contre la sienne, et de ses cheveux près de sa main. Ne pouvant décemment quitter le canapé, il se tint immobile.

— Pourquoi penses-tu ça, Theo ?

Lorsqu'elle le regardait ainsi, de son regard perspicace, il avait l'impression qu'il pourrait lui dire tout ce qu'elle voulait savoir. Même sa plus grande honte.

— Je sais que c'est vrai, parce que je l'ai vécu. J'étais si déterminé à leur donner tout ce qu'il leur fallait - la stabilité, la sécurité financière, l'exemple d'un père qui se voulait un actif citoyen du monde - que j'ai sacrifié ma vie familiale.

Elle inclina la tête de côté.

— Mais ces choses-là sont importantes. Pourquoi te sentirais-tu coupable de les leur avoir fournies ?

— Oui, elles sont importantes, et je le sais d'autant mieux que j'en ai manqué. Mon père était un pauvre type indolent qui travaillait rarement. Et quand il avait un boulot, il dépensait son argent à boire et à jouer. Je me suis promis de ne jamais être comme lui, et j'ai travaillé dur pour m'en assurer.

Il se rendait compte que sa voix était saccadée, mais il ne pouvait s'arrêter.

— Mais il y a une frontière entre réussir et laisser cette réussite devenir l'essentiel de votre vie, et je l'ai franchie.

Nya pinça les lèvres, et lorsqu'elle se pencha en avant pour servir le thé, il souhaita pouvoir voir son visage.

— Et quelle est ta relation avec eux, maintenant ?

— Bonne, répondit-il. Je leur ai parlé hier soir. TJ veut venir me voir entre Noël et le jour de l'An, s'il le peut. Ses notes à Cambridge sont brillantes.

— Et Gillian ?

Il ne put réprimer son sourire en prenant la tasse que Nya lui tendait.

— Elle s'en sort magnifiquement bien. Elle travaille pour une clinique de la fertilité à Londres, comme chercheuse, mais je pense qu'elle reprendra peut-être ses études pour devenir médecin.

Nya but une gorgée de thé, les yeux baissés. Et quand elle

abaissa sa tasse pour se tourner vers lui, il fut surpris par la tendresse de son regard.

— Theo, arrête d'être aussi dur avec toi-même. Tu as aidé à élever deux formidables jeunes gens qui t'aiment et t'admirent. Ne peux-tu pas te féliciter de ça ?

Avant qu'il puisse répondre, elle leva une main pour l'arrêter, un doux sourire sur les lèvres.

— Mon père est mort quand j'avais onze ans, et ma mère m'a élevée seule. Tu penses que tu as été trop volontaire ? Maman pourrait t'en remontrer. Déterminée à obtenir un titre de professeur d'université, elle était toujours en train d'étudier ou d'écrire des livres pour ça. Puis elle a créé un cours d'études africaines. Et en même temps, elle m'élevait. Ce n'était pas toujours une heureuse combinaison.

Nya souriait, mais Theo sentit son cœur se serrer. Il aurait voulu savoir comment cela l'avait affectée, mais il n'osa pas le demander.

— Il y a des fois où je lui en ai voulu de ne pas être à la maison, ou de manquer une occasion spéciale à l'école, mais je savais qu'elle était là pour moi. Et elle a été le meilleur modèle que j'aie pu avoir. Elle m'a appris que si l'on veut quelque chose, on doit travailler dur pour l'avoir, et faire des sacrifices si nécessaire. Tes enfants savent que tu es là pour eux. Ils t'ont vu travailler dur pour rendre leur vie confortable, pour leur donner ce dont ils profitent aujourd'hui. Je t'ai vu à des matchs de rugby et à des concerts. Tu n'as pas été un père aussi absent que tu sembles le penser, alors sois un peu indulgent avec toi-même.

Ses paroles, jointes à cette douce expression dans ses yeux, gonflèrent le cœur de Theo, avant qu'il se mette à accélérer. Incapable de résister, il toucha sa joue du revers de sa main, et grogna presque en sentant sa peau si douce.

Il voulait la remercier, lui dire combien il avait eu besoin d'entendre ce qu'elle avait dit. Et combien il se sentait libre, soudain, comme si elle avait dénoué une corde qui l'entravait, l'empêchant de respirer. Alors, pour la première fois depuis des mois, il prit une grande inspiration qui le nettoya.

Mais aucun de ces mots ne sortit de ses lèvres, car il était trop occupé à présent à embrasser Nya et ne songeait plus du tout à parler.

Nya ne bougea pas quand les lèvres de Theo se posèrent sur les siennes, mais son immobilité ne dura qu'un instant. Elle leva les bras pour les passer autour de son cou et elle l'attira à elle, approfondissant leur baiser tandis que le besoin explosait dans toutes les fibres de son corps.

Elle s'était efforcée si fort de ne pas imaginer ce que ce serait d'embrasser Theo. Mais à présent elle devait reconnaître que ce qu'elle aurait pu imaginer aurait été au-dessous de la réalité.

Ses lèvres étaient plus douces que ce qu'elle se serait représenté. Elle n'aurait pas pu rêver une telle fermeté, une telle maîtrise. Le premier contact de sa langue sur sa bouche fut plus torride, plus excitant que n'importe quel fantasme qu'elle aurait pu avoir. Était-ce là ce que l'on voulait dire, quand on parlait de fondre dans les bras de quelqu'un ? Elle en avait l'impression. Sa peau devint brûlante et si sensible que quand la main de Theo se referma sur sa nuque, elle ressentit une onde d'énergie traverser son ventre tremblant.

Il adoucit peu à peu la pression sur sa bouche, suçant sa lèvre inférieure, la taquinant de ses dents, et elle ne put retenir un gémissement de désir.

Puis le baiser devint farouche, un mélange frénétique de leurs langues. Ils avaient le souffle court, et le cœur de Nya battait si vite et si fort qu'elle l'entendait dans ses oreilles.

Theo se pencha en avant, lui appuyant le dos contre l'accoudoir du canapé, et elle ne résista pas, voulant savoir à quoi cela mènerait. Voulant sentir son corps dur pressé contre le sien.

Le désirant comme elle n'avait jamais désiré auparavant.

C'est alors qu'un cri aigu déchira l'air, et ils se figèrent tous les deux.

Instinctivement, les mains de Nya se posèrent sur le torse de Theo qui se soulevait, et elle le repoussa. Il recula immédiatement, laissant retomber ses bras qui l'enlaçaient, et soudain elle eut froid. Puis, tandis qu'elle se mettait debout en chancelant, elle réalisa qu'elle tremblait de la tête aux pieds.

Il leva une main comme pour la stabiliser et elle esquiva son geste. Elle aurait dû dire quelque chose - faire une remarque lapidaire ou un commentaire banal - mais rien ne lui vint à l'esprit, alors elle fit la seule chose à laquelle elle put penser.

Elle s'enfuit vers la chambre pour prendre le nourrisson qui pleurait et le serrer contre elle.

— Tout va bien, ma douce. Tu es une gentille fille, chantonna-t-elle, tout en entendant le tremblement de sa voix.

Sa tension avait dû se communiquer à Hope, car la petite fille se raidit et cria plus fort au lieu de se détendre comme elle l'aurait fait d'habitude.

Prenant de grandes inspirations, Nya berça Hope, tout en essayant de ralentir les battements de son propre cœur. Ce n'était pas l'heure d'un biberon, mais quand le bébé se calma un peu, elle lui changea sa couche.

Hope cessa de pleurer, et Nya se demandait si elle aurait le cran de retourner dans le living-room quand elle entendit la porte d'entrée s'ouvrir et se refermer. Theo s'était éclipsé.

Soufflant longuement, elle s'assit au bout de son lit et prit Hope contre son épaule pour l'endormir.

Elle avait embrassé Theo. *Theo !*

Et non seulement elle l'avait embrassé, mais elle avait apprécié ce baiser d'une façon qui la laissait ébranlée et excitée, brûlant de connaître de nouveau le genre de contacts physiques qu'elle n'avait pas eu - ni voulu - depuis des années.

Elle ferma les yeux pour revivre ces instants et imagina qu'ils continuaient, devenaient plus intimes. Les mains et la bouche de Theo explorant son corps, la touchant, la caressant, accroissant son besoin jusqu'à son paroxysme...

Elle eut du mal à écarter ses pensées de ce terrain dangereux, mais elle savait qu'elle ne pouvait se permettre de les laisser vagabonder le long de ce chemin. Rien de ceci ne pouvait être réel. Theo traversait une période difficile et son cœur à elle appartenait à Jim et personne d'autre.

Le fait que Theo et elle aient été poussés l'un vers l'autre parce qu'ils partageaient la garde de Hope, à cette époque particulière de leur vie, avait créé une situation anormale. Une fois que les choses rentreraient dans l'ordre, ils se demanderaient tous les deux ce qui leur avait pris, de s'embrasser ainsi.

Ce n'était pas bien - ni pour l'un ni pour l'autre - mais alors qu'elle s'allongeait sur son lit, tenant toujours Hope et regardant la photo de Jim, elle se demanda pourquoi cela lui semblait aussi juste, en même temps.

8

Ce fut seulement le lendemain matin que Nya se rappela qu'elle n'avait pas dit à Theo qu'il n'aurait pas Hope ce jour-là, ni le suivant. Elle hésitait entre l'appeler ou lui envoyer un texto, quand son téléphone sonna. Son cœur fit une cabriole, avant qu'elle réalise que c'était sa mère qui l'appelait.

— Bonjour, maman, dit-elle en espérant que son souffle court ne s'entendrait pas trop. Comment s'est passé le séminaire ?

— Très bien, mais qu'est-ce que j'apprends ? Tu gardes un bébé ?

Nya ne put retenir un petit rire.

— Ainsi, tu es déjà au courant. Cela t'apprendra à partir pour Penzance en me laissant livrée à moi-même.

Sa mère souffla fortement.

— Dis-moi tout, depuis le début. Je n'ai eu que des bribes de l'histoire à travers les potins.

Nya s'exécuta, s'efforçant de rendre la chose banale. Mais chaque fois qu'elle devait prononcer le nom de Theo, son cœur manquait un battement et elle craignait que cela n'affecte son intonation. Une crainte fondée, car lorsqu'elle eut fini, Iona déclara :

— Alors Theo et toi partagez la garde de la petite Hope ? C'est... intéressant.

— Non, maman, s'empressa de dire Nya, trouvant cette description trop intime, comme s'ils formaient une petite famille. Nous sommes seulement parents d'accueil, chacun de notre côté. Et c'est temporaire.

— Eh bien, je suis impatiente de rencontrer Hope. Elle sera avec nous pour Noël, c'est ça ? As-tu invité Theo ?

— Oui.

— Bien. S'il te plaît, invite-le aussi à notre fête de Kwanzaa.

— Je le ferai, maman.

Nya consulta sa montre. Si elle ne contactait pas bientôt Theo, il risquait d'arriver chez elle. Pour rien.

— Je dois y aller, maintenant. Je crois que Hope se réveille.

— Quand la verrai-je ?

— Elle n'a qu'un peu plus d'une semaine, alors j'essaie de limiter ses contacts avec des personnes extérieures. Mais tu fais partie de la famille. Dis-moi quand tu seras libre et je te l'amènerai.

— Cet après-midi, ce serait magnifique. Viens prendre le thé. Je mettrai un masque pour tenir le bébé.

Nya secoua la tête, incapable de retenir un sourire. Il était impossible d'en vouloir à sa mère de ses manières despotiques, car elle savait d'où elles venaient : c'était une façon pour elle de naviguer dans un monde qui n'avait pas toujours été facile. Elle avait développé une personnalité très pragmatique pour s'assurer d'obtenir ce qu'elle voulait, mais aussi pour se protéger des déceptions.

— Et amène Theo avec toi, ajouta Iona. Cela me fait toujours plaisir de le voir.

Là-dessus, elle raccrocha.

Nya, prise de court, décida d'appeler Theo. Comme elle composait son numéro, elle entendit son téléphone sonner devant sa porte. *Sapristi, il était trop tard.*

Quand il répondit, elle put entendre le rire dans sa voix.

— Salut, tu veux bien me laisser entrer ?

— Laisse-moi y réfléchir, dit-elle en se sentant sotte, tandis qu'elle tapotait ses cheveux comme une écolière sur le point de voir son amoureux.

Elle tenta de se ressaisir, mais le gloussement de Theo la fit frissonner sensuellement.

— J'ai apporté des cadeaux, dit-il.

Nya ouvrit enfin la porte en secouant la tête.

— Tu n'aurais pas dû.

Son grand sourire lui fit voltiger le cœur, quand il se pencha pour prendre les boîtes empilées à ses pieds. Elle s'écarta pour le laisser entrer.

Il fit plusieurs voyages pour tout apporter. Nya le regarda faire, partagée entre l'amusement et cette ridicule sensation de trouble.

— Qu'est-ce que c'est que tout ça ? demanda-t-elle.

— Juste quelques affaires dont j'ai pensé que Hope avait besoin.

Il paraissait si content de lui que le cœur de Nya fondit.

— J'ai trouvé un siège-auto avec deux supports, pour que nous puissions en avoir chacun un dans notre voiture. Et puis il y a des couvertures, des biberons, des pyjamas, des serviettes de bain...

Il sortait les articles des boîtes tout en parlant, et Nya mit une main sur sa bouche pour étouffer le gloussement qui lui montait dans la gorge. Theo s'arrêta et la transperça du regard.

— Pourquoi fais-tu toujours ça ? demanda-t-il en désignant sa main.

Elle se sentit un peu gênée, mais elle fronça le nez et répondit :

— J'ai un rire idiot, on dirait une fillette de douze ans et non une femme adulte.

Il plissa les paupières.

— Celui qui t'a dit ça est un abruti. J'adore t'entendre rire. Chaque fois, cela me fait sourire.

Elle sentit son visage s'échauffer et se détourna pour qu'il ne voie pas combien ses paroles l'affectaient. Elle pensait que sa façon de rire nuisait à son autorité dans son travail, et elle la réprimait tout le temps.

Elle considéra les boîtes et dit :

— C'est une bonne chose que ce soit jour de lessive, pour moi. Tout ceci doit être lavé avant qu'on s'en serve.

Elle jeta un coup d'œil à Theo en prenant soin de ne pas se laisser capturer par son regard, de nouveau.

— Je voulais te dire que tu n'avais pas à venir chercher Hope aujourd'hui et demain, étant donné que je suis de repos.

— Oh ! non, rétorqua-t-il avec un mélange d'amusement et de fermeté. Tu ne vas pas me priver de la compagnie de Hope, et te priver toi de la possibilité de te reposer.

— Cela ne me fait rien. Elle est si sage, et j'ai des choses à faire chez moi. En outre, j'ai promis à maman de la lui amener cet après-midi, alors si tu as des choses à faire de ton côté...

— La seule chose que j'aie à faire est de m'occuper de Hope, déclara-t-il avec conviction. Je peux rester ici jusqu'à ce que tu ailles chez ta mère. De cette façon, si tu veux faire une sieste ou ne pas t'arrêter dans tes activités, je serai là pour tout contrôler.

Si elle faisait des histoires, il allait penser que leur baiser de la veille avait changé leur relation, et elle ne voulait pas que cela arrive. Aussi, même si tout en elle lui criait qu'elle ne devait pas passer plus de temps avec Theo que ce n'était absolument nécessaire, elle céda. Levant les mains, elle souffla.

— D'accord. As-tu pris ton petit déjeuner ?

— J'ai mangé une barre protéinée.

Nya essaya de retrouver l'atmosphère détendue qu'ils avaient partagée à l'arrivée de Theo.

— C'est pour garder la ligne ?

— En fait, la vérité, c'est que je suis un terrible cuisinier.

Elle ne put réprimer un petit rire.

— J'en doute. Tu es une personne bien trop compétente pour ne pas savoir comment cuire un œuf ou griller un toast.

Il raconta alors comment il avait brûlé un repas sur son barbecue, et elle en rit aux larmes.

Mais elle fut surtout soulagée que les choses reviennent à la normale - comme avant son divorce, et définitivement comme avant ce baiser - et elle se sentit le cœur plus léger.

Ayant passé le plus clair de la nuit précédente à revivre leur baiser, et à essayer de définir quoi faire à ce sujet, Theo en était arrivé à la conclusion qu'il valait mieux ne plus en reparler.

Il supposait que c'était ce que voulait Nya. Ses efforts pour se débarrasser de lui, au début, puis pour garder une atmosphère légère lorsqu'il avait fait comprendre qu'il ne partirait pas, semblaient aller dans ce sens. Elle voulait qu'il sache qu'il ne l'intéressait pas physiquement, mais qu'elle souhaitait le garder comme ami, et il en était extrêmement reconnaissant.

Quant à la façon dont il voyait leur baiser, lui... C'était là que les choses devenaient moins nettes. Non seulement tenir Nya lui avait paru incroyable, et l'embrasser lui avait semblé terriblement excitant, mais tout cela lui était apparu comme…

Juste.

Comme si, quelque part dans son subconscient, il avait attendu la chance de prendre Nya contre lui, de goûter ses lèvres, de savoir ce que cela faisait d'être touché par ses mains douces et compétentes.

Ce qui était absurde.

Il avait pris au sérieux les engagements de son mariage. Il ne lui était jamais, jamais venu à l'idée d'être infidèle, ne fût-ce qu'en pensée. Alors il était tout à fait sûr de ne jamais avoir pensé à Nya de cette façon. Toutefois, il ne pouvait nier le pur ravissement qu'il avait éprouvé la veille au soir. Ce qui avait provoqué une bouffée de culpabilité et de confusion qui l'avait fait rester debout tard dans la nuit, à arpenter sa maison.

Depuis que son mariage avait capoté, des amis et des parents l'avaient pressé de sortir avec quelqu'un, mais cela ne l'intéressait pas. Toute sa personnalité s'était construite sur la concentration et la stabilité. Même si, mentalement, il acceptait son échec à garder sa famille ensemble, émotionnellement il avait du mal à rompre les liens. Fréquenter quelqu'un d'autre lui apparaissait encore comme une trahison.

Et sa réaction à ce bref moment d'intimité avec Nya lui montrait qu'il avait raison. Même s'il n'y avait pas eu le problème qu'elle était son amie, et qu'apparemment elle était déterminée à ne s'engager avec personne, il n'était pas prêt non plus. Peut-être, comme elle, ne le serait-il jamais.

Du coup, il lui savait gré de son attitude ce matin-là, et de l'accueil qu'elle lui avait réservé. Il avait la sensation d'avoir tant perdu durant les dix-huit derniers mois que cela serait dévastateur de perdre aussi l'amitié de Nya.

Appuyé à la porte de sa cuisine, il garda leur conversation légère, même s'il était hyper conscient de chacun de ses mouvements tandis qu'elle préparait le petit déjeuner. Et lorsqu'il entendit Hope s'agiter, il alla la chercher avant que Nya ait le temps de lever les yeux.

Ce qu'il était décidé à faire ce jour-là, c'était s'assurer que Nya ait toute l'aide dont elle avait besoin, qu'elle le veuille ou non.

Après avoir changé la petite fille, il l'amena dans la cuisine et vit que son biberon était déjà en train de chauffer.

— J'aurais pu le faire, dit-il.

Elle souffla et leva les yeux au ciel.

— Il aurait été idiot de faire attendre Hope pendant que tu fouillais partout, alors que ça m'a pris deux secondes.

— Tu entends comme elle me parle, Hope ?

Il tourna le bébé face à lui, son petit corps tenant aisément dans ses grandes mains.

— Tu aurais cru qu'elle serait plus gentille avec nous, n'est-ce pas ?

Nya releva le nez.

— Je suis toujours gentille. Ne tourne pas mon bébé contre moi.

Pour Theo, le temps sembla ralentir, et presque s'arrêter. La façon dont elle avait dit ça, l'atmosphère détendue lui donnèrent l'impression d'un foyer. Un foyer comme il avait toujours rêvé d'en connaître. Puis il écarta cette pensée.

Nya et lui avaient toujours aimé plaisanter entre eux, que ce soit au travail ou en société. Il n'y avait rien de neuf ou d'étrange, ce matin-là, sauf que la précieuse petite Hope était ajoutée à leur relation. Et considérant la façon dont il avait évité Nya depuis le divorce, le fait que le bébé les réunisse et rallume leur vieille amitié rendait tout cela encore plus précieux.

Il valait mieux ne pas en faire trop.

La journée s'écoula à toute vitesse, mais si facilement que Theo trouva cela très agréable. Il avait acheté un porte-bébé à placer contre lui, et il mit Hope dedans pour aider Nya à étendre sa lessive dans le jardin de derrière. Le temps était beau et ensoleillé, et le vent des derniers jours était tombé.

Elle le taquina.

— Tu es un champion des pinces à linge. Manifestement, tu t'y connais.

— Ma mère avait deux ou trois boulots, quand nous étions petits, et comme j'étais l'aîné, je devais faire tourner la maison lorsqu'elle n'était pas là.

— Et ton père ?

— Il ne faisait absolument rien, même s'il ne travaillait presque pas. C'était ma mère qui s'occupait de tout.

— Je me souviens de l'avoir rencontrée une fois, il y a cinq ou six ans. Elle vit en Amérique, n'est-ce pas ?

— Oui, elle habite San Francisco avec son second mari. Je ne sais absolument pas si mon père est toujours vivant. Il a divorcé de ma mère quand je suis entré à l'université, et n'a plus donné de ses nouvelles.

— Je suis désolée, dit-elle d'un ton bref. Cela a dû être dur pour vous tous.

Theo s'arrêta, une pince à linge à la main, et attendit que sa colère se réveille. Mais quand elle le fit, il la trouva plus atténuée que d'habitude.

— Je pense que cela a été un soulagement plus qu'autre chose. La situation pesait beaucoup sur ma mère, la faisant vieillir avant l'âge. Elle est bien plus heureuse maintenant.

Là-dessus, il changea de sujet et lui demanda à quelle heure elle devait être chez Iona.

— Elle aime prendre le thé à 4 heures, et tu es invité, si cela te dit de venir.

Theo faillit refuser, mais à la place il répondit :

— J'en serais ravi.

Puis il se demanda ce que signifiait le regard en coin que Nya lui lança.

— J'ai quelque chose à faire après, dit-elle, mais c'est un secret. Je peux compter sur toi pour ne rien dire ?

— Bien sûr, affirma-t-il, intrigué. Qu'est-ce que tu mijotes ?

Elle eut ce petit rire adorable, et leva les sourcils pour le taquiner.

— Tu verras. Plus tard.

Il eut beau insister, elle ne voulut pas en dire plus.

9

Nya savait qu'elle serait bien sotte de ne pas s'inquiéter à l'idée d'aller chez sa mère avec Theo. Iona était une fine observatrice qui remarquait trop souvent des choses que les autres ne voyaient pas, et qui n'hésitait pas à les commenter. Mais, à sa surprise, elle ne dit rien de déplacé et parut trop absorbée par Hope pour se rendre compte du changement survenu chez sa fille.

Pourtant, Nya était sûre qu'il devait y avoir des signes extérieurs du tumulte qui faisait rage en elle.

Oh ! elle pensa qu'elle se débrouillait bien pour feindre que la relation facile qu'elle avait toujours eue avec Theo n'avait pas changé, mais elle savait que ce n'était qu'une façade. La conscience accrue qu'elle avait de lui et la façon dont son regard était constamment attiré par lui la mettaient mal à l'aise. Elle passa le plus gros de la visite à essayer de trouver où poser les yeux, autrement que sur lui, et à serrer les poings pour ne pas le toucher en passant.

Se dire que c'étaient juste les suites de leur baiser de la veille ne l'aidait pas. En fait, c'était pire, car cela lui rappelait leur étreinte et faisait monter des vagues de chaleur de sa poitrine à son visage.

Mais elle réussit à traverser le thé sourire aux lèvres, et quand Iona suggéra qu'ils lui ramènent Hope le lendemain, elle fit de son mieux pour refuser l'invitation.

— Theo aura Hope demain, maman, dit-elle, même si ce n'était pas vrai. Et je suis sûre qu'il a d'autres plans.

— En fait, non, dit-il en souriant, et en paraissant si adorable avec Hope nichée contre lui dans le porte-bébé que Nya put à peine le supporter. Je projetais juste de traîner avec elle, et de lui faire voir un match de foot ou deux.

— Dans ce cas, vous devez absolument la ramener, dit Iona, son regard amusé contredisant son ton acerbe. Il faudra que je contrebalance le foot par une discussion sur Beowulf et sur la beauté de la littérature anglaise ancienne.

Theo rit en se penchant pour lui embrasser la joue, et Nya les regarda en secouant la tête, sans pouvoir s'empêcher de rire aussi.

— C'était un bon moment, dit Theo comme ils reprenaient le chemin du cottage de Nya. J'aime vraiment beaucoup ta mère. Elle est toujours intéressante.

— Tu veux dire haute en couleur ? demanda Nya, amusée.

Les yeux de Theo pétillèrent.

— Elle l'est, mais ce n'est pas ce que je voulais dire.

Il pinça les lèvres, comme s'il cherchait les mots justes.

— Elle me frappe comme quelqu'un qui ne donne pas facilement sa confiance ou son amitié, mais une fois qu'on l'a obtenue, c'est irréversible. C'est quelque chose que j'apprécie.

— Tu es assez comme ça aussi, dit Nya. Mais sans les aspects coupants de maman.

Theo haussa une épaule et leva la tête vers la lune qui éclairait le chemin. Son profil était rendu anguleux par le jeu de la lumière et des ombres, et tandis que les illuminations de Noël mettaient de la couleur sur sa peau sombre, elle le trouva terriblement beau.

— J'ai appris à être prudent avec les gens, à admettre que tout le monde n'a pas mes meilleurs intérêts à cœur, reprit-il. Mais en même temps, j'aime bien la plupart des personnes que je rencontre. Simplement, je ne souhaite pas laisser n'importe qui pénétrer dans mon intimité.

Elle hocha la tête, appréciant sa sincérité.

— Ma mère n'a pas toujours eu une vie facile. Je pense que c'est une autre chose que vous avez en commun.

Il lui lança un regard en coin de sous ses paupières mi-closes, et sourit de nouveau.

— Peut-être. Je n'ai jamais été très porté sur l'autoanalyse, même si j'ai l'impression de n'avoir fait que ça toute l'année dernière, quand je ne travaillais pas. Et je n'ai toujours pas de réponses.

Ils étaient arrivés au coin de la grand-rue et Nya l'arrêta en posant une main sur son bras, incapable de résister à l'envie de le toucher. C'était juste un geste de sympathie, se dit-elle.

— Parfois, on doit accepter qu'il n'y ait pas de réponses faciles, ou même pas de réponses du tout.

Et puis, parce que l'air paraissait trop lourd autour d'eux, et qu'elle luttait contre le désir de l'attirer à elle et de l'embrasser de nouveau, elle lâcha son bras et lança :

— Tu es prêt pour notre mission secrète ?

Il sourit de toutes ses dents.

— Qu'est-ce que tu prépares ?

— Viens par-là et tu verras.

Il la suivit dans la grand-rue. Il y avait quelques personnes, et d'après le bruit qui en venait, Le Dauphin devait être plein.

— Allons-nous à la clinique ? demanda-t-il.

— Chut ! fit-elle, regardant autour d'eux tandis qu'ils s'approchaient de la boîte aux lettres proche de l'entrée de Carey House. Nous nous arrêtons ici.

— Pour quoi faire ? chuchota Theo.

— Tu vas voir.

Elle tira de son sac l'enveloppe qu'elle avait crochetée et dont elle était très fière. Elle représentait une scène hivernale, avec des gens qui patinaient sur un étang en costumes victoriens. Tout autour, elle avait attaché des décorations de Noël avec des rubans.

Elle ajusta avec soin cette espèce de gaine sur la boîte aux lettres, poussant un soupir soulagé en constatant qu'elle allait parfaitement. Lorsqu'elle se recula pour juger de l'effet, Theo se retrouva à côté d'elle. Et quand il passa un bras sur ses épaules, elle ne put se résigner à s'écarter.

— C'est magnifique, dit-il, paraissant fasciné. Et impressionnant. Mais pourquoi...

— Partons d'ici, répondit Nya. Je ne dois pas être vue à côté. Je t'expliquerai plus tard.

Et d'un pas vif, elle reprit le chemin de chez elle.

— Cela s'appelle de la décoration sauvage, dit-elle lorsqu'ils furent assez loin. C'est un genre de street art qui n'est pas illégal, mais que les autorités voient parfois de travers. Les dames de notre club de travaux manuels font ça depuis quelques années. Tu as déjà dû voir certaines de leurs œuvres dans le village.

— Oui, et j'ai toujours pensé que cela apportait une note gaie aux rues. Mais pourquoi se cacher comme un voleur ?

Il se moquait un peu d'elle, mais elle préférait ça au Theo grave et sévère qu'elle avait vu récemment.

— Eh bien, la moitié de l'amusement, c'est de laisser deviner aux gens qui a fait quoi. Cette fois, personne ne pensera que c'est moi.

— Pourquoi ?

Ils tournaient dans son allée, et elle sut tout à coup qu'elle ne voulait pas que la soirée se termine si tôt.

— Parce que je suis connue comme tricoteuse, pas comme crocheteuse, répondit-elle sans le regarder.

Il rit doucement, un son qui fit passer un frisson sur son échine.

— Tu sais que je suis incapable de faire la différence, n'est-ce pas ? Mais je te crois, et je promets de ne pas divulguer ton secret.

— Merci.

Ils étaient arrivés à sa porte, maintenant, et avant de perdre courage elle dit :

— Je vais donner son bain à Hope. Veux-tu m'aider ?

— Volontiers, répondit-il d'un ton calme qui la troubla néanmoins. Merci.

— Je t'en prie.

Elle avait les doigts qui tremblaient un peu en insérant la clé dans la serrure, et elle inspira profondément pour se contrôler. Il fallait espérer qu'elle n'allait pas regretter l'invitation. Mais alors qu'ils entraient dans le living-room, elle se sentit tout simplement sur un petit nuage.

Nya éclaira l'arbre de Noël, baignant la maison de lumières clignotantes, ce qui rappela à Theo combien son propre cottage était aride, à côté.

— Je devrais mettre quelques décorations chez moi, dit-il, tandis que Nya l'aidait à sortir Hope du porte-bébé. J'y pense chaque fois que je vois les tiennes, et puis j'oublie.

— Et installer un sapin ! ajouta Nya en riant, ses yeux bruns pétillants. Fais-le pour Hope, si tu ne le fais pas pour toi.

— Bien sûr, répondit-il, riant avec elle.

Il se sentait ridiculement heureux d'être avec Nya et Hope, et invité à participer au rituel du soir.

Ce fut seulement lorsqu'ils furent devant l'évier de la cuisine qu'il réalisa à quel point il serait proche de Nya pendant le bain. Trop proche, pensa-t-il tandis que son bras frôlait le côté de sa poitrine et que son souffle se coinçait dans sa gorge.

Contrôle-toi.

Mais alors même qu'il se concentrait pour déshabiller Hope qui gesticulait, la conscience qu'il avait de Nya s'accrut.

Un doux parfum qu'il reconnaissait comme le sien.

La vue de ses mains expertes qui faisaient couler l'eau et rassemblaient ce qu'il fallait pour le bain.

La chaleur de son corps qui venait jusqu'à lui.

Et chaque fois qu'ils se touchaient, une chaleur intense naissait de ce contact, le faisant vibrer tout entier.

De désir.

— Voilà, dit doucement Nya, en prenant Hope pour la plonger dans l'eau tiède.

Les yeux de la petite fille s'élargirent, puis elle se mit à agiter les bras et les jambes.

— Oh ! tu aimes ça, hein, mon chou ?

Theo n'aurait su nommer l'émotion qui le saisit à ce moment-là, mais ses yeux le piquèrent et sa voix fut rauque lorsqu'il dit :

— Je vais la tenir pendant que tu la laves.

— Merci.

Ils trouvèrent un rythme qui accrut encore la sensation d'intimité qui les enveloppait. Ils s'y mirent à deux pour laver la tête de Hope, tout près l'un de l'autre, et du coin de l'œil Theo apercevait la courbe lisse de la joue de Nya. Il chercha un sujet de conversation qui mettrait une distance émotionnelle entre eux, et se dit qu'il serait bon qu'il se souvienne qu'elle n'était pas disponible. Cela dissiperait peut-être cette envie d'elle qui lui crispait les muscles et lui donnait la tête légère.

— Puis-je te poser une question très personnelle ? demanda-t-il, sans savoir s'il voulait qu'elle réponde par oui ou par non.

— Bien sûr, répondit-elle en lui jetant un coup d'œil de côté. Tout ce que tu voudras.

— Pourquoi ne t'es-tu jamais remariée ?

La main qui maniait l'éponge s'arrêta un instant, puis reprit ses caresses.

— Tu sais quoi ? Je ne crois pas que quelqu'un m'ait posé cette question aussi directement, jusqu'ici.

— Je suis désolé, dit-il, mais elle secoua la tête.

— Ne le sois pas. J'aime mieux ça que les gens qui croient savoir et me donnent leur opinion sans que je la demande.

Elle marqua une pause.

— La réponse courte, c'est que je n'ai jamais trouvé quelqu'un qui me donne envie de me remarier.

— Et la réponse longue ?

— Peux-tu t'asseoir, pour que je lui lave le dos ?

Il s'exécuta.

— La réponse longue, c'est que quand Jim est mort, j'ai été si dévastée qu'il m'a fallu deuxans pour penser à lui sans pleurer. Il m'avait toujours prévenue qu'il pourrait mourir au combat, mais j'étais trop jeune pour le croire. Et ensuite, rester à Andover a été trop douloureux. Dès que je voyais un uniforme au loin, mon cœur bondissait, puis se brisait de nouveau en constatant que ce n'était pas Jim. Que ce ne serait plus jamais lui.

Elle se tut un instant, puis elle soupira et secoua légèrement la tête.

— Je suis revenue à Carey Cove pour y chercher du réconfort. Être près de ma mère, voir des visages familiers et visiter des endroits que je connaissais m'a aidée à guérir, mais je ne pensais pas rester. J'ai toujours cru qu'un jour je serais prête à repartir et à reprendre le cours de ma vie. Mais les mois sont devenus des années, je me suis sentie bien, et avec ma carrière qui marchait bien aussi, j'ai mis tous les autres plans de côté.

— Alors ce n'est pas que tu aies consciemment décidé de ne pas te remarier - c'est juste que l'occasion ne s'est jamais présentée ?

— Quelque chose comme ça. Carey Cove ne regorge pas

d'hommes libres, et quand je vais à Falmouth ou à Penzance, ce n'est pas pour faire la fête ou me rendre dans des clubs. Je suis sortie parfois avec des hommes au fil des années, mais cela me ramène toujours au point de départ : ne pas trouver quelqu'un qui me fasse ressentir une fraction de ce que j'éprouvais pour Jim.

Il ne s'était pas trompé, se dit-il. C'était un sujet qui avait de quoi lui remettre la tête d'aplomb.

Manifestement, Nya avait aimé si intensément son mari que personne n'avait jamais pu entrer en compétition avec lui. Et pour être réaliste, qui pouvait être à la hauteur d'un homme qui resterait toujours, dans son esprit, jeune, plein de joie et de vie ?

Elle s'était tournée pour prendre la serviette qu'elle avait préparée, et Theo relâcha silencieusement son souffle, se concentrant sur Hope qui paraissait détendue et prête à dormir après son bain.

C'était là quelqu'un dans la vie de qui il pouvait faire une vraie différence, ne fût-ce que pour quelque temps, se dit-il. Mais il devait se rappeler que c'était provisoire - et que l'existence avec Nya et Hope avait beau lui paraître agréable et pleine de chaleur, cela ne durerait pas.

S'en souvenir était la seule façon de s'éviter un gros chagrin, ce qu'il était déterminé à faire.

Cependant, il ne pouvait nier que son cœur s'attendrissait en regardant Nya envelopper Hope dans la serviette. Mais se dire qu'il serait sage de partir pour retourner à sa propre vie ne marcha pas, et ce fut seulement quand Nya se dirigea vers sa chambre avec le bébé qu'il réalisa qu'il ne pouvait pas rester plus longtemps.

Se trouver dans cette pièce avec Nya aurait quelque chose de trop intime, et être exposé au regard rieur de son mari bien-aimé serait trop dur à supporter.

Et pourtant, il dut faire preuve de beaucoup de volonté pour prendre congé et laisser derrière lui la délicieuse ambiance du cottage.

10

Nya sentait que la vie s'installait dans une routine dangereuse, mais elle ne pouvait rien y faire - et ne le souhaitait même pas.

Theo et elle avaient pris la responsabilité de s'occuper de Hope, et si cela les réunissait d'une façon qu'elle savait périlleuse pour sa tranquillité d'esprit, que pouvait-elle y changer ?

Les jours suivants, Theo prit l'habitude de venir chez elle le matin et, selon ce qu'ils avaient prévu, soit il prenait Hope avec lui, soit il allait avec Nya à Carey House. À l'heure du déjeuner, il arrivait soit avec un repas acheté au pub, qu'ils partageaient dans le bureau de Nya, soit avec un pique-nique si le temps était assez clément pour sortir Hope.

Le soir, il s'attardait chez Nya, l'aidant à nourrir et à baigner le bébé, et il dînait invariablement avec elle. Certaines fois, il paraissait réticent à s'en aller et elle pouvait le comprendre. Vivre seul, après avoir eu l'habitude d'être entouré de sa famille, devait être difficile.

S'assurant de ne pas s'asseoir avec lui sur le sofa - pas parce qu'elle ne voulait pas qu'il l'embrasse, mais parce qu'elle craignait, elle, d'en prendre l'initiative - Nya sortait son tricot.

Et, alors, elle devait se forcer à se rappeler que tout ceci était temporaire. Avoir Theo près d'elle était si agréable, et paraissait si naturel. Ils buvaient du thé et parlaient de tout, des affaires du monde comme des petits événements du village - par exemple Don Mitchell qui était tombé d'une échelle en installant des décorations sur sa façade.

— Je suis sûre qu'il essayait de faire mieux que Kiara, dit Nya en secouant la tête. Mais tout ce qu'il a gagné, c'est une jambe cassée et des soucis pour sa famille. Tu sais que leur fille, Tara, est en fin de grossesse ? J'ai entendu dire qu'elle insiste pour venir de Milton Keynes afin de voir son père.

— La pauvre Avis doit être dans tous ses états, répondit Theo. Maintenant, elle va devoir s'inquiéter de Don et des chiens, mais de sa fille, aussi.

C'était bien de lui de se sentir concerné par les autres. Des moments comme celui-là accroissaient l'impression de Nya qu'il était à sa place dans son cottage. Dans sa vie. Le troisième soir, elle faillit lui demander s'il était prêt à aller se coucher, comme s'il vivait chez elle.

Le mardi, Nya prit quelques heures de congé et ils se rendirent ensemble à Penzance pour amener Hope chez le pédiatre.

— Tout semble aller bien, leur dit le Dr Miller après un examen complet. Elle n'est pas très grande et pas très grosse, mais pas comme si elle était prématurée. Vous avez mentionné que ces deux derniers jours elle avait le nez un peu bouché, mais ses poumons sont clairs. Comme nous n'avons aucune information sur sa mère, sa naissance ou les premiers jours de sa vie, je vous suggérerais de bien surveiller toute infection ou toute maladie. Sinon, à vous deux, vous faites un travail magnifique, apparemment.

Nya n'avait pas pu s'empêcher de décocher un grand sourire à Theo, et quand il lui avait répondu, elle avait été frappée une fois de plus par une impression de famille, et de justesse.

C'est vraiment dangereux, se rappela-t-elle plus tard ce soir-là, alors qu'elle était allongée dans son lit. Et même le fait de regarder le portrait de Jim n'atténua pas ce sentiment.

Quelques jours après, alors qu'ils assistaient à l'illumination de l'arbre de Noël du village, sa mère lui glissa à l'oreille :

— Vous avez l'air d'un couple.

Nya se dit qu'elle devrait rire, mais elle réalisa que cela n'aurait pas l'air naturel. Alors elle gratifia sa mère d'un regard sévère et secoua la tête.

— Nous sommes juste des amis, maman. Tu le sais. S'il te plaît, ne fais rien d'embarrassant.

Iona pinça les lèvres et lui décocha l'un de ses regards autoritaires.

— Je ne ferais jamais rien d'inconvenant, Nya. Il s'agissait simplement d'une observation.

Et, par bonheur, elle en resta là, même si Nya était sûre qu'elle avait envie d'en dire beaucoup plus long.

La nuit était étonnamment douce et sèche, et la pelouse communale était emplie de gens. Les gérants du Dauphin avaient installé une tente où ils distribuaient du vin chaud, du cidre et du chocolat. En face, les décorations de Kiara éclipsaient toutes les autres, et les enfants faisaient la queue pour se faire photographier dans le traîneau du Père Noël.

Hope, blottie contre la poitrine de Nya dans le porte-bébé, était réveillée et mâchouillait son poing. Theo, qui était allé leur chercher des boissons, revenait lentement vers elles. Tous les deux pas, quelqu'un l'arrêtait pour bavarder, et Nya sourit de le voir aussi détendu.

Aussi heureux.

Même avec les mots de sa mère qui lui résonnaient encore aux oreilles, l'avertissant de nouveau qu'elle s'aventurait en eau profonde, elle ne put s'empêcher de souhaiter avoir mis elle-même ce sourire sur son visage.

Les rejoignant enfin, Theo dit :

— Désolé d'avoir mis si longtemps. J'espère que vos boissons n'ont pas refroidi.

Il tendit son vin chaud à Iona, puis il se rapprocha de Nya. Si près que son bras touchait le sien. Il courba la tête et lui dit à l'oreille :

— Il y a une discussion virulente près de la tente, pour savoir qui a habillé la boîte aux lettres près de Carey House.

Il paraissait si amusé que Nya rit en lui prenant son chocolat des mains.

— Ont-ils mentionné quelqu'un que tu connais ?

— Plusieurs personnes, mais pas toi.

Elle rit de nouveau, d'un rire un peu haletant cette fois, parce que le fait de l'avoir si près d'elle semblait chasser l'air de ses poumons.

Quelqu'un appela Theo, qui se redressa et se tourna pour répondre. Nya souriait encore quand elle croisa le regard de sa mère. Les sourcils haussés d'Iona disaient clairement : *Vraiment ? Juste des amis ?*

Tout ce que Nya put faire fut de fixer sa mère entre ses paupières plissées et de se détourner, en espérant que ses joues échauffées ne se voyaient pas trop.

Le grand sapin fut éclairé sous les cris de joie, et des chants de Noël furent entonnés avec entrain. Theo insista pour qu'ils aillent jusqu'à la maison de Kiara et montent dans le traîneau pour se faire prendre en photo avec Hope. Iona se tenait sur le côté, rayonnante.

Quand Hope commença à s'agiter, Nya dit :

— Je crois qu'il est temps de rentrer à la maison. Elle a été adorable, mais il commence à faire froid pour elle, surtout avec son nez bouché.

— Je vais rester un peu, déclara Iona. Lisa veut créer un club de lecture, cet hiver, et j'ai promis de lui faire quelques suggestions.

— Très bien, maman.

Nya se pencha pour recevoir le baiser de sa mère, qui embrassa ensuite la tête de Hope. Tandis que Iona s'en allait, Nya se tourna vers Theo.

— Tu peux rester aussi, si tu veux. Nous pouvons très bien rentrer seules.

Theo grogna et passa un bras sur ses épaules pour l'éloigner de la foule.

— En fait, je voulais te demander une faveur, dit-il lorsqu'ils furent sur le trottoir menant au cottage de Nya.

Celle-ci se disait qu'elle devrait se dégager, mais elle n'en eut pas le courage. C'était trop bon.

— Je n'ai pas encore décoré ma maison. Si je t'offre à dîner demain soir, voudrais-tu m'aider ? Je serai le premier à dire que la décoration n'est pas mon fort.

— Bien sûr, répondit-elle en essayant de paraître aussi désinvolte que lui, alors qu'au fond elle brûlait déjà d'y être. Je viendrai chez toi après le travail.

— Excellent. Je promets de ne pas cuisiner pour toi.

— Merci, le taquina-t-elle. J'apprécie.

Quand sa grande main se referma sur sa nuque, elle aurait juré que sa paume lui brûlait le cou même à travers le col de son manteau et son écharpe.

— Si tu ne te conduis pas bien, gronda-t-il, je serai obligé de sortir mon barbecue.

La gorge soudain sèche, elle dut déglutir et combattre un frisson qui menaçait de la faire trembler. Elle se força à continuer à plaisanter.

— Oh ! non ! Tout sauf ça !

Et d'une manière quelconque, elle maintint une atmosphère joviale jusque chez elle. Lorsqu'elle ouvrit la porte et entra, elle fut surprise de constater que Theo restait sur le seuil.

— Tu ne rentres pas ? demanda-t-elle en sortant Hope du porte-bébé.

Lorsqu'elle releva les yeux, l'expression de Theo la glaça sur place, et son souffle se coinça dans sa gorge. Il la regarda un moment et dit :

— Pas ce soir. Je vais rentrer chez moi.

Avec un sourire qui n'atteignait pas ses yeux et un petit signe de la main, il tourna les talons pour disparaître à grands pas dans la nuit.

C'était aussi bien, pensa Nya, un peu ébranlée, en refermant la porte derrière lui. S'il était resté, elle aurait pu être tentée de l'embrasser de nouveau, et elle ne pouvait pas se le permettre.

Pas si elle voulait conserver leur amitié, sa fierté et sa santé mentale.

Theo savait que s'il était entré dans ce cottage chaleureux et douillet avec Nya et Hope, s'il avait passé une autre soirée avec elles, comme s'ils formaient une famille, il n'aurait pas pu résister.

Résister à l'attrait du sourire de Nya, de ses yeux brillants, de sa bouche gourmande. À l'envie de faire comme s'il pouvait de nouveau appartenir à quelqu'un et prendre un nouveau départ.

S'en aller avait été un arrachement, mais un arrachement nécessaire pour ne pas se ridiculiser et risquer son amitié avec Nya. Néanmoins, le lendemain matin, en regardant la bruine par la fenêtre de sa cuisine, il regretta encore de l'avoir fait et se demanda si l'inviter chez lui ce soir-là était bien sage.

Il la désirait avec une intensité qu'il avait du mal à saisir et à comprendre. Était-ce juste une réaction à son divorce ? L'effet de la solitude ? Le résultat de sa longue abstinence sexuelle ? Ou était-ce quelque chose de plus ? Une connexion émotionnelle qui allait au-delà de cette amitié capitale ?

Jusqu'à ce qu'il puisse l'éclaircir, il ne prendrait pas le risque de perdre sur un coup de tête la relation qu'ils avaient.

Et même s'il y avait quelque chose de plus de son côté aussi, Nya serait-elle disposée à l'explorer ?

Elle avait toujours paru heureuse, satisfaite de sa vie. En sécurité derrière le rempart de son veuvage. Se remémorant un amour qui ne vieillirait jamais, ne changerait jamais, ne s'étiolerait jamais. D'une manière aussi étrange que stupide, il lui enviait ce sentiment inébranlable. Cet amour figé dans l'ambre jusqu'à la fin des temps, sans pouvoir se désintégrer. Auquel il n'était pas utile de se cramponner pour le garder.

Quand son téléphone sonna, perdu dans ses pensées, il le prit sans regarder qui appelait.

— Theo.

La voix brève de Nya lui emballa le cœur.

— Je suis désolée d'appeler si tôt, mais peux-tu venir chercher Hope à la clinique ?

— Il y a un problème ?

— Hazel vient d'appeler pour me dire qu'elle ne se sentait pas bien et ne viendrait pas aujourd'hui. Nous avons un programme très chargé, alors je dois y aller dès que possible pour essayer de faire que tout se passe bien.

— Je serai là dans une demi-heure, dehors.

— Merci. Il faut que je coure.

Theo n'eut besoin que de quelques minutes pour se changer et se mettre en route.

La journée s'avéra être une de celles qui consistaient à éteindre un feu après l'autre à la maternité. Une fois qu'il arriva, Theo décida de rester plutôt que de ramener Hope chez lui, ce qui le contenta.

— J'ai demandé à Lorna de s'occuper de la réception, lui dit Nya, paraissant totalement calme, malgré le pouls qui battait très fort à la base de son cou. Mais elle est complètement perdue. Sophie est à l'extérieur pour des visites à domicile et j'ai besoin de Kiara pour voir des patientes. En plus, je viens d'avoir un appel d'une future mère qui est tombée. Une voisine va l'amener. Il se peut que je doive te demander d'intervenir, mais alors je ne sais pas qui veillera sur Hope.

Theo posa une main sur son épaule.

— Hé, nous allons nous en sortir.

Elle hocha la tête d'un geste sec et partit superviser son service.

— Ta tatie Nya n'a pas une bonne journée, dit-il à Hope, qui agita les jambes en réponse.

Et les choses empirèrent quand la pauvre Lorna se trompa dans des dossiers. Nya essayait de régler le problème lorsque Carla Nixon - la patiente qui était tombée - arriva. Comme l'autre obstétricien, Lucas Wilde, était pris, Nya demanda à Theo de l'examiner. Par chance, Hope dormait et elle put être laissée à Lorna pour un petit moment, pendant que Nya venait assister Theo.

Il s'avéra que Carla était seule chez elle quand elle s'était évanouie en se rendant à la cuisine. Heureusement, sa voisine était passée juste après et l'avait trouvée.

— Une syncope n'est pas rare pendant une grossesse, dit Theo à la future maman, avant de lui expliquer les effets des hormones et de la dilatation des vaisseaux sanguins. Il faut que vous preniez votre temps pour vous mettre debout. Je veux aussi que vous notiez tout autre cas de vertige et que vous en parliez à votre sage-femme quand vous la verrez. S'il y a d'autres signes inquiétants, je vais noter dans votre dossier que vous devrez voir votre obstétricien attitré.

Quand Carla fut partie, Theo nota ses conclusions dans l'ordinateur pendant que Nya désinfectait la pièce avant la prochaine patiente.

— Tu t'inquiètes des possibles effets de sa syncope ? demanda-t-elle.

— Des études semblent indiquer qu'il peut y avoir une corrélation entre une syncope et de futurs problèmes médicaux pour la mère et l'enfant, répondit-il. Comme on ne peut pas savoir si la syncope est un symptôme ou une cause, je recommande toujours aux patientes de prévenir leurs praticiens, surtout si cela arrive souvent. Autrefois, on disait aux femmes qu'il était normal de s'évanouir durant une grossesse, mais je ne souscris pas à cette opinion. Tout symptôme physique devrait être examiné avec soin.

— Je suis d'accord, dit Nya, avant de partir pour s'activer de plus belle.

À la fin de la journée, Theo vit combien elle paraissait fatiguée, et il la prit à part.

— Écoute, tu n'es pas obligée de venir chez moi ce soir. En fait, je devrais garder Hope cette nuit, pour que tu puisses dormir sans être interrompue.

— Ne sois pas bête, riposta-t-elle. Je vais bien. En outre, on ne peut pas laisser dire aux gens que tu es un vrai grippe-sou. Ta maison est la seule à ne pas être décorée. Il est temps d'y remédier. J'ai juste besoin de quelques minutes pour parler à Lorna avant de partir.

Elle eut un sourire penaud et ajouta :

— J'ai peut-être été un peu abrupte avec elle aujourd'hui, et je veux la rassurer.

— Très bien, répondit Theo, pensant qu'elle dirigeait magnifiquement son personnel, s'assurant que tout le monde se sente à l'aise et spécial. Nous ne sommes pas pressés.

Tandis qu'elle s'éloignait, il se demanda une fois de plus s'il était vraiment sage de la faire venir chez lui. Mais il fut assez honnête pour reconnaître qu'il s'en moquait.

Il était trop impatient de passer cette soirée avec elle.

11

Nya se réveilla, désorientée, ne sachant pas où elle se trouvait.

Elle était au lit, tout habillée mis à part ses chaussures, mais dans une chambre qu'elle ne reconnaissait pas.

Et...

Elle s'assit brusquement.

Où était Hope ?

Elle s'empressa de se lever, l'esprit en déroute, essayant de comprendre comment elle avait pu dormir sans donner les biberons de la nuit.

Puis la réalité lui apparut lorsqu'elle vit ses chaussures bien rangées près du lit et son sac à main posé sur la commode.

Elle était chez Theo.

— Oh ! Seigneur, grogna-t-elle en passant les doigts dans ses cheveux, se recoiffant du mieux qu'elle put, et en essayant de se rappeler ce qui s'était passé le soir précédent.

Theo avait insisté pour les ramener en voiture chez lui, Hope et elle. Il s'était arrêté en route afin d'acheter pour dîner les fameux sandwichs au poisson du Dauphin. Une fois arrivés, ils avaient mangé et s'étaient mis à la décoration.

Theo avait décrété une pause quand Hope avait commencé à réclamer son repas. Et quand Nya avait dit qu'elle allait préparer son biberon, il avait objecté :

— Reste assise avec elle, je m'en occupe.

Avec un sourire malicieux, il avait ajouté :

— Je sais où se trouvent les choses.

Un moment après, elle lui avait tendu Hope. Elle se souvenait qu'elle s'était presque pâmée en le voyant donner son biberon au bébé, tant il était craquant. Et puis…

Plus rien.

Manifestement, elle avait dû s'endormir, et il l'avait portée pour la mettre au lit.

Cette idée la fit s'arrêter, la main sur la poignée de la porte, une onde de chaleur montant de sa poitrine vers son visage.

Pourquoi regrettait-elle de ne pas se rappeler ce moment de la soirée ?

Elle se glissa dans le couloir et entendit la voix de Theo, au loin - cette intonation chantante qu'il prenait toujours avec Hope –, avant d'aller dans la salle de bains pour se rafraîchir le visage.

Il était ridicule de se sentir si nerveuse, se dit-elle en fixant un long moment son reflet dans le miroir. Ce n'était pas comme s'ils avaient couché ensemble.

Elle prit une grande inspiration, se traitant d'idiote, ouvrit la porte et se rendit dans le living-room. Franchissant le seuil sans bruit, elle s'arrêta, son cœur fondant à la vue de Hope allongée par terre, sur un tapis de jeu. Theo était assis en tailleur à côté d'elle et chantait doucement l'air que diffusait le mobile au-dessus de sa tête.

Peut-être fit-elle un bruit, ou alors il la guettait. Il leva les yeux avant qu'elle puisse contrôler ses émotions, et il se figea.

Était-ce son imagination, ou est-ce que son regard devint brûlant l'espace d'un instant avant de se voiler, tandis qu'il souriait ?

— Bonjour.

Sa voix résonna normalement et il baissa les yeux sur Hope, laissant à Nya une chance de prendre une inspiration.

— J'espère que nous ne t'avons pas réveillée.

— Pas du tout, rétorqua-t-elle sèchement. Pourquoi m'as-tu laissée dormir comme ça, ce qui t'a obligé à te lever dans la nuit pour Hope ?

Il haussa légèrement les épaules.

— Tu étais épuisée. Il y a du thé sur la plaque de cuisson ou du café dans le placard, si tu préfères.

Nya souffla, mais ses attentions pour elle la réchauffèrent tout entière, malgré tout.

— Au moins, laisse-moi préparer le petit déjeuner.

Theo rit et secoua la tête.

— Si tu peux trouver quelque chose à cuisiner. Je te l'ai dit, je suis nul dans la cuisine. Pourquoi ne me laisses-tu pas t'emmener manger dehors ?

Nya regardait déjà dans les placards et, en dépit de ses protestations, elle eut vite un menu à l'esprit. Visiblement, quand Femi était partie, elle avait laissé pas mal de choses, et il y avait dans la boîte à pain une miche qui ne semblait pas trop rassise.

— Pas la peine, répondit-elle. Le petit déjeuner sera prêt en un clin d'œil.

— Tu dois être capable de faire des miracles, lança-t-il d'un ton amusé.

— Je peux t'apprendre à cuisiner, si tu veux, dit-elle sans réfléchir.

Puis elle réalisa ce qu'elle venait de proposer, et de quoi cela pouvait avoir l'air, alors elle ajouta :

— On *peut* apprendre de nouveaux tours à de vieux chiens.

— Tu as entendu ce qu'elle m'a dit, Hope ? Elle m'a traité de vieux.

Ayant rétabli le ton plaisantin qui la mettait le plus à l'aise avec lui, Nya entreprit de préparer le repas. N'ayant personne pour l'obliger à ranger ses affaires, Theo avait étalé ses papiers sur la table de la salle à manger.

— Cela t'ennuie si je débarrasse un peu la table ? demanda-t-elle en tapotant une pile de documents.

— Pas du tout. Il y a des sets de table dans le tiroir derrière toi, si tu veux.

Nya enleva deux piles de papiers, mais lorsqu'elle en prit une troisième, quelques feuilles tombèrent par terre. Elle se pencha pour les ramasser et y jeta machinalement un coup d'œil. Elle se figea quand elle vit ce que c'était.

Des annonces immobilières. Une pour une maison à vendre à Luton, une autre à Chelmsford. Elle se rappela que Theo avait dit qu'il ne se sentait plus bien à Carey Cove, mais elle ne l'avait pas vraiment pris au sérieux. Pour elle, le village et lui allaient ensemble.

Pensait-il réellement déménager ? En renonçant à travailler à Carey House et à St Isolde ?

Elle avait envie de lui poser la question, mais les mots restèrent coincés dans sa gorge. Elle le regarda et s'autorisa le luxe de l'observer. De constater combien il était beau, combien il comptait pour elle, et à quel point elle ne voulait pas qu'il parte.

Mais n'avait-elle pas pris le même genre de décisions lorsqu'elle avait quitté Andover pour venir à Carey Cove ? Il était impossible de ne pas comprendre pourquoi il pouvait éprouver le besoin d'aller dans un nouvel endroit où le passé cesserait de le hanter.

Alors, au lieu d'aborder le sujet, elle rangea soigneusement les feuilles sous d'autres papiers et s'efforça de faire comme si elle ne les avait pas vues. Mais bien qu'elle essaie de se comporter normalement, son cœur restait serré.

— Quels sont tes plans pour la journée ? demanda Theo comme ils terminaient leur petit déjeuner. Je pensais que nous pourrions faire un tour en voiture sur la côte, si cela te dit.

Déchirée, Nya fixa un moment son assiette, feignant de s'intéresser à sa dernière bouchée de saumon et de toast. Une partie d'elle avait envie de passer le plus de temps possible avec Hope et Theo, sachant que cette délicieuse idylle prendrait bientôt fin. Mais l'autre partie, celle qui était blessée, avait besoin de rester seule.

— Même si Kiara se débrouille bien, j'essaie de rester près de chez moi quand elle est de service, pour le cas où elle aurait besoin de moi, répondit-elle.

C'était vrai, même si la jeune femme savait qu'elle pouvait aussi s'adresser à Sophie ou aux autres sages-femmes.

— En outre, j'ai à faire mes corvées habituelles.

— D'accord, dit-il avec aisance, comme si cela ne faisait pas de différence pour lui. Je vais te conduire à la clinique pour y prendre ta voiture, et ensuite je reviendrai ici avec Hope.

Il n'offrit pas de rester chez elle, comme ils l'avaient fait le dimanche précédent, et elle se dit fermement que cela lui convenait. Ne venait-elle pas de décider qu'elle avait besoin de temps pour se faire à l'idée du départ de Theo ?

Avant qu'elle puisse répondre, le téléphone de ce dernier sonna et il se leva pour prendre la communication. Nya comprit qu'on avait besoin de lui à la maternité, alors elle débarrassa vite la table et porta tout à la cuisine pour faire la vaisselle.

— C'était Kiara, dit-il après avoir raccroché. Roman est en route pour aller chercher Molly Chalmers à Scilly. Son mari a appelé pour dire qu'il était inquiet pour elle, et Kiara a envoyé tout de suite l'hélicoptère.

Connaissant bien Molly, qui avait un diabète de type 1, Nya hocha la tête.

— Elle a bien fait.

Theo avait à moitié traversé la pièce lorsqu'il s'arrêta.

— Que va-t-on faire de Hope ?

— Ne t'inquiète pas. Je la garderai tant que tu en auras besoin.

Il la remercia et alla se changer. Nya alla rejoindre le bébé qui dormait dans son couffin et toucha doucement ses cheveux, contente de ne pas rentrer seule chez elle.

Se demandant comment elle ferait lorsqu'ils seraient partis tous les deux.

Puis elle rassembla les affaires de Hope, s'assurant qu'elles seraient prêtes quand Theo voudrait y aller.

C'était peut-être idiot, mais elle chercha à rester furtive lorsqu'elle sortit de la voiture de Theo, à la clinique, avant de transférer Hope dans la sienne. Elle dut faire un gros effort pour ne pas regarder autour d'elle et voir si quelqu'un avait assisté à l'opération. Remarqué en particulier qu'elle portait les mêmes vêtements que la veille. Elle avait entendu parler de ce « chemin de honte », mais n'aurait jamais cru qu'à son âge elle vivrait ce genre de choses.

Lorsqu'elle fut rentrée chez elle, sa mère arriva, apportant un petit bonnet multicolore qu'elle avait tricoté pour Hope.

— Maman, il est superbe, avec ces couleurs éclatantes ! s'exclama Nya.

— Il fallait quelque chose de joli à ce bébé, et je devine que tu as été trop prise pour t'en occuper.

— Détrompe-toi, dit Nya en feignant l'indignation. J'ai mis ton cadeau de Noël de côté pour lui confectionner un ensemble en layette. Il est presque fini.

— Bien. Alors tu auras le temps de terminer le mien avant Noël.

Iona s'assit sur le sofa et mit un masque, avant de tendre les bras pour prendre Hope.

— Elle a été un peu grincheuse ce matin, dit Nya. Son nez est encore pris, mais ça n'a pas empiré.

— Je suis sûre que tout va aller bien, déclara sa mère avec son assurance habituelle. Et maintenant, que se passe-t-il entre toi et Theo ? J'ai entendu dire que tu avais passé la nuit chez lui.

— Maman... Tout ce qui s'est produit, c'est que je me suis endormie sur son canapé.

Mais les sourcils levés d'Iona exprimaient son scepticisme.

— Je ne suggère pas que ta... fréquentation de Theodore soit une mauvaise chose, dit-elle de son ton tyrannique. Il est temps que tu aies un compagnon. Mais j'ai pensé que je devais t'avertir. Il est peut-être encore sous le coup de son divorce.

Quand Nya voulut répondre, elle leva une main.

— Je ne veux pas te voir blessée, ma fille.

Nya entendit planer dans l'air les mots « de nouveau », même si sa mère ne les dit pas.

Plus tard dans la matinée, Iona partie, Theo appela pour dire qu'il transférait Molly à St Isolde, en ambulance.

— Je n'aime pas la façon dont son diabète a grimpé, dit-il. Et j'ai indiqué à mes confrères, là-bas, qu'ils devraient pratiquer une césarienne le plus tôt possible.

— Tu ne vas pas avec elle ? demanda Nya, surprise.

— Non, répondit-il un peu sèchement, avant de se radoucir. Mon remplaçant est sur place et je le laisse faire. Dès que j'aurai fini ici, je passerai prendre Hope.

— D'accord, mais je t'avertis, elle a été agitée toute la matinée.

— Elle va bien ?

— Je pense. Elle n'a pas de fièvre et je n'ai pas eu besoin de pratiquer une aspiration nasale. Quelquefois, les bébés veulent juste être câlinés un peu plus que d'habitude.

— Elle aura son content avec moi, dit Theo de ce ton affectueux qu'il utilisait quand il parlait de Hope.

Puis elle l'entendit prendre une inspiration.

— Hé, si tu n'es pas trop occupée, peut-on faire cette virée sur la côte ? J'ai bien envie de sortir un peu, et j'apprécierais la compagnie.

Le cœur de Nya, ce benêt, eut un petit soubresaut. Elle savait qu'elle devrait refuser, mais elle avait perçu dans la voix de Theo son irritation d'être mis sur la touche à St Isolde, même si c'était pour son bien. Alors elle se retrouva en train de dire :

— Bien sûr. Je vais habiller Hope chaudement, car on dirait que le temps est à la pluie.

La vérité, c'était que Theo n'avait pas envie de rentrer chez lui sans Nya, même s'il avait Hope.

La veille au soir, lorsqu'il s'était aperçu qu'elle s'était endormie sur son canapé, une puissante onde de désir l'avait submergé. Le visage adouci par le sommeil, ses yeux trop perspicaces voilés par ses paupières, elle avait paru aussi suave et tendre que le bébé qu'il avait dans les bras. Toutefois, il n'avait pu ignorer ses courbes plantureuses et cette bouche généreuse qu'il brûlait d'explorer de nouveau.

Il avait été réticent à la soulever pour aller la mettre au lit, car il savait que la tenir de cette manière serait une torture. Et cela l'avait bien été - une douce torture, ainsi qu'une tentation qui avait failli le dominer.

Elle avait à peine réagi, avait juste émis un murmure tandis qu'il la prenait dans ses bras, et enfoui son visage au creux de son cou, ce qui lui avait donné la chair de poule.

Oh ! comme il l'avait désirée, à ce moment-là.

Et lorsqu'il l'avait déposée sur le lit de la chambre d'amis, il était resté à la regarder pendant un long moment, essayant d'y voir clair dans les émotions complexes qui l'assaillaient.

Il n'avait pas trouvé de réponses, alors il lui avait rapidement ôté ses chaussures, puis avait quitté la pièce avant de céder à l'envie de s'allonger près d'elle et de la prendre contre lui.

De retour dans le living-room, il avait affiché sur son ordinateur quelques annonces immobilières qu'il avait conservées et s'était mis à les consulter de nouveau. Il jouait depuis des mois avec l'idée de quitter Carey Cove, et maintenant il savait que ce serait la chose à faire.

Si être avec Nya et Hope pendant une semaine le déstabilisait à ce point, et le faisait tenir si fort à elles, que lui arriverait-il quand tout serait fini ? Quand le village, de nouveau, cesserait d'être un refuge chaleureux pour devenir le lieu de douloureux souvenirs ?

Toutefois, il y avait une part de lui qui était déterminée à profiter de cette famille provisoire aussi longtemps qu'il le pourrait. Et peut-être, en passant du temps avec Nya, se rendrait-il compte que ce qu'il éprouvait n'était pas le grand chamboulement émotionnel qu'il pensait.

Il alla les chercher et ne put s'empêcher de rire en voyant le joyeux petit bonnet de Hope.

— Je vois que Iona a travaillé dur !

Nya lui décocha un grand sourire.

— Oh ! tu la connais bien.

Lorsqu'elles furent dans la voiture, il se dirigea vers Land's End, comptant effectuer un circuit et revenir par Penzance pour y dîner.

Il y avait quelque chose d'un peu différent dans l'humeur de Nya, mais cela ne rendit pas la journée moins agréable. En fait, elle semblait plus détendue que le matin. Ce qui lui parut surprenant lorsqu'elle dit :

— Je dois te prévenir : le bruit que j'ai passé la nuit dernière chez toi s'est déjà répandu dans le village.

Par chance, se dit-il, ils s'étaient arrêtés dans un restaurant et il ne conduisait pas. Il scruta son visage.

— Comment le sais-tu ?

Elle souffla.

— Maman me l'a dit quand elle est passée ce matin.

— Et que comptes-tu faire ?

Nya haussa les épaules.

— Rien. Si quelqu'un me pose la question, je dirai la vérité, que je me suis endormie sur ton canapé. Ce n'est pas une affaire et ça ne regarde personne, par-dessus le marché.

— Apparemment, à nous deux, Hope et moi ruinons ta réputation immaculée, plaisanta Theo.

Elle tourna vers lui ses yeux bruns, qui comportaient une part d'ombre. Et même si elle souriait, il ne crut pas à la légèreté de son ton lorsqu'elle répondit :

— Il est temps, tu ne penses pas ? Après tout, travailler tout le temps sans jamais s'amuser n'est pas une vie marrante, non ? Et qui a envie de passer pour quelqu'un d'ennuyeux ?

Que pouvait-il répondre à ça ?

— Quiconque te traite d'ennuyeuse est un idiot, dit-il en secouant la tête.

Elle plissa le nez, en berçant Hope contre sa poitrine.

— Je me connais, Theo. Je travaille, je tricote, je fais un peu de jardinage, de temps en temps je suis bénévole. Je n'ai pas beaucoup voyagé, je n'ai pas fait grand-chose d'excitant, et pour tout dire je ne tiens pas à sortir de ma zone de confort. Si ce n'est pas la définition d'une personne ennuyeuse, je ne vois pas ce que cela peut être.

Sa vie ne lui paraissait pas morne, à lui, et il le dit.

— Nous vivons à une époque où tout est visible et disponible en ligne - des pays lointains, des aventures passionnantes, tous les biens matériels que l'on peut imaginer. Alors beaucoup de gens se laissent aspirer dans cette spirale, voulant toujours plus, souvent au prix de leur tranquillité d'esprit.

Il s'arrêta, se demandant si son ex-femme n'était pas tombée dans ce piège. Puis il écarta cette pensée en haussant mentalement les épaules. Femi ne le concernait plus.

— Le contentement est difficile à trouver pour la plupart des gens, poursuivit-il en souriant à Nya, qui s'était immobilisée et l'observait avec une intensité qui le fit soutenir son regard. D'une certaine manière, tu l'as trouvé, toi - tu as trouvé une façon de vivre qui à mon avis te rend heureuse. Il n'y a rien d'ennuyeux là-dedans, tu ne crois pas ?

Elle baissa les paupières, ce qui fit qu'il ne put plus voir son expression, et à ce moment-là le serveur vint leur demander s'ils avaient besoin d'autre chose. Du coup, ils ne reprirent pas cette conversation. Et Theo resta à se demander si elle était d'accord avec son analyse ou pas.

12

Theo la croyait satisfaite et bien dans sa vie.

Si quelqu'un le lui avait dit une semaine auparavant, elle aurait peut-être acquiescé gaiement, mais ce jour-là, elle n'éprouvait rien de tel.

À la place, elle se sentait agitée, insatisfaite, mécontente de tout. Elle avait cru qu'elle se ferait à l'idée de toutes les choses qu'elle n'aurait jamais dans la vie, mais en compagnie de Theo et de Hope, ses choix précédents - et ses pertes - étaient plus douloureux.

Admettre qu'elle ne serait jamais mère, ou qu'elle n'aurait jamais quelqu'un qui l'aimerait comme Jim l'aurait aimée, avait été difficile. À un moment donné, elle avait pensé y être arrivée, mais à présent, elle était forcée de reconnaître que ces rêves n'étaient pas vraiment morts.

Ou peut-être fallait-il tenir quelque chose dans ses mains, le sentir pulser, pour savoir *réellement* ce qui vous manquait.

Assise à la table face à Theo, Hope pesant doucement contre elle, Nya savait que c'était là ce qu'elle voulait.

Ce qu'elle désirait *éperdument.*

Ce qu'elle aurait seulement pour une courte - bien trop courte - durée.

Une famille, dans tous les sens du terme.

Un compagnonnage qui lui apaisait l'âme.

De l'amour partagé sans restriction.

Mais rien de cela n'était destiné à être - du moins pour longtemps –, alors elle ravala l'amertume du temps perdu et des rêves évanouis, ne voulant pas que Theo sente son intranquillité.

Elle alla chercher loin en elle la force dont elle avait besoin pour bavarder légèrement avec lui tandis qu'ils rentraient à Carey Cove. C'était dans des moments comme celui-là, quand elle sentait que la journée tirait à sa fin, qu'elle aspirait plus que jamais à allonger leur temps ensemble.

Lorsqu'elle repenserait plus tard à cette période où elle avait eu cette petite famille peu ordinaire, elle voulait en garder autant de merveilleux souvenirs que son esprit pouvait en contenir.

Le crépuscule tombait lorsqu'ils arrivèrent au village et Nya appuya la tête au dossier de son siège, contemplant les derniers rayons du soleil qui coloraient le ciel à l'ouest. Mais alors qu'ils franchissaient la petite colline qui bordait la localité, Carey House leur apparut et elle se redressa vivement.

— Au nom du Ciel, qu'est-ce que...

Le parking était plein et une ambulance stationnait devant l'entrée. Elle se demanda si elle était là pour venir chercher une patiente ou pour en amener une.

— Cela ne paraît pas bon, hein ? fit Theo en ralentissant.

Nya se pencha en avant pour mieux y voir.

— Non. Et on dirait que Hazel est toujours là, alors qu'elle aurait dû rentrer chez elle il y a des heures.

La voiture reprit de la vitesse, continuant vers la clinique. Sophie était responsable ce jour-là, et elle avait probablement tout sous contrôle, mais malgré tout Nya ne pouvait s'empêcher de s'inquiéter.

— Theo, est-ce que ça t'ennuierait...

Avant qu'elle ait fini sa phrase, il mit son clignotant et tourna dans l'allée de la maternité.

— Comment as-tu su ce que j'allais te demander ? dit-elle.

Elle le regarda. Il avait son sourire malicieux et si sexy.

— Je pensais que tu allais continuer.

— Pour que tu passes le reste de la soirée à bouillir dans ton coin et à te demander ce qui est arrivé ici ? Ou que tu te jettes sur le téléphone à peine rentrée chez toi ?

Il trouva une place où se garer. Malgré son inquiétude, Nya ne put s'empêcher de rire en saisissant la poignée.

— Quand as-tu appris à si bien me connaître ?

Il ne répondit pas, mais dit :

— Vas-y. J'amènerai Hope.

Il était tellement compréhensif, pensa-t-elle en se précipitant vers la réception.

Hazel leva les yeux d'un air effrayé quand elle entendit la porte s'ouvrir.

— Oh ! Dieu merci, dit-elle en reconnaissant Nya. Je croyais que c'était une autre patiente qui arrivait. Sophie vous a-t-elle appelée ?

— Non. Je passais sur la route et j'ai vu tous les véhicules. Que se passe-t-il ?

— Cinq futures mères sont arrivées les unes après les autres au cours du dernier quart d'heure. Une est venue en ambulance de St Buryan où elle était en vacances. Les autres se sont succédé, dont Margie Landry, Velma Jones et Karin Howell.

Nya savait que ces trois femmes-là étaient en fin de grossesse, et elle ne fut pas très étonnée. Mais avaient-elles décidé d'entrer en travail toutes en même temps ?

— Qui est la cinquième ?

Hazel baissa la voix, bien qu'elles soient seules dans la pièce.

— Tara Mitchell-Powers, la fille d'Avis. Elle en a encore pour un mois, mais Avis est persuadée que le travail a commencé et elle l'a amenée.

À ce moment-là, la porte s'ouvrit et Theo entra, le siège bébé et Hope dans une main, son téléphone coincé entre son épaule et son menton. Un instant, Nya se figea, ramenée au jour où il avait trouvé Hope sur le seuil de la clinique, et où elle avait éprouvé pour la première fois ce sursaut d'attirance pour lui. Il lui semblait que cela remontait à très longtemps.

— J'arrive à la clinique, Avis. Oui, je viens tout de suite.

— Avis t'a appelé pour Tara ? demanda Nya, qui s'était ressaisie.

— Oui. Je ne l'ai jamais entendue dans un tel état. Elle a dit qu'elle ne se sentirait pas bien tant que je n'aurai pas examiné Tara.

— Je n'en suis pas surprise. C'est sa fille unique et son premier petit-enfant.

— Moi non plus. Peux-tu t'occuper un moment de Hope ?

Hazel se précipita avant que Nya puisse répondre.

— Je veux bien m'en occuper, moi.

Nya lui jeta un regard amusé.

— Il est grand temps que vous rentriez chez vous. Artie va se demander où vous êtes et lancer des recherches.

— Je lui ai dit que je resterais tard, répondit la réceptionniste en prenant le siège bébé à Theo. Et je suis sûre que le Dr Turner serait heureux d'avoir votre aide, avec cette affluence.

Riant doucement, Nya céda et suivit Theo vers une salle de travail, en lui expliquant ce qui se passait. La salle d'attente était comble. Dès qu'Avis les vit, elle courut jusqu'à eux.

— Oh ! Theo, je suis si contente que vous soyez là ! Je n'ai confiance qu'en vous.

— Allons, allons, dit-il en lui tapotant le dos. Vous allez rester ici pendant que j'examine Tara, afin de savoir où elle en est.

Tandis qu'ils se dirigeaient vers le bureau des infirmières, Sophie sortit d'une des salles de travail et son visage s'éclaira en les voyant. Elle s'approcha d'eux pour leur dire à mi-voix :

— Dieu merci, vous êtes là tous les deux. La situation est tendue à craquer, et Avis a fait une crise. Quand elle a dit qu'elle allait vous appeler, Theo, je crains d'avoir été un peu dure avec elle. Je lui ai dit qu'elle arrête, que sa fille a des contractions de Braxton Hicks et qu'elle est en pleine forme.

— Avis a beaucoup de soucis en ce moment, dit gentiment Nya à sa jeune collègue, en lui pressant le bras avec compassion, car elle savait combien ce genre de choses pouvait être frustrant. Où en sont les autres mamans ?

— Velma Jones vient d'accoucher. Le bébé et la maman vont très bien. Le travail de Margie Landry ne progresse pas vite, mais l'enfant n'est pas en détresse. Karin Howell en est à sept centimètres de dilatation. Mais c'est la patiente arrivée en ambulance qui m'inquiète le plus.

Nya prit la fiche que Sophie lui tendait et lut les notes. L'autre sage-femme poursuivit :

— Brittney Henderson, trente-trois ans, deuxième enfant, à trente-six semaines seulement. Elle était chez des parents quand elle a commencé à avoir des contractions. Elle a pensé que c'étaient des contractions de Braxton Hicks, mais elle a remarqué quelques pertes. Sa tante a appelé une ambulance pour ne pas prendre de risques.

— Elle a bien fait, dit Nya distraitement, en continuant à lire les notes.

Les contractions de la patiente étaient distantes de sept minutes, et l'échographie avait montré que le bébé était en travers.

— Si Theo peut le faire quand il aura examiné Tara, j'aimerais qu'il voie Mme Henderson, reprit Sophie. Je voudrais avoir son opinion pour savoir si je dois l'envoyer à St Isolde. J'ai demandé à l'ambulance d'attendre, et ils ont accepté.

— Je vais l'en informer, dit Nya, en songeant qu'elle devrait peut-être sauver Theo des griffes d'Avis. Et je vais voir où il en est.

Après s'être désinfecté les mains, elle gagna la pièce où se trouvait Tara. En ouvrant la porte, elle constata que Theo avait réussi ce que Sophie n'était pas arrivée à faire : il avait calmé Avis, qui avait insisté pour assister à la consultation.

— Je pense que la meilleure chose pour vous est de rentrer chez vos parents et de vous reposer, dit-il à la future maman. Si les contractions reprennent, bougez et voyez si elles disparaissent. Et si vous avez d'autres symptômes, revenez ici.

— Vous êtes sûr qu'elle n'est pas en travail ? demanda Avis. Elle a été si stressée pour Don, et elle est venue de Milton Keynes...

Enfin, elle n'était peut-être pas totalement calmée, mais elle aidait sa fille à remettre ses chaussures, se préparant à partir.

— Oh ! Maman, soupira Tara, exaspérée. Si le Dr Turner dit que je vais bien, je le crois. Tu as toujours dit qu'il était un formidable médecin.

— Je sais, je sais.

Avis décocha à Theo et Nya un faible sourire.

— Un premier petit-enfant, je suppose.

— C'est tout à fait compréhensible, dit Theo en souriant, tandis qu'elles sortaient dans le couloir. Prenez soin de vous.

Puis il regarda Nya.

— Il faut juste que je prenne ces notes et nous pourrons partir.

— En fait, Sophie espérait que tu pourrais donner ton avis sur Brittney Henderson, une patiente qui a été amenée en ambulance. L'ambulance attend, pour le cas où tu voudrais l'envoyer à St Isolde.

Pour la première fois depuis qu'elle le connaissait, Theo parut hésiter à intervenir. Puis il hocha la tête.

— Je vais regarder le dossier.

Cette légère pause et cette expression presque ennuyée firent que Nya se demanda ce qu'il pensait. Mais avant qu'elle puisse poser la question, Theo se dirigea à grands pas vers le bureau des infirmières.

Theo réprima l'étonnante bouffée d'irritation qu'il avait ressentie, tandis qu'il rédigeait ses notes sur la fiche de Tara. Nya attendait patiemment à côté de lui, tenant le dossier de la patiente qu'elle souhaitait qu'il voie.

Plutôt que de rester à l'hôpital, il avait envie de ramener Nya et Hope chez elles. D'aider à nourrir et à baigner la petite fille, puis de se lover sur le canapé avec elle pendant que la voix douce de Nya lui lisait une histoire et qu'elle s'endormait dans ses bras.

Il y avait, dans son esprit, le constant tic-tac du temps qui passait et il ne voulait pas manquer un instant de leur vie ensemble. Mais avec tout ce qui avait lieu à Carey House, sa conscience professionnelle ne le laissa pas partir.

Il prit le dossier, conscient de l'heure tardive, et dit avec réticence :

— Si tu veux ramener Hope chez toi, je peux te donner mes clés de voiture. Je vous rejoindrai à pied quand j'aurai fini ici.

Le sourire de Nya provoqua un drôle d'effet sur lui. Il fit manquer un battement à son cœur et lui crispa l'estomac.

— Voyons ce que tu penses de cette patiente avant que j'essaie d'aller reprendre Hope à Hazel.

Sur ces entrefaites, Sophie arriva.

— Karin est à neuf centimètres, annonça-t-elle. Je vais m'occuper de l'accouchement. Vous avez vu Mme Henderson ?

— J'y vais, répondit Theo, les yeux fixés sur le dossier. Trente-six semaines, travail prématuré... Est-ce qu'elle a quelqu'un avec elle ?

— Sa tante, chez qui elle était.

Pas de père en vue, donc. Theo ne posa pas d'autre question, mais eut conscience que Nya le suivait vers la chambre de la patiente. Lorsqu'ils entrèrent, la future mère plissa les paupières et la femme d'un certain âge assise à son chevet les regarda elle aussi d'un air suspicieux.

— Madame Henderson, je suis le Dr Theo Turner et voici la sage-femme en chef Nya Ademi. La sage-femme Sophie French m'a demandé de vous examiner et de déterminer quel serait le meilleur traitement pour vous.

— Elle a dit que j'étais en travail prématuré, déclara la patiente, son ton aussi dur que son expression.

Mais Theo vit briller des larmes dans ses yeux et se demanda si c'était seulement le stress de la situation qui lui donnait envie de pleurer.

— Est-ce que cela veut dire que le bébé va arriver ?

— C'est possible, mais j'aimerais faire quelques examens supplémentaires pour voir où vous en êtes exactement.

Il se tourna vers la tante.

— Cela ne vous ennuie pas de nous laisser seuls quelques minutes ?

Tandis que Nya préparait l'appareil à échographie, Theo essaya gentiment d'obtenir d'autres informations de sa patiente. Il en ressortit qu'elle était chez sa tante parce qu'elle s'était violemment disputée avec son mari à Norwich et avait décidé de partir.

— Pendant qu'il était au travail, j'ai pris mon fils et je suis venue chez tante Ruth. Je ne pensais pas qu'il y aurait un problème avec le bébé.

— Ne vous en blâmez pas, dit doucement Nya. Les bébés arrivent lorsqu'ils sont prêts, que nous le soyons ou non.

Sans parler du stress et du voyage à ce stade avancé de la grossesse, qui pouvaient causer un travail prématuré. Theo apprécia les mots rassurants et la gentillesse de Nya. Il ne se serait pas attendu à moins. Elle était une soignante née, avec un cœur énorme et une compassion débordante.

Alors elle leva les yeux et leurs regards se croisèrent, provoquant une cascade d'émotions chez Theo. Il ne sut pas très bien comment les qualifier. Tout ce qu'il savait, c'était qu'être l'objet de son attention là, maintenant, avant qu'elle se tourne de nouveau vers leur patiente, l'emplissait de chaleur et d'aspiration à être avec elle.

Mais il éprouvait aussi une peur viscérale de s'être perdu - d'avoir perdu son cœur - à un moment et d'une manière qu'il ne pouvait pas se permettre, et il ne savait pas non plus comment gérer cela. Pas du tout.

13

Cette nuit-là, allongée dans son lit, Nya fixait le plafond, repensant à la journée passée et essayant de se détendre assez pour dormir.

Theo avait administré des médicaments à Brittney Henderson pour accélérer le développement des poumons du bébé et ralentir ses contractions. Puis il l'avait envoyée en ambulance à St Isolde.

— J'espère qu'ils ne seront pas obligés de faire une césarienne, avait-il dit à la patiente. Mais préparez-vous à cette éventualité.

Nya avait offert d'appeler son mari, mais après réflexion Brittney avait dit qu'elle le ferait elle-même.

— Il vaut mieux que je lui dise ce qui se passe, avait-elle expliqué, les yeux de nouveau humides. S'il l'apprend de quelqu'un d'autre, ça ne fera qu'empirer les choses.

Il s'avéra que leur dispute n'avait pas porté sur quelque chose d'important.

— Jamie dit que je suis un peu folle, depuis quelque temps, et il a raison, avait-elle reconnu. Je ne me souviens pas d'avoir eu autant d'émotions pour mon premier. Ni d'avoir été aussi difficile à vivre.

— Chaque grossesse est différente, avait dit Theo.

— En plus de la modification des hormones, il y a les facteurs extérieurs, avait ajouté Nya. Des changements dans la vie à la maison, des problèmes financiers que vous n'aviez peut-être pas pour votre premier peuvent faire une grosse différence.

Ainsi rassurée, Brittney était partie pour Falmouth.

Theo avait rédigé ses notes, puis ils avaient récupéré Hope et l'avaient ramenée à la maison juste à temps pour le biberon du soir. Il était resté, aidant Nya à préparer Hope pour la coucher. Alors qu'elle était près de lui devant l'évier, entendant sa respiration, sentant sa chaleur contre son bras, humant son odeur, elle avait senti revenir son mécontentement.

Pourquoi la vie lui faisait-elle goûter au paradis pour le lui arracher ensuite ? Lui accordant cette brève et merveilleuse parenthèse avec un homme et un enfant qui ne seraient jamais à elle ?

Les paroles de sa mère, cinq ans plus tôt, lui revinrent et lui rappelèrent qu'elle avait fait le choix de ne pas aller de l'avant après la mort de Jim.

« Tu t'es coupé de la vie. Tu t'es ôté l'occasion de construire quelque chose avec quelqu'un, d'avoir des enfants à toi. Un jour, tu regarderas en arrière et tu te demanderas à quoi tu pensais, et pourquoi tu as laissé passer une chance de bonheur. »

À l'époque, Nya avait été en colère et blessée. Sa mère ne comprenait-elle pas qu'en perdant Jim, elle avait renoncé à tout cela ? Que pour sa propre tranquillité, elle avait éliminé toutes ces envies afin de poursuivre sa vie du mieux qu'elle pouvait ?

Jim avait été son âme sœur. La seule personne qui l'avait fait se sentir vraiment vivante, dans tous les sens du terme. Son exubérance avait été contagieuse. En grandissant, elle avait été sérieuse, studieuse, consciencieuse, surtout après la mort de son père. Ce décès l'avait fait sombrer, la rendant trop consciente des caprices de la vie. Quand elle avait rencontré Jim et qu'il avait essayé de la séduire, elle avait résisté aussi longtemps qu'elle avait pu. Comment pouvait-elle nouer une relation avec un homme qui avait un métier si dangereux ?

Mais Jim s'était glissé sous sa peau et dans son cœur, et elle s'était bercée d'illusions en se disant que rien n'irait de travers. Il lui avait rendu facile de le croire. « Ça ne craint rien, avait-il assuré. Sinon, il n'y aurait pas autant de vétérans, tu ne crois pas ? » Puis il avait ri, de son beau rire qui résonnait, et elle avait fondu. James Ademi aurait pu lui faire croire n'importe quoi, lui faire tout risquer, tout donner. Et c'était ce qu'elle avait fait, à son détriment.

Quand il était mort, il avait emporté avec lui toute sa confiance et ses espoirs, ne lui laissant que de la peur et la certitude qu'elle n'oserait jamais aimer de nouveau.

Elle avait toujours été trop effrayée pour tenter quoi que ce soit, même si elle refusait de l'admettre. Maintenant, elle devait affronter ce fait et reconnaître qu'elle avait toujours trop peur pour essayer d'obtenir ce qu'elle voulait, elle le savait.

Theo et Hope, pour toujours.

Oh ! elle savait bien que Hope n'était avec elle que pour un petit moment, et même si cela lui brisait le cœur, elle pouvait supporter cette idée - de justesse. Tout ce qu'elle souhaitait, après tout, était que la petite fille ait la meilleure vie possible, avec sa mère ou son père, si cela se pouvait, ou dans une famille merveilleuse qui l'élèverait comme sa propre enfant.

Mais Theo ? Il souffrait encore de son divorce, il essayait encore de trouver comment avancer, et une fois de plus sa mère avait vu juste. Si elle lui faisait savoir qu'il l'intéressait, physiquement et émotionnellement, et s'il ne réagissait à elle que parce qu'il était sous le coup de la déception, elle serait de nouveau dévastée. Elle n'était pas du genre à avoir une histoire sans lendemain, de cela elle était sûre. Et elle ne pouvait prendre le risque de vouloir plus.

Se retournant dans son lit et serrant son oreiller contre elle, elle considéra ses options.

Dans une semaine, la sage-femme engagée pour couvrir le congé-maternité de Marnie arriverait, et Nya se mettrait en repos. Alors elle pourrait dire à Theo qu'elle s'occuperait seule de Hope, limitant ainsi le temps qu'ils passaient ensemble.

Puis elle soupira, sachant que ce plan ne marcherait pas. Theo s'était engagé à s'occuper de Hope, et il n'était pas homme à négliger ses responsabilités. Même si elle lui disait qu'elle n'avait pas besoin de son aide, il l'aiderait quand même.

Et le changement que le fait d'être avec Hope avait produit en lui était trop merveilleux pour que Nya risque d'interférer. Il souriait de nouveau. Il paraissait plus vivant - moins grave et moins triste. Il avait besoin de Hope encore plus que la petite fille avait besoin de lui.

Non. Elle devrait tout simplement gérer de son mieux les

chamboulements émotionnels dans lesquelles elle s'était fourvoyée, jusqu'à ce que la situation se résolve d'elle-même.

Jusqu'à ce que Hope leur soit enlevée.

Jusqu'à ce que Theo quitte Carey Cove pour poursuivre sa vie.

Alors, elle pourrait revenir à son existence tranquille et ennuyeuse.

Elle avait laissé les illuminations de Noël allumées dans la salle de séjour, et les flashs colorés éclairaient assez sa chambre pour qu'elle puisse distinguer la photo de Jim. Son sourire éclatant. Les bras forts qui l'avaient fait se sentir en sécurité et chérie.

Dans un sens, elle pensait qu'elle lui avait fait faux bond. Il avait un appétit pour la vie et un tempérament infatigable qui avaient fait un ravissement de chaque jour avec lui. Si elle avait voulu honorer correctement sa mémoire, elle aurait dû se mettre au parapente ou à l'escalade. Aurait dû se rendre dans les mers du Sud pour y pêcher des perles. À la place, elle avait fui la vie. Et quand elle s'endormit enfin, ce fut en se demandant si elle serait de nouveau satisfaite de son existence un jour.

Elle ne savait pas depuis combien de temps elle dormait, lorsqu'elle se réveilla soudain en sursaut et, sans savoir pourquoi, se redressa sur son séant. Un coup d'œil à son réveil lui indiqua qu'il était minuit passé. Elle sortit ses jambes du lit et chercha ses pantoufles, tendant l'oreille. Quelqu'un avait-il cherché à s'introduire chez elle ?

Alors elle entendit un bruit anormal et s'empressa d'allumer.

Hope ne respirait pas bien. Sa respiration était difficile.

Le berceau était juste à côté du lit et Nya se pencha dessus. La poitrine du bébé se soulevait péniblement et, tandis qu'elle l'observait, elle cessa de bouger. Avait-elle les lèvres bleues, en plus ?

Nya la leva vivement, les mains tremblantes, et courut jusqu'à son téléphone.

Theo était encore debout, regardant des annonces immobilières, quand son téléphone sonna. Son cœur manqua un battement. Un appel après minuit n'était jamais une bonne chose.

Lorsqu'il vit s'afficher le nom de Nya, son cœur s'emballa.

— Nya ?

— Hope ne respire pas bien.

Sa voix était tremblante. Theo fut aussitôt sur pied, et il se dirigeait déjà vers la porte quand elle ajouta :

— J'ai appelé une ambulance.

— J'arrive, dit-il en attrapant ses clés de voiture et sa sacoche médicale. Quels sont ses symptômes ?

Nya les décrivit rapidement, sa voix se raffermissant en utilisant des termes médicaux.

— Je ne comprends pas. Elle était un peu pâlichonne les deux derniers jours, avec le nez légèrement bouché, et elle était aussi un peu agitée, mais je n'ai rien remarqué d'autre. Comment cela a-t-il pu changer si vite ?

Une fois dans sa voiture, il mit le haut-parleur et démarra.

— Je n'ai rien remarqué non plus, Nya.

Il s'en voulait terriblement, mais il ne voulait pas qu'elle se sente fautive.

— Nous ne savons pas ce qui se passe, alors ne commence pas à te culpabiliser.

En quelques minutes il fut chez elle, et elle lui ouvrit la porte. Elle avait les traits tirés et le teint grisâtre, ce qui lui serra le cœur, et il se contracta de plus belle en voyant Hope toute molle dans les bras de Nya, sa poitrine se soulevant avec difficulté à chaque respiration.

— Elle va plus mal, dit Nya. Où veux-tu l'examiner ?

— Sur le canapé.

Il sortit son stéthoscope de sa sacoche.

— Quand doit arriver l'ambulance ?

— Dans cinq minutes, je pense.

Il ausculta la poitrine de Hope, rendu inquiet non seulement par l'obstruction évidente des poumons, mais aussi par la léthargie du bébé.

— Prépare-lui un sac, dit-il en s'efforçant de garder une voix posée. Et habille-toi. Si tu vas avec elle dans l'ambulance, je suivrai avec ma voiture.

Nya se précipita vers sa chambre, le laissant seul avec Hope.

Le visage de la petite fille se plissa, comme si elle voulait pleurer mais n'en avait pas la force.

— Dépêchez-vous d'arriver, marmonna-t-il comme si le conducteur de l'ambulance pouvait l'entendre.

L'apparition rapide des symptômes l'inquiétait. De l'asthme ? Une infection bactérienne ou virale ? Une allergie ?

Ces questions étaient instinctives pour lui, mais il se concentrait surtout sur la respiration de Hope. Il inhalait lui-même, comme pour lui donner de l'air par osmose. La réaction d'un père plus que d'un médecin.

Il était si content que Nya ait appelé une ambulance. En cet instant il fonctionnait à l'adrénaline, mais il savait qu'il ne serait pas en état de conduire s'il devait emmener Hope à Falmouth, et ils n'avaient pas le temps d'appeler Roman et l'hélicoptère.

— Dépêchez-vous ! Dépêchez-vous ! grommela-t-il.

La cyanose de Hope empirait.

Il entendit un bruit de sirène et le soulagement lui coupa presque les jambes. Nya sortit vivement de sa chambre, le sac de Hope sur une épaule et un fourre-tout dans l'autre main. Elle semblait mieux contrôler ses émotions. Sa voix était ferme quand elle dit :

— Apporte ce sac avec toi quand tu viendras, s'il te plaît. Je resterai avec Hope aussi longtemps que nécessaire. J'appellerai Kiara quand nous serons à Falmouth, et quand le pédiatre aura vu notre bébé.

Le gyrophare bleu annonça l'arrivée de l'ambulance, et Nya ouvrit la porte avant que les ambulanciers n'en descendent. Combien de fois avait-il mis une patiente dans une ambulance en étant soucieux, bien sûr, mais sans sentir que son univers en était ébranlé ? se demanda Theo. Mais cette fois, tandis qu'il disait en bredouillant aux ambulanciers ce qu'il avait observé, il eut beaucoup de mal à laisser partir Hope.

La petite fille fut chargée avec efficacité et Nya ne s'arrêta que le temps de mettre les clés de sa maison dans la main de Theo. Puis, sirène hurlante, le véhicule s'éloigna et Theo resta dans l'allée à le regarder disparaître.

— Theo !

La voix pressante qui résonna derrière lui le fit pivoter.

— Theo, que s'est-il passé ? Est-ce Nya ? Hope ?

Iona, en robe de chambre et bottes d'hiver, un foulard en soie sur la tête, vint en courant vers lui, les yeux exorbités et la voix frénétique.

— C'est Hope. Elle a développé un problème aux poumons.

Il essaya de paraître pragmatique, mais il ne put masquer sa vive inquiétude et tout de suite après Iona l'étreignit, le serrant fort.

— Elle va aller bien, Theo. Gardez confiance.

Le tenant par les épaules, elle recula, le regardant en face.

— Laissez-moi préparer un sac pour Nya, après quoi il faudra vous reprendre pour les suivre. Elles auront besoin de vous.

— Oui, dit-il en restant figé sur place. Oui.

Iona dut le bousculer pour qu'il bouge.

— Allons, Theodore, allons.

Cette voix autoritaire le fit sortir de sa torpeur et il suivit Iona dans la maison.

— Nya a préparé ce fourre-tout, dit-il.

Iona regarda à l'intérieur et ne parut pas satisfaite.

— Pauvre bébé, dit-elle. Donnez-moi un instant.

Cinq longues minutes plus tard, Theo était dans sa voiture avec le fourre-tout de Nya complété, et un autre sac que Iona jeta sur le siège arrière.

— Son tricot, dit-elle en se penchant pour embrasser Theo sur la joue. Elle aura besoin de quelque chose pour s'occuper les mains. Je vais fermer la maison. Assurez-vous de rester concentré sur la route, Theo. Vous aurez le temps de vous inquiéter quand vous serez là-bas.

Ce fut seulement alors qu'il commençait à rouler, faisant de son mieux pour respecter la limitation de vitesse, que les mots de Nya lui revinrent à l'esprit et le frappèrent comme un coup en pleine poitrine.

Notre bébé.

Il dut battre des cils pour chasser les larmes qui lui montaient aux yeux.

14

Les trois jours suivants furent parmi les plus longs de la vie de Nya, et elle ne savait pas comment elle les aurait traversés sans la force tranquille de Theo.

— Bronchiolite sévère, diagnostiqua le pédiatre. Sans antécédents médicaux, il est difficile de dire exactement pourquoi elle y a été si sensible, ou pourquoi la maladie s'est installée si rapidement. Pour l'heure, nous nous assurons qu'elle reste oxygénée et hydratée.

Il hésita un instant, leur jetant un coup d'œil à tous les deux, avant de poursuivre :

— Nous surveillons de près ses niveaux d'oxygène et la fonction pulmonaire. Il faut espérer que nous n'aurons pas à intuber.

Ce fut seulement en sentant le bras de Theo autour de sa taille que Nya réalisa qu'elle était tombée à genoux, terrassée à l'idée que Hope soit si malade.

Le personnel de l'hôpital avait mis le bébé dans un berceau spécial où elle pouvait recevoir de l'oxygène humidifié et un goutte-à-goutte de solution saline. Nya avait eu tout le mal du monde à ne pas pleurer la première fois où elle avait été admise dans la chambre et avait vu Hope avec ces tubes et ces moniteurs attachés à son corps minuscule.

— Cela paraît pire que ça ne l'est, maman, dit l'infirmière en lui tapotant le bras.

Combien de fois avait-elle prononcé ces paroles au fil des années, sans mesurer à quel point il était dévastateur de voir un enfant dans cet état ? Oh ! elle l'avait su, intellectuellement, mais à présent elle en faisait l'expérience avec son cœur, et c'était presque trop dur à supporter.

Lorsqu'elle s'assit dans le fauteuil que l'infirmière avait placé près du berceau, tout ce qu'elle put faire fut de fixer Hope, notant sa pâleur, sa respiration toujours difficile. De temps à autre, elle regardait les moniteurs pour vérifier son taux d'oxygène, son rythme cardiaque et sa tension, priant, *marchandant* avec le Ciel pour qu'ils s'améliorent - et que la petite fille aille mieux.

Iona venait tous les jours, pour apporter son soutien et des repas à Nya et Theo. Le deuxième jour, Hazel était venue pendant les visites du soir. Quand Nya l'avait enlacée et l'avait remerciée d'être venue, elle avait fondu en larmes.

— Vous ne pensez pas qu'elle a attrapé ce virus de moi, n'est-ce pas ? Je n'aurais jamais offert de m'occuper d'elle si j'avais su que je pouvais l'exposer à une infection.

— Je suis sûre que vous ne l'avez pas rendue malade, Hazel. Les virus mettent jusqu'à deux semaines pour incuber, alors elle était probablement déjà infectée quand elle est arrivée.

Le soulagement de la réceptionniste avait été palpable, mais ni cela ni sa culpabilité mal placée n'avaient vraiment pénétré le brouillard mental de Nya. Elle avait du mal à mettre un pied devant l'autre. Tout en elle était focalisé sur Hope et sur chaque précieuse respiration du bébé.

Mais elle se sentait coupable aussi. Elle avait su qu'un nourrisson de moins d'un mois, dont on ne connaissait pas l'histoire, devait être protégé. Et maintenant, elle savait qu'elle n'en avait pas fait assez. Qu'elle avait probablement aggravé les choses par son manque de prudence - en exposant Hope à l'environnement de la clinique et à quantité de personnes. En la sortant au lieu de la garder à l'intérieur.

Eh bien, elle en payait le prix maintenant, non ?

Elle n'avait pas besoin de lever les yeux pour savoir quand Theo entrait dans la nurserie. D'une manière quelconque, au cours des derniers jours, elle avait développé une sorte de radar pour lui seul. Aussi, lorsque ce jour-là il s'assit à côté d'elle et lui prit la main, tout ce qu'elle éprouva fut du soulagement et elle referma ses doigts sur les siens.

— À ton tour, dit-il doucement, mais fermement. Va manger quelque chose.

— Je n'ai vraiment pas faim.

— Alors va au moins faire un tour, histoire de prendre l'air. Tu ne seras d'aucune utilité à Hope si tu défailles de faim et d'épuisement.

On les avait autorisés à rester plus longtemps que les heures de visites, les deux derniers soirs, et ensuite ils s'étaient rendus dans l'appartement de Theo à Falmouth pour s'y reposer un moment. Et puis, dès que cela avait été possible, ils étaient retournés à l'hôpital pour veiller Hope.

Nya savait que Theo souffrait aussi. Cela se voyait dans ses yeux, dans les rides qui bordaient sa bouche et plissaient son front. Et quand elle était allongée dans sa chambre d'amis, somnolant avec difficulté, elle l'entendait faire les cent pas dans la salle de séjour. Savoir qu'il ne pouvait pas dormir non plus, d'inquiétude, accroissait sa propre tension. En dehors de son souci pour Hope, la seule chose qu'elle éprouvait était le besoin de s'assurer que Theo allait bien.

Il était étrange d'avoir quelqu'un à soutenir et qui vous soutenait. Cependant, chaque fois qu'elle songeait à se lever pour aller le rejoindre, elle hésitait. Les seules choses qu'il lui demandait étaient de se nourrir, de boire et de se reposer. S'il savait qu'elle ne dormait pas, il s'inquiéterait encore plus. Et là, ne voulant pas accroître son stress, elle céda.

— J'ai mon téléphone, dit-elle en se levant. Appelle-moi s'il y a un changement.

Theo s'était levé aussi et il pressa les doigts de Nya, lui serrant doucement la main jusqu'à ce qu'elle le regarde.

— Je le ferai. Garde confiance, Nya. Elle s'en sortira. *Nous* nous en sortirons.

Elle alla chercher un sourire au fond d'elle-même, tout en sachant qu'il était faible.

— Oui.

Mais lorsqu'elle se fut éloignée, ce qui lui resta, avec sa peur de perdre Hope, fut la pensée que ce que Theo avait dit n'était pas vrai. Ils ne s'en sortiraient pas.

En fin de compte, il n'y avait pas de « nous ». Ils étaient unis maintenant par leur amour pour Hope, mais une fois qu'elle ne serait plus dans leur vie, cette union se dissoudrait. Theo irait de l'avant - pour se construire une bonne nouvelle vie, il fallait l'espérer.

Et en cet instant, Nya ne put s'empêcher d'être triste. Même si Hope s'en sortait, cette situation lui avait rappelé combien la vie était fragile, et combien l'idée de perdre encore quelqu'un qu'elle aimait faisait mal.

Qu'elle *aimait ?*

Elle voulait parler de Hope, n'est-ce pas ? Rien que de Hope.

Son cerveau esquiva la pensée qu'il s'agissait de plus que ça. Elle avait trop de soucis actuellement pour considérer autre chose.

Tandis que Nya quittait la nurserie, Theo se laissa choir dans son fauteuil et, étant seul avec le bébé, s'autorisa à passer ses mains sur son visage, la fatigue lui pesant.

Il s'efforçait tellement de tenir pour Nya, extérieurement, mais à l'intérieur il se détruisait peu à peu, chaque jour un peu plus. Chaque jour où l'état de Hope ne s'améliorait pas.

Nya semblait penser que parce qu'il était père, c'était une situation qu'il avait déjà vécue - ou des émotions qu'il avait déjà éprouvées. Mais ses enfants avaient été en bonne santé. Le pire qu'il ait connu, c'était quand Gillian s'était cassé la clavicule à onze ans.

Mais ce qu'il vivait là - regarder Hope batailler pour respirer, et ne pas avoir l'énergie de pleurer lorsqu'on nettoyait son nez - était quelque chose de bien différent.

C'était terrifiant. À vous briser le cœur.

Et voir Nya lutter, avec cette expression traumatisée dans les yeux, était encore plus insupportable.

Il ne pouvait se rappeler un moment où il s'était senti plus impuissant.

En entendant un léger coup frappé à la vitre, il leva les yeux et vit Iona, dehors, qui le regardait. D'un geste du menton, elle lui indiqua qu'elle voulait lui parler. Comme l'hôpital ne laissait entrer que Nya et lui dans la nurserie, il se leva pour aller la rejoindre.

— Allez-vous rester un moment dans la chambre ? demanda-t-il à l'infirmière qui changeait la couche de Hope. Je n'en ai pas pour longtemps.

— Je resterai jusqu'à ce que vous reveniez, docteur Turner. Prenez votre temps.

Lorsque Theo referma la porte de la nurserie, il fut frappé par le fait que Iona avait l'air d'avoir pris dix ans en quelques jours. Il y avait des rides de stress autour de ses yeux, et la peau de son visage au-dessus de son masque avait perdu son éclat. Elle paraissait terne et pâle.

— Comment va Hope ? demanda-t-elle.

— Toujours pareil.

Il ne put pas lui dire que les docteurs parlaient d'intuber le bébé - les mots étaient coincés dans sa gorge.

— Oh ! Theo, dit Iona, les yeux brillants de larmes. Ils ne peuvent pas lui donner un médicament ? Ils ne peuvent rien faire de plus ?

— Ils font tout ce qu'ils peuvent, Iona.

Il le dit gentiment, même s'il avait envie de crier. Il voulut lui demander sèchement si elle pensait qu'il ne surveillait pas lui-même Hope, s'assurant que tout ce qui était possible était fait. Mais il savait qu'elle était aussi inquiète que Nya et lui.

— Où est Nya ? demanda-t-elle.

— Je l'ai envoyée manger quelque chose, mais je ne suis pas sûr qu'elle m'écoute.

Iona releva ses lunettes et se frotta les yeux.

— Nya a tendance à se refermer sur elle-même quand elle est triste ou effrayée, dit-elle en soupirant. Et elle a connu tant de pertes dans sa vie que je peux imaginer ce qui lui passe par la tête.

Elle regarda Theo bien en face et ajouta :

— Je suis contente que vous soyez là, avec elle. Vous l'empêcherez de se refermer complètement.

C'était ce qu'elle croyait, pensa Theo. Il avait l'impression d'échouer là aussi.

Nya était là physiquement, mais elle s'était refermée au point qu'il sentait un fossé entre eux, émotionnellement parlant. Lorsqu'il faisait un geste vers elle, essayant de lui transmettre le peu de force qu'il avait à offrir, elle ne semblait nullement le voir et l'accepter.

Une fois de plus, il était impuissant à arranger les choses - pour Hope, pour Nya - et cet échec l'entaillait jusqu'au plus profond de son âme.

— Theo, reprit Iona. Ne la laissez pas tomber parce qu'elle paraît inatteignable. Tout ce que je demande, c'est que vous la souteniez à travers ce qui adviendra, du mieux que vous pourrez.

Avant qu'il puisse répondre, il entendit le pas de Nya qui approchait et se tourna pour la regarder venir vers eux.

Avec quelle raideur elle se tenait, comme si le fait de se détendre ne fût-ce qu'un peu la ferait s'effondrer. La voir comme ça lui donnait envie de la prendre dans ses bras et de la tenir contre lui. De lui donner tout ce qu'il avait pour que les choses aillent mieux, même s'il savait que cela n'aiderait pas vraiment.

— Maman. Que fais-tu ici si tard ? Es-tu venue en voiture de Carey Cove ?

— Non, chérie.

Iona se pencha en avant et, saisissant sa fille par les épaules, elle appuya sa joue contre la sienne.

— Je suis restée à Penzance, pour être un peu plus près. As-tu mangé ? T'es-tu reposée, aujourd'hui ?

Nya donnait l'impression de ne pas savoir ce que ces mots signifiaient. Elle secoua la tête.

— Je vais bien, maman. J'ai fait un petit tour et pris une tasse de thé.

Iona releva le menton et gratifia sa fille d'un regard sévère.

— Nya, tu as l'air de ne plus tenir debout. Va avec Theo. Dînez quelque part et repose-toi. Tu dois prendre soin de toi.

— C'est ce que Theo m'a dit, répondit Nya d'un air absent. Mais comment puis-je la laisser ?

— Elle est entre les meilleures mains possibles. Te mettre complètement à plat ne l'aidera pas. C'est presque la fin des visites, alors vas-y. Je suis sûre qu'ils t'appelleront immédiatement s'il y a un changement.

Theo se rendit compte qu'il retenait son souffle. Et quand Nya le regarda, tout ce qu'il put faire fut de hocher la tête, lui intimant silencieusement de le laisser entrer dans son for intérieur, de lui permettre de prendre soin d'elle.

Elle prit une grande inspiration tremblante et, en la relâchant, elle acquiesça.

— Très bien.

Theo relâcha son souffle.

— Je vais dire aux infirmières ce que nous allons faire, et je vous retrouverai en bas, dit-il, souhaitant que Iona emmène Nya pour qu'elle ne puisse pas changer d'avis.

— Entendu, dit Iona d'un ton bref. Viens, Nya.

Maintenant, enfin, il y avait un plan à suivre - des actions à entreprendre. Faire manger Nya, faire qu'elle se repose. L'aider à se détendre un peu, d'une manière ou d'une autre.

Il allait commander un repas et il le prendrait en rentrant à l'appartement. Là, au lieu de s'installer à la table de la salle à manger, il éclairerait la cheminée à gaz et ils dîneraient dans le living-room, confortablement, d'une façon décontractée.

En descendant, il trouva Nya et Iona dans le vestibule de l'hôpital. Dehors, la journée grise et pluvieuse avait laissé la place à une nuit fraîche et humide, avec du vent. Lorsqu'il s'approcha des deux femmes, il vit la façon dont Nya triturait les anses de son sac de tricot, ce qui trahissait son agitation.

Ces derniers jours, elle avait apporté et remporté le sac de l'appartement à l'hôpital, mais elle avait rarement sorti son ouvrage. Elle avait l'air déconnectée, ce qu'il comprenait mieux depuis que Iona lui avait expliqué comment sa fille réagissait à la souffrance morale en se retirant en elle-même.

— Prêtes ? demanda-t-il en les rejoignant. Iona, voulez-vous dîner avec nous ?

Peut-être que si sa mère était là, Nya mangerait vraiment quelque chose, au lieu de promener la nourriture dans son assiette.

— Non, merci. Je vais rentrer à Penzance, mais je reviendrai demain matin.

Elle les accompagna jusqu'à la voiture de Theo, puis elle obliqua vers la sienne.

Une fois qu'ils eurent pris les repas et furent de retour à

l'appartement, Theo installa Nya sur le canapé, devant le feu allumé. Elle ôta ses chaussures, se pelotonna dans un coin et ferma les yeux.

Il prépara deux plateaux avec leurs fish and chips et les porta dans le living-room.

— Voilà pour toi.

Elle s'assit et lui prit un plateau.

— Merci.

Elle posa le plateau sur ses genoux et fixa un moment la nourriture.

— Je sais que tu n'as pas envie de manger, dit gentiment Theo. Mais il faut que tu gardes tes forces.

Elle leva les yeux, le regard étonnamment virulent.

— Je suis fatiguée de m'entendre dire ça.

Il haussa les épaules sans cesser de la regarder.

— Alors mange, et je ne le répéterai pas ce soir.

Elle plissa les paupières, puis elle parut céder et prit ses couverts.

Ils avaient fini, et Theo avait rapporté les assiettes à la cuisine, quand il entendit Nya soupirer.

— Je déteste l'admettre, mais j'en avais besoin.

— Je suis content que tu te sois restaurée.

Elle avait mangé plus que ce qu'il avait escompté.

— Aimerais-tu une tasse de thé ?

— Oui, merci.

Il brancha la bouilloire et sortit les tasses. Avant que l'eau commence à bouillir, son téléphone sonna. Il ne reconnut pas le numéro, mais son cœur s'emballa.

— Theo Turner, répondit-il.

Nya se trouvait près de lui quand la personne qui appelait parla.

— Docteur Turner, le Dr Porter m'a demandé de vous appeler pour vous dire que la fièvre du bébé Hope est tombée, et que le mucus dans ses poumons a commencé à se résorber. Elle n'est pas encore sortie d'affaire, mais apparemment elle tient le bon bout.

Theo n'eut aucune idée de ce qu'il répondit, mais en raccrochant il se rendit compte que sa main tremblait et qu'il avait la tête légère.

— Qu'est-ce qu'il y a ? demanda Nya.

Il donna un coup de poing dans l'air.

— Oui ! Hope a passé le cap !

— Oh !

Nya eut les genoux qui flanchèrent et Theo l'attrapa instinctivement par la taille, avant de la prendre dans ses bras.

— Notre bébé va aller bien, dit-il en la tenant contre lui, la sentant trembler.

Elle leva vers lui un visage radieux. Son sourire fit chanter le cœur de Theo, qui ne put résister.

Avec un grognement, il capitula et l'embrassa.

15

Ils ne prirent pas le temps de réfléchir, ni de douter.

Tandis que la bouche de Theo capturait la sienne, Nya passa ses bras autour de lui et lui rendit son baiser.

Son cœur tambourinait comme s'il voulait sortir de sa poitrine, mais il n'y avait pas de peur. Juste un énorme soulagement et un besoin plus puissant que ce qu'elle s'était attendue à éprouver.

Elle se pressa davantage contre lui, le corps enflammé et la peau devenant si sensible qu'elle eut la chair de poule dans le dos et sur les bras.

Theo bougea et ses bras se resserrèrent pour la faire pivoter et lui appuyer le dos contre le placard. À présent, toute la longueur de son corps dur la recouvrait et elle frissonna. Elle enfonça le bout de ses doigts dans son dos, voulant s'assurer qu'il ne pouvait pas s'écarter et ne le ferait pas.

— Nya...

Sa bouche avait glissé le long de sa gorge, et elle rejeta la tête en arrière pour mieux lui livrer accès à elle. Il n'hésita pas. La mordillant, la léchant, la suçant, il chercha et trouva les endroits qui la faisaient frissonner et lui arrachaient des petits cris et des gémissements.

Désirant désespérément toucher sa peau de ses paumes, elle sortit sa chemise de son pantalon et passa les mains dessous. Lorsqu'elle sentit que Theo en avait la chair de poule, lui aussi, elle en éprouva une intense satisfaction.

Soudain, il la tourna de nouveau et la souleva pour l'asseoir sur le comptoir. Leurs yeux étaient à la même hauteur, et la vive chaleur du regard de Theo l'excita encore plus. Elle essaya d'écarter les cuisses pour qu'il puisse se placer entre elles, mais ses jambes étaient emmêlées dans sa jupe et Theo avait d'autres plans.

Soutenant son regard, il fit glisser son cardigan de ses épaules. Lorsque ses doigts saisirent le bas du vêtement, effleurant la peau de sa taille, Nya leva les bras pour l'aider. En un clin d'œil, le cardigan fut ôté et son soutien-gorge suivit aussitôt.

Theo recula d'un pas et contempla longuement sa poitrine nue, avec l'air d'apprécier vivement ce qu'il voyait.

— Tu es si belle, dit-il d'une voix enrouée qui durcit encore plus les mamelons de Nya.

Elle voulait lui dire de la toucher, de faire quelque chose pour soulager la pression délicieuse qui s'amassait entre ses cuisses, mais son larynx ne semblait pas décidé à fonctionner. Cela changea quand il prit ses seins dans ses mains, et passa son pouce sur les pointes. Alors elle cria son nom, choquée par sa propre réaction, et déjà sur le point de se noyer dans la vague de plaisir qui montait en elle.

— Viens dans mon lit, grogna-t-il. Je veux te dévêtir complètement, te toucher, te goûter partout.

Elle n'hésita pas un instant.

— Oui. Oui.

Il la souleva du comptoir et traversa l'appartement à grands pas pour aller jusqu'à sa chambre. Nya s'accrochait à son cou, le parsemant de baisers, savourant le goût de sa peau et son odeur qu'elle en était venue à tant aimer.

L'allongeant sur son lit, il alluma la lampe de chevet, le bas de son corps restant en contact avec elle. Il avait le souffle aussi court qu'elle, et elle sentait son érection pressée contre son ventre. Constater qu'il désirait aussi avidement qu'elle cette intimité entre eux l'emplissait de joie et d'un sentiment de pouvoir.

Nya l'attira dans ses bras et l'embrassa très fort, exultant lorsqu'il grogna et l'embrassa à son tour avec autant de ferveur. Rendus frénétiques par le désir, ils se dévêtirent l'un l'autre, embrassant et caressant au fur et à mesure les morceaux de peau qui étaient dévoilés. Puis, soudain, Theo la fit rouler sur le dos et la plaqua au lit en jetant une cuisse dure par-dessus ses jambes.

Puis, avec une lenteur torturante, il se mit à explorer son corps. Prenant ses seins dans ses mains, il passa sa langue dessus, se rapprochant et s'éloignant de leur pointe durcie, encore et encore, jusqu'à ce qu'elle se raidisse, haletante, et le supplie de les sucer. Lorsqu'il s'exécuta, elle cria, secouée par des frissons de plaisir. Perdue dans les sensations qu'il faisait naître en elle, elle se tortilla sous lui, son besoin de lui croissant et montant si rapidement qu'il menaçait de l'engloutir.

Theo glissa plus bas, passant sa bouche sur son ventre, et le souffle de Nya se coinça dans sa poitrine. Se mettant sur le côté, il lui écarta les cuisses et elle les ouvrit avec bonheur à ses doigts en quête de son plaisir. Cela faisait très longtemps qu'elle n'avait pas ressenti ce genre de choses, qu'elle n'avait pas été touchée intimement, qu'elle n'avait pas désiré follement connaître l'extase. Si longtemps que dès que le doigt de Theo toucha son clitoris, elle explosa de plaisir, en proie à un orgasme puissant.

Son cerveau se court-circuita. Des étoiles dansèrent derrière ses paupières. Son corps fut secoué de spasmes, la volupté étant presque trop violente à supporter.

— Nya.

Le front posé sur son ventre, Theo chuchota son nom.

— Juste Ciel, il me semble que j'attendais depuis toujours de pouvoir te toucher ainsi.

C'était ce qu'elle ressentait aussi, mais les suites de son orgasme l'empêchèrent de faire autre chose que de grogner son nom, la gorge sèche. Et Theo ne lui laissa pas la chance de se ressaisir. Il descendit encore plus bas, passant ses cuisses sur ses épaules. Nya ouvrit les yeux pour voir ce qu'il faisait et rencontra son regard sombre, embrasé par le désir.

— Je vais te goûter, maintenant.

Il attendit un instant, pour voir si elle objecterait. Mais sa réponse fut d'écarter encore plus les cuisses, anticipant déjà avec ravissement ce que cette belle bouche allait lui faire ressentir. Et Theo ne la déçut pas. Il l'emporta au sommet de l'extase - une fois, deux fois - jusqu'à ce que la chambre et le reste du monde semblent disparaître, ne laissant qu'eux deux.

— Je te veux maintenant, Theo.

Elle se moquait d'avoir l'air de quémander. En fait, c'était ce qu'elle faisait. Il l'amena encore au bord de l'orgasme et la maintint là un long moment. Elle avait envie de l'avoir de toutes les façons possibles, et elle ne voulait pas attendre.

Elle poussa sur ses épaules pour le mettre sur le dos, et s'accroupit sur ses talons pour le regarder.

Il était magnifique. Son corps était long et musclé avec élégance. Le genre de silhouette qui rendait beaux tous les vêtements, mais qui était encore plus séduisante dévêtue. Et il était superbement excité. Par elle. Il la désirait, elle.

— Si tu continues à me regarder comme ça, tu vas me faire perdre mon contrôle, dit-il d'une voix rauque qu'elle ne lui avait jamais entendue, et qu'elle adora tout de suite.

— C'est ce que je veux, confessa-t-elle en passant une jambe sur ses cuisses. Tu m'as fait crier ton nom encore et encore. Il est temps que je te retourne la faveur.

Et à la façon dont son visage se crispa tandis qu'elle se plaçait au-dessus de lui, elle se dit qu'elle avait de fortes chances d'arriver à ses fins.

Theo retenait son souffle, le cœur battant la chamade, de la sueur perlant sur son front, en observant Nya qui s'abaissait pour le prendre en elle. C'était la scène la plus érotique qu'il eût jamais vécue, et une part de son cerveau refusait presque de croire qu'elle était vraie. Mais elle devait l'être. Aucun rêve ne pouvait être aussi bon, ne pouvait le faire passer d'un état d'excitation à un état où il souhaitait désespérément jouir.

Nya avait complètement pris son sexe en elle et balançait les hanches pour s'adapter encore plus étroitement à lui. Il devait faire appel à toute sa volonté pour ne pas fermer les yeux. Il voulait observer son plaisir. Inscrire dans sa mémoire la vue de Nya perdue dans un sortilège érotique qu'ils avaient créé ensemble.

Elle s'arqua en arrière, faisant ressortir ses seins, ses tétons sombres et crispés appelant ses doigts, ses lèvres. S'appuyant sur ses mains, il se redressa et prit un mamelon dans sa bouche, puis l'autre, les suçant et les mouillant de sa langue. Et puis, tandis que le corps de Nya pulsait fortement autour de lui, il dut s'arrêter. Il courait déjà le risque de jouir trop vite, et il voulait que cette première fois entre eux soit toute pour Nya.

Elle rit - d'un petit rire altéré qui lui sembla être le son le plus merveilleux qu'il ait jamais entendu - et demanda :

— Pourquoi t'es-tu arrêté ?

— Tu sais pourquoi. Tu me rends fou.

Elle toucha du bout des doigts la pointe de ses seins.

— C'est ce que je cherche à faire. Te rendre fou.

Se remettant à bouger, elle se balança sur lui, la respiration de plus en plus rapide.

Il allait jouir, l'orgasme lui fondait dessus comme un train à pleine vitesse, et même si Nya appréciait visiblement leur étreinte, elle n'était pas aussi prête que lui. Alors, tendant le bras, il lui prit une main et la guida entre ses cuisses.

Elle lui lança un regard langoureux de sous ses cils.

— Tu veux que je me touche ?

Il n'aurait jamais pensé qu'elle serait une amante aussi directe, ni que ce serait aussi excitant.

— Oui, grogna-t-il. Je veux que tu jouisses pour moi, chérie. S'il te plaît.

Elle n'hésita pas et Theo se redressa sur un coude pour la regarder tandis qu'elle se donnait du plaisir, le visage tendu, avide. Il l'entendit crier. Il la sentit se contracter autour de lui, le catapultant dans son propre orgasme alors qu'elle atteignait le sien.

Elle se laissa tomber sur lui et il l'enveloppa de ses bras. Elle se blottit contre lui d'une manière si douce, et il éprouvait des émotions si puissantes que les mots « Je t'aime » voulaient franchir ses lèvres et qu'il dut les retenir.

Cette étreinte était peut-être juste le résultat du soulagement de Nya, parce que Hope allait mieux. Si c'était le cas, il ne voulait pas la mettre dans l'embarras. Ou s'ouvrir lui à plus de souffrance.

— Mmm... fit-elle.

Ce murmure était lourd de satisfaction, et il ralluma le désir de Theo. S'ils ne devaient faire l'amour que cette fois - et il espérait avec ferveur que ce ne serait pas le cas - il voulait que ce soit mémorable. Que cette fois s'imprime pour toujours dans le cerveau de Nya. Néanmoins, elle avait à peine dormi depuis des jours. Était-il égoïste de sa part de la vouloir de nouveau, déjà ? Était-il arrogant de penser qu'elle le voudrait aussi ?

— Peut-on recommencer ? demanda-t-elle.

On aurait dit qu'elle avait lu dans son esprit. Il roula sur le côté afin qu'ils soient face à face.

— Maintenant ?

Elle eut un grand sourire et glissa une main entre eux pour saisir son érection.

— J'allais dire « si tu es partant », mais je sais déjà que tu l'es.

Cette fois-ci, tandis qu'ils s'étreignaient avec une passion aussi brûlante que la première fois, leurs jeux furent mêlés de rires, ce qui rendit l'expérience encore plus précieuse.

Et plus tard, alors qu'il était allongé avec Nya dans ses bras, il se dit qu'il ne s'était jamais senti plus satisfait - et refusa de laisser la peur gâcher ce moment.

Dans la nuit, elle bougea et Theo se réveilla en se rendant compte qu'il moulait son corps avec le sien. Un de ses seins reposait dans sa main comme s'il avait été fait pour ça. Elle commença à s'écarter et il resserra son emprise.

— J'ai besoin d'aller aux toilettes, dit-elle avec un petit rire.

— Dépêche-toi de revenir.

Riant de nouveau, elle se glissa hors du lit et il regarda son ombre traverser la chambre.

Comment se faisait-il qu'il ait mis si longtemps à remarquer combien elle était sexy ?

Il le savait très bien. Il avait été marié et s'était délibérément abstenu de remarquer des choses comme celle-là. Était-il horrible qu'en ce moment précis, il se sente heureux que Femi l'ait quitté, puisque cela l'avait rendu libre de faire l'amour avec Nya ?

Il ne savait pas et s'en moquait. Chassant cette pensée de son esprit, il attendit dans le noir de l'entendre revenir, et lui ouvrit les couvertures pour qu'elle puisse se glisser de nouveau dans la chaleur de son lit. La reprenant dans ses bras, il envisageait de lui refaire l'amour quand le sommeil s'empara de lui.

16

Nya s'éveilla très tôt le lendemain matin, traversée de souvenirs de la nuit précédente qui stimulèrent de nouveau sa libido. Lorsqu'elle constata qu'elle était seule dans le lit, elle roula sur le dos et fixa le plafond, prenant conscience de muscles qui d'ordinaire n'étaient pas douloureux, mais qui se faisaient sentir ce jour-là.

Était-ce vraiment arrivé ? Avait-elle réellement fait l'amour avec Theo ? Et cela avait été sacrément réussi. À faire trembler la terre, à vous ébranler le cerveau, à booster votre ego.

Tout en étant complètement stupide.

Enfonçant le coin d'un oreiller dans sa bouche pour étouffer son rire presque hystérique, elle se laissa aller pendant un instant, essayant de relâcher sa tension.

Oh ! cela avait été magique. Elle n'avait même pas su qu'elle pouvait être insatiable à ce point. Mais oui, c'était aussi la dernière chose qu'elle aurait dû faire.

On l'avait avertie du chagrin auquel elle s'exposerait. Et elle s'était elle-même mise en garde. Il n'y avait pas d'avenir pour elle et Theo, et céder à cette attirance était un excellent moyen d'avoir le cœur brisé. Alors maintenant, elle n'avait plus qu'à essayer de voir comment s'extirper d'une situation dont elle n'avait pas envie de sortir, mais dont elle savait qu'il fallait qu'elle le fasse.

Si la nuit dernière avait prouvé quelque chose, c'était que la façon d'aimer de Theo Turner pouvait très bien être addictive, et qu'elle ne pouvait se permettre d'y devenir accro. Se laisser séduire par un homme qui souffrait encore de la fin de son mariage, et qui projetait de quitter le seul endroit où elle se sentait en sécurité ? Ce serait de la folie.

Il lui serait facile de se dire que c'était le soulagement de savoir que Hope allait mieux qui l'avait rendue si sensible aux baisers de Theo, mais elle savait que ce n'était pas vrai. La moindre des choses était qu'elle soit honnête avec elle-même.

Elle était tombée amoureuse de lui probablement la première fois où elle l'avait vu tenir Hope. Et peut-être même avant ça, murmura une petite voix à l'arrière de son esprit, quand il faisait encore partie de « Theo et Femi ». Même si elle ne se serait jamais autorisée à penser à lui autrement qu'à un ami, quand il était marié, elle avait toujours eu une place spéciale pour lui dans son cœur.

Son charme tranquille. La façon dont il éclairait une pièce de sa présence en y entrant, dont il faisait en sorte que les autres se sentent importants. Le souci qu'il avait de ses patients. Et maintenant elle savait qu'il était aussi un amant doué et attentionné, ce qui le faisait paraître trop parfait.

Bien qu'elle sache exactement ce qu'elle ressentait pour lui, il n'était pas question qu'elle le lui laisse entrevoir. Elle s'assit dans le lit et prit une décision.

S'il abordait le sujet, elle lui dirait que c'était la joie de savoir que Hope allait mieux, jointe à son épuisement, qui avait créé cet élan ravageur. Qu'elle avait réagi instinctivement, avec une fougue déplacée, et même si elle ne le regrettait pas, cela ne se reproduirait pas.

Cela ne pourrait pas se reproduire...

Ainsi déterminée, elle mit les pieds par terre et prit une grande inspiration, essayant de ralentir son rythme cardiaque.

Aucun bruit ne venait de dehors et en allumant la lampe à côté du lit, elle se demanda où était Theo. Son sommeil avait été si profond qu'il était allé et venu dans la pièce sans la réveiller, comme l'indiquaient ses vêtements bien rangés sur une chaise. Ils étaient un rappel de la nuit précédente et elle rougit en les voyant. Puis elle se redressa.

Elle était une femme adulte, pas une adolescente, même si elle avait eu l'impression d'en être une avec Theo. Non. Si elle voulait traverser sans mal les prochaines semaines, elle devrait feindre une sophistication qu'elle ne possédait pas. Elle allait enfiler ses sous-vêtements et sa chemise et sortir de la chambre comme si ce n'était pas la première fois depuis tant d'années qu'un homme l'avait vue nue. Comme si elle s'en moquait et que son cœur ne menaçait pas de sortir de sa poitrine.

Ainsi reboostée, elle ouvrit brusquement la porte de la chambre et déchanta aussitôt en constatant, au silence qui régnait dans l'appartement, qu'il était vide.

Tant pis pour l'attitude détachée qu'elle avait décidé d'adopter. Elle se rendit dans la cuisine et vit que Theo avait laissé une note sur le comptoir : il était allé chercher leur petit déjeuner. Nya secoua la tête. Pourquoi fallait-il qu'il soit aussi parfait ? Au moins, elle n'aurait pas à l'affronter tout de suite et pourrait se doucher et s'habiller avant qu'il revienne.

Mais lorsqu'elle fut prête il n'était toujours pas revenu, et elle se sentit lasse d'être sur des charbons ardents. Appeler l'hôpital pour avoir des nouvelles de Hope lui prit un moment, mais pas assez pour la calmer.

Soudain, elle se rappela qu'elle n'avait pas appelé sa mère pour lui annoncer que le bébé allait mieux, et elle le fit. Iona parut aussi heureuse qu'ils l'avaient été.

— Oh ! Dieu merci. Theo et toi devez être si soulagés.

— Oui, répondit Nya, refusant de penser à quoi ce soulagement les avait conduits. Il est allé nous chercher un petit déjeuner, et ensuite nous irons à l'hôpital.

Le soupir de sa mère en dit long.

— C'est un homme si bien. Le voir avec cette petite fille fait fondre mon cœur glacé.

Nya ne put s'empêcher de rire.

— Vraiment, maman ? Eh bien, tu sais qu'il est célibataire, maintenant. Peut-être que…

— Arrête tout de suite. J'espère plutôt qu'il fera fondre *ton* cœur et t'amènera à vivre de nouveau.

Si tu savais… Mais il était hors de question qu'elle ait ce genre de conversations avec sa mère.

— Maman, je te l'ai dit, nous ne sommes…

— Que des amis. Oui, tu l'as dit et répété. Mais cela ne m'a pas ôté mon espoir.

— Maman, n'en attends pas trop. En fait, entre nous, je pense que Theo envisage de quitter Carey Cove. Alors même s'il y avait quelque chose entre nous - ce qui n'est pas le cas –, ce ne serait pas sérieux, de toute façon.

Il y eut un silence, puis Iona poussa un soupir.

— Nya, pourquoi faut-il que tout soit sérieux ? Rien n'est destiné à durer toujours. Parfois, on a simplement besoin de profiter des bons moments.

Elles avaient déjà eu cette conversation, et Nya n'avait pas envie de revenir dessus. Surtout maintenant.

— Très bien, maman. J'y penserai.

Sa mère soupira de nouveau.

— J'en doute, chérie. Embrasse Hope pour moi et préviens-moi quand elle rentrera à la maison.

— Je le ferai.

À ce moment-là, Nya entendit une clé tourner dans la serrure.

— Je dois y aller. Je te rappellerai.

Elle raccrocha et se tourna vers Theo, qui posait des sacs sur le comptoir. Elle dut réprimer l'envie de le rejoindre, de l'enlacer, de l'embrasser. De retourner au lit avec lui.

— Bonjour, dit-il en souriant, mais son regard brun scrutait le visage de Nya comme pour deviner sa réaction vis-à-vis de lui. Désolé d'avoir été si long, mais il y avait la queue au café.

C'était le moment d'établir clairement que la nuit passée n'aurait pas de suite. Elle prit un ton bref.

— C'est bon. Je ne suis pas debout depuis longtemps, de toute façon.

Elle vit ses paupières se plisser, puis il se tourna pour prendre des assiettes dans le placard.

— Bien. Mangeons et allons à l'hôpital. J'ai parlé à Herman Porter, qui est prêt à laisser sortir Hope ce matin.

— Oh ! c'est merveilleux !

— Oui, répondit-il d'un ton absent, comme s'il pensait à autre chose.

Puis il refit face à Nya et son cœur sursauta en voyant son expression.

— Nya…

Alors son téléphone sonna, et avec une exclamation impatiente, il décrocha.

— Theo Turner. Oui. Quoi ?

Il s'éloigna de Nya, lui tournant le dos.

— Où ? Oui, je connais. Oui, nous allons venir dès que possible.

Après avoir raccroché, il resta un moment là où il était, regardant par la fenêtre. Puis il lui refit face, son expression indéchiffrable.

— C'était la police. Ils ont retrouvé la mère de Hope.

Et Nya, de nouveau, eut l'impression que le sol s'ouvrait sous ses pieds.

— Où est-elle ? demanda-t-elle en se laissant choir sur la chaise la plus proche.

— Au Longworth Hospital, à Truro. Elle y est allée et on lui a diagnostiqué une embolie pulmonaire. Elle a fini par avouer qu'elle avait accouché il y a trois semaines. On nous demande de nous rendre à l'hôpital avec Hope.

— Mais…

Nya ne put exprimer la douleur qui lui comprimait la poitrine comme un étau, lui coupant le souffle. Theo consulta sa montre.

— Quand peux-tu être prête ?

Elle alla chercher au fond d'elle-même le professionnalisme et la force qui lui avaient permis de traverser tout ce que la vie avait mis sur son chemin. Après tout, elle avait su que ce jour viendrait. Plus tard, lorsqu'elle rentrerait chez elle, elle s'effondrerait, mais pour l'instant il y avait des choses à régler. Elle se leva, le dos droit et le menton levé.

— Je suis prête. Je pense que nous devrions d'abord retourner à Carey Cove pour y prendre les affaires de Hope, puis revenir la chercher. Au moins, sa maman aura ce dont elle aura besoin pour commencer.

— Bonne idée.

Il désigna du menton les sacs qu'il avait apportés.

— Cela ne t'ennuie pas de manger en roulant ? J'aimerais prendre la route dès que possible.

— Bien sûr, dit-elle en forçant ses jambes flageolantes à avancer, pour retourner dans la chambre d'amis. Je vais juste chercher mes affaires.

C'était donc ainsi que tout allait se terminer. Le bref bonheur qu'elle avait connu était sur le point de disparaître.

Une fois de plus elle avait le cœur brisé - et elle ne savait pas comment survivre à ce nouveau coup du sort.

Theo regarda Nya disparaître dans le couloir, puis il se détourna et passa une main sur son visage, qui était devenu engourdi lorsqu'il avait parlé à l'officier de police. Même si, en tant que médecin, il avait assisté à des choses incroyables, il n'avait jamais vraiment cru aux miracles, jusqu'à la nuit dernière.

En tenant Nya, il avait eu la sensation que ce Noël lui offrait quelque chose de quasi miraculeux. Un nouveau début. Une famille de la deuxième chance. Plus de joie qu'il n'en avait ressenti depuis des années. Mais même alors, il avait su que c'était juste un fantasme. Et l'accueil que lui avait réservé Nya ce matin-là, ainsi que la réapparition de la mère de Hope, lui avaient prouvé qu'il avait eu raison de croire que cela ne pouvait pas durer.

Cela ne faisait-il vraiment que moins de deux semaines qu'il avait trouvé Hope sur le seuil de la clinique ? Il avait l'impression qu'une vie s'était écoulée, depuis. Une vie merveilleuse, splendide, où la douleur, la culpabilité et le stress avec lesquels il vivait s'étaient évanouis, et où il s'était senti renaître.

Quelque part en route, il avait oublié qu'il n'avait la garde de Hope que de façon temporaire. Et la nuit dernière, en proie à l'extase, il avait oublié que le cœur de Nya n'était pas à prendre - qu'il avait déjà été donné, totalement, définitivement, et qu'il ne restait pas de place pour lui à l'intérieur.

Quelle ironie de trouver enfin une voie pour aller de l'avant, après s'être senti si perdu, et de se rendre compte que ce n'était qu'un mirage.

Il n'y avait rien qu'il puisse faire pour rendre la chose moins douloureuse. Souhaiter pouvoir revenir une semaine en arrière, revivre les jours qui s'étaient écoulés avant que Hope tombe malade, était stérile. Il était temps de se confronter à la réalité et de faire face à ses responsabilités vis-à-vis de Hope et de Nya - c'est-à-dire de les laisser partir sans faire d'histoires.

— Je suis prête.

Nya semblait si détachée et paraissait si bien se contrôler que Theo en éprouva une bouffée de colère, mais il la réprima. L'un d'eux, au moins, réagissait bien face à la situation.

Sans la regarder, il se dirigea vers la porte, attrapant au passage les sacs de nourriture et ses clés de voiture.

— Allons-y, dit-il, sachant combien sa voix était sèche, mais ne pouvant l'empêcher. La journée va être longue.

Longue et extrêmement douloureuse.

17

Ils firent vite pour se rendre à Carey Cove et revenir à Falmouth afin de prendre Hope à St Isolde, mais le trajet parut durer une éternité à Nya, d'autant qu'il fut majoritairement silencieux.

C'était comme si savoir qu'ils allaient rendre Hope les avait dépouillés de toute l'intimité qu'ils avaient partagée, et qu'il ne restait plus rien à dire. Nya avait le cœur douloureux, en sachant qu'elle perdait aussi l'amitié de Theo. Son cœur ne pourrait sûrement pas survivre à ce dernier coup. Une fois qu'ils auraient rendu Hope aux Services sociaux et à sa mère, il ne resterait plus rien pour les lier, bien qu'elle ait couché avec lui.

Et elle n'essaierait pas de se servir de son amour pour lui pour le garder. Ce n'était pas dans ses façons de faire. Mieux valait qu'elle garde ça pour elle, plutôt que de le révéler et d'embarrasser Theo.

« Pourquoi faut-il que tout soit sérieux ? » La question de sa mère lui revint alors qu'ils rentraient à Falmouth après avoir récupéré les affaires de Hope. Elle n'y avait pas de réponse.

Si elle n'aimait pas Theo, elle pourrait peut-être suggérer qu'ils couchent ensemble jusqu'à son départ. Mais la réalité, c'était que si elle n'avait pas tenu à lui, elle n'aurait pas couché avec lui. Même le fait de savoir qu'il allait quitter Carey Cove et la laisser n'avait pas suffi à l'arrêter, bien qu'elle ne soit pas du genre à rechercher la souffrance.

En fait, jusqu'à cette dernière semaine, elle se serait considérée comme frileuse et timorée. La vie ne lui en avait-elle pas fait assez voir comme ça ? Elle souffla. Apparemment pas.

— Tout va bien ?

La question de Theo la tira de ses pensées.

— Oui.

Mesurant qu'elle avait été assez sèche, elle ajouta :

— Je suis juste un peu triste de devoir rendre Hope si tôt. Je pensais qu'elle serait avec nous au moins jusqu'à Noël.

Il émit un grognement inintelligible et elle supposa qu'il trouvait, comme elle, que les fêtes avaient perdu tout leur attrait. Puis elle se souvint que ses enfants ne viendraient pas pour Noël, non plus, et elle se sentit triste pour lui. Du coup, elle faillit lui demander de venir passer Noël avec sa mère et elle, malgré tout. Mais elle réprima vite cette pensée. Elle n'était pas assez forte pour gérer ça avec calme et sang-froid.

Le seul rayon de soleil de la journée fut de voir combien Hope allait mieux. Même si elle était encore un peu congestionnée, elle était rose et avait les yeux brillants. Nya la prit contre elle, savourant ces derniers instants où elle serait en contact avec elle. En levant les yeux, elle vit que Theo les regardait et son cœur se serra. Elle reconnut le personnage sévère et distant qu'elle avait vu disparaître ces derniers jours.

Ne pouvant supporter de le voir ainsi, elle marcha jusqu'à l'endroit où il se tenait avec le Dr Porter, et lui tendit Hope. Il hésita, et elle crut qu'il allait refuser de prendre le bébé, mais la petite fille était irrésistible.

— Viens ici, mon cœur, dit-il de cette voix câline qui faisait toujours fondre le cœur de Nya.

Et il la porta jusqu'à la voiture, l'installant dans son siège sans cesser de lui parler tendrement. Puis ils se mirent en route pour Truro.

— Je me demande ce qu'ils feraient, dit-il, si nous franchissions la frontière écossaise comme deux brigands enlevant une princesse.

Nya secoua la tête, le cœur trop lourd pour rire.

— Je ne sais pas, mais je ne pense pas être faite pour vivre en cavale.

— Je pensais que tu dirais quelque chose comme ça, répondit-il, avant de se réfugier de nouveau dans le silence pour le reste du trajet.

Caroline Harker, l'assistante sociale, les attendait à l'hôpital de Truro et elle les conduisit dans une salle de réunion.

— Willow Carter n'a que seize ans, leur dit-elle. Quand elle a découvert qu'elle était enceinte, elle s'est enfuie de chez elle de peur de ce que ses parents diraient. Le père était apparemment un jeune marin qu'elle a rencontré une nuit, et il était parti depuis longtemps quand elle a réalisé qu'elle attendait un bébé. Elle n'a pas eu de visites prénatales et a accouché dans un squat où vit sa cousine. Une de ses amies lui a parlé de Carey House et lui a dit combien tout le monde avait été gentil avec sa propre mère quand elle avait accouché à la maternité. Alors elles ont demandé à quelqu'un de les emmener et elles ont déposé le bébé.

— Pauvre petite, dit Nya. Que va-t-il se passer, maintenant ?

— Elle est très désorientée, et apeurée. Nous lui avons offert une aide psychologique et nous nous assurerons qu'elle et sa fille soient bien soignées le temps qu'elle décide de ce qu'elle veut faire. Si elle opte pour une famille d'accueil, nous ferons en sorte que Hope soit placée dans un bon foyer.

Nya eut envie de demander comment ils prévoyaient de s'en assurer, mais elle se retint. Il était temps pour elle de commencer à se désengager, même si cela la rendait malade.

— J'ai parlé de vous deux à Willow, et elle demande à vous voir.

Nya et Theo échangèrent un long regard. Elle vit dans ses yeux la même hésitation que celle qu'elle ressentait, mais accepter semblait la chose à faire.

— Je veux bien, dit-elle, et il hocha aussi la tête.

Remettre Hope à l'infirmière pédiatrique qui devait la conduire à la nurserie fit à Nya l'effet d'un coup de poignard dans l'estomac, mais elle se rappela que ce n'était pas la première perte qu'elle subissait. Et qu'elle réussirait à dominer.

Elle parvint à retenir ses larmes, mais elle dut se détourner quand Theo dit adieu à la petite fille. Cette scène l'aurait brisée.

Elle n'aurait su dire ce qu'elle attendait de la mère de Hope, mais Willow Carter, assise dans son lit d'hôpital, paraissait si petite et si perdue qu'elle ne put s'empêcher d'éprouver de la compassion pour elle. Petit bout de fille avec de grands yeux bleus, le teint pâle à cause de sa maladie, elle avait l'allure d'un faon abandonné.

— Je voulais vous remercier, dit-elle, les yeux rivés sur ses doigts qui trituraient les draps. Mme Harker m'a dit que vous vous êtes occupés du bébé depuis que je l'ai laissé à la clinique.

— Oui, répondit Nya en tendant la main pour en couvrir ses doigts nerveux. Elle est magnifique, et si sage. Nous l'avons appelée Hope.

Willow leva vers elle des yeux pleins de larmes.

— Je ne sais pas comment être une maman. Je ne pense pas y arriver. Je ne veux pas commettre d'erreur. Et je ne lui ai même pas donné de nom, avant de l'abandonner.

— Willow, vous avez fait ce que vous jugiez le mieux, et vous avez le temps de prendre une décision pour votre avenir et celui de Hope, dit Theo d'une voix douce et rassurante. Acceptez le soutien psychologique offert par Mme Harker, et ensuite vous verrez.

Les larmes de la jeune maman coulaient à flots, maintenant, et Nya prit des mouchoirs en papier pour lui essuyer les joues, en émettant des bruits apaisants.

— Ils ont appelé ma mère, et elle a dit qu'elle ne voulait rien savoir. Que si j'étais assez grande pour avoir un bébé, je l'étais aussi pour me débrouiller dans la vie.

Nya serra les dents pour retenir ses commentaires sur une femme qui abandonnait sa fille dans une situation pareille. Puis une idée lui vint, et avant de réfléchir, elle proposa :

— Willow, si vous voulez venir passer Noël avec ma mère et moi, faites-le savoir à Mme Harker. Nous serions heureuses de vous avoir avec nous.

— La mère de Mme Ademi vous plaira, intervint Theo. Elle porte les coiffures les plus étonnantes, et des bijoux qu'elle rapporte d'Afrique.

— C'est un personnage, reconnut Nya. Quand on la rencontre, on peut la trouver raide et guindée, mais quand on la connaît, elle est très gentille.

— Je… je vais y réfléchir, dit Willow qui ne semblait pas très convaincue, mais au moins elle n'avait pas l'air pétrifiée. Merci.

— Prenez bien soin de vous et de Hope, dit Nya avant de s'en aller. Et si vous avez besoin de quoi que ce soit, dites à Mme Harker de m'en parler, d'accord ?

— Je le ferai.

Après une hésitation, Willow demanda :

— Madame Ademi, est-ce que vous pourriez me prendre dans vos bras ?

— Bien sûr.

Et Nya se retrouva en train de lutter contre ses larmes. Lorsqu'ils quittèrent la chambre, Theo et elle prirent d'un commun accord le chemin de la nurserie, marchant en silence pour aller regarder à travers la vitre. Le souffle de Nya se coinça dans sa gorge lorsqu'elle jeta un dernier regard au bébé, qui par bonheur dormait dans un berceau. Si elle avait été réveillée, si elle avait pleuré, elle était certaine qu'elle n'aurait pas pu la laisser.

— Nous devrions y aller.

La voix de Theo était rauque, et Nya sut qu'il combattait les mêmes émotions qu'elle. Elle hocha la tête et s'obligea à tourner les talons, même si partir semblait tellement, tellement injuste.

Comment Nya pouvait-elle paraître si calme ? se demanda Theo. Si maîtresse d'elle-même alors qu'il avait envie de hurler, tour à tour en colère et dévasté par la perte de la petite fille ?

Bien sûr, même si elle aimait évidemment Hope, elle n'avait pas échafaudé dans sa tête de folles fantaisies - comme former à eux trois une famille et vivre heureux toute leur vie. Non, Nya était beaucoup trop raisonnable pour ça, alors qu'il se savait bêtement romantique. Le genre d'hommes à tomber amoureux d'une femme, en sachant très bien qu'elle ne serait jamais sienne. Un moderne Cyrano, sans le nez.

Caroline avait déjà quitté l'hôpital, alors ils n'avaient aucune raison de s'attarder. Tandis qu'ils longeaient les couloirs gaiement décorés, Theo s'efforça d'ignorer tous les signes propres à la saison des fêtes. Il n'y avait plus de joyeuse anticipation de Noël. Il était empli de chagrin.

De nouveau, le silence emplit sa voiture tandis qu'ils repartaient pour Carey Cove, et il ne put songer à un seul sujet de conversation pour le briser. Ce qu'il souhaitait, c'était demander à Nya de venir chez lui afin qu'ils puissent partager leur peine et peut-être l'atténuer, mais il savait qu'elle refuserait. Elle avait clairement laissé entendre que la nuit précédente avait été une bêtise à ne pas répéter, et en aucun cas il ne s'ouvrirait à plus de douleur en se faisant rejeter.

Lorsqu'ils arrivèrent au village, il put voir les préparatifs du bal sur la pelouse communale. Les arbres de Noël étaient éclairés et des enfants couraient autour en jouant à s'attraper. Un couple marchait main dans la main, avec un petit garçon à vélo devant eux, et il reconnut Kiara, Lucas et Harry. La parfaite petite scène familiale. Les voir lui crispa l'estomac de jalousie.

Trop tôt à son gré, ils furent devant chez Nya et elle descendit de voiture. Comme il s'apprêtait à ouvrir sa portière, elle dit :

— Ne te donne pas la peine de sortir, Theo. Je peux me débrouiller.

Elle ouvrit la malle, prit ses sacs, et avant de refermer elle déclara :

— Profite bien du reste de tes vacances.

La regarder remonter son allée fut si douloureux que Theo fit marche arrière et s'en alla avant même qu'elle entre chez elle. Une fois chez lui, il resta quelques minutes dans sa voiture, sachant qu'il n'avait pas envie de rentrer. Malgré les guirlandes lumineuses, l'arbre et les décorations, sa maison serait froide et solitaire sans Nya et Hope. Autrefois, ce cottage avait été un foyer. Pas toujours heureux, mais c'était l'endroit où il était impatient de revenir.

Ce sentiment avait disparu. À la place restait une bâtisse hantée par les fantômes des jours heureux et des amours perdues. Il comprenait que Nya ait voulu quitter Andover après la mort de Jim. Ici, il n'y aurait pas un jour où il ne verrait pas quelque chose qui lui rappellerait Nya et Hope.

Il était temps pour lui de partir. De trouver ailleurs une forme de paix, quelle qu'elle soit.

Finalement, il sortit de sa voiture et entra dans la maison. Allant dans la cuisine, il brancha la bouilloire. En attendant que l'eau chauffe, il s'adossa à un placard, pensant à Nya. Il souhaita lâchement l'avoir rencontrée le premier, avant qu'elle connaisse Jim. Avant qu'elle ait pu donner son cœur à cet homme, puis l'enterrer avec lui. Parce que lui, il lui avait donné son cœur. Et maintenant il devait contempler l'idée de continuer à vivre sans.

Sans elle.

18

Sa maison avait toujours été son sanctuaire. L'endroit où elle savait qu'elle était en sécurité, et heureuse. Mais en éclairant les guirlandes de l'arbre de Noël, Nya sut que ce ne serait plus jamais pareil.

Elle avait trouvé l'appartement de Theo, à Falmouth, froid et impersonnel. Mais ici, entourée de toutes ses affaires, de ses bibelots, de ses tableaux, des couvertures qu'elle avait tricotées, elle éprouvait cette même sensation de vide. Toute la force qu'elle avait rassemblée pour ne pas craquer lorsqu'ils avaient laissé Hope à Truro s'évacuait d'elle, la laissant aussi creuse et sans vie que son cottage.

Se laissant tomber par terre, elle pressa les talons de ses mains sur ses orbites, laissant toute la douleur qu'elle avait réprimée l'assaillir en grandes vagues. Juste quelques semaines plus tôt, sa vie lui avait semblé idéale. Elle avait un métier qu'elle aimait, des amis sur qui elle pouvait compter, sa mère non loin. Elle était satisfaite de se dire qu'elle avait été passionnément aimée, qu'elle avait aimé Jim en retour, et qu'elle avait été fidèle à cet amour. Vivre à Carey Cove, mettre des bébés au monde la contentait grandement. Sa vie n'était peut-être pas parfaite, mais elle lui suffisait.

Retrouverait-elle un jour ce contentement ? La paix de l'esprit ? Serait-elle de nouveau heureuse et reconnaissante de ce qu'elle avait, sans cette terrible souffrance pour ce qu'elle avait perdu ?

Elle s'efforçait de contenir ses larmes, mais finalement elle dut les laisser couler et se mit à sangloter. Elle pleura pour Willow, qui était encore presque une enfant, pour la petite Hope dont l'avenir était incertain. Pour Theo, un homme d'une telle force de caractère, d'une telle sensibilité, qui avait été blessé comme il n'aurait pas mérité de l'être. Pour Jim, pour la vie qu'ils avaient partagée, et celle qu'ils n'avaient pas eu la chance de vivre. Pour les enfants qu'ils avaient désirés tous les deux, et le foyer qu'ils auraient créé pour les élever.

Pourquoi aimer de nouveau, quand elle ne savait que trop bien que ceux que vous aimez vous quittent toujours ? Ce qui ne l'avait pas empêchée de retomber amoureuse. Mais cette idée l'empêchait de saisir cet amour à deux mains, car elle avait trop peur de risquer de souffrir encore. Elle était trop lâche.

Ses larmes cessèrent, et elle se retrouva calme et lucide.

Elle aimerait toujours Jim, mais il n'était plus là depuis très, très longtemps. Et l'homme qu'il était, généreux, plein de vie et de rire, n'aurait pas voulu qu'elle mette son cœur sous clé comme elle l'avait fait. Il aurait peut-être même été déçu. Il l'aurait pressée d'aller de l'avant, de prendre tout l'amour qu'elle avait en elle et de le donner. Et elle était presque certaine que Theo lui aurait plu, beaucoup.

Jim aurait voulu qu'elle prenne le risque de dire à Theo ce qu'elle éprouvait, dans l'espoir qu'il veuille d'elle comme elle le voulait. Qu'il l'aime comme elle l'aimait.

Elle n'avait aucune idée de ce que Theo ressentait pour elle, ni s'il était prêt pour une autre relation après son divorce. Mais elle savait qu'il l'avait touchée avec tendresse et passion. Et elle avait vu comment il la regardait quand il pensait qu'elle ne pouvait pas le voir, avec cette sorte d'envie qui la faisait se sentir si féminine et si sexy. Après tout ce temps, elle pouvait sans aucun doute lui faire confiance pour qu'il lui dise la vérité et, s'il le voulait, elle pourrait lui confier son cœur.

Il n'y avait qu'un moyen de le savoir. Elle devrait rassembler son courage et aller lui dire ce qu'elle ressentait - sans rien attendre en retour. Et sa franchise leur permettrait de garder leur amitié, si c'était tout ce qu'il voulait d'elle.

Elle se leva et alla dans la salle de bains pour se rafraîchir le visage. Vingt minutes plus tard, elle était dans sa voiture et se rendait chez Theo, le cœur tambourinant dans sa poitrine.

Pour la première fois de sa vie, plutôt que d'aller vers la sécurité, elle sortait de sa zone de confort et s'embarquait dans une aventure. Elle ne pouvait pas savoir comment Theo réagirait à l'aveu de son amour, mais c'était quelque chose qu'elle devait faire pour elle-même. Et les questions qu'elle se posait devraient attendre. Un pas à la fois. En raison de toute la douleur qu'elle avait traversée par le passé, elle savait que quoi qu'il advienne, elle irait bien. À partir du moment où Hope et Theo seraient heureux, avec ou sans elle, elle serait heureuse aussi. Ou aussi heureuse que possible en ayant la nostalgie de ce qu'elle ne pourrait jamais retrouver.

Elle était plus forte qu'elle ne l'aurait pensé, et elle était prête à se servir de cette force à son avantage.

En rétrogradant, elle s'avança dans le chemin qui conduisait à la maison de Theo avec le sentiment de rentrer chez elle - un sentiment qu'elle n'avait pas eu lorsqu'elle était arrivée plus tôt devant son propre cottage. Elle inspira à fond et sortit de sa voiture, remarquant que Theo avait allumé ses guirlandes de Noël. Elle se demanda si c'était une indication de son état d'esprit. Curieusement, cela l'emplit d'optimisme, et lorsqu'elle arriva à sa porte elle frappa sans hésiter.

Lorsqu'il ouvrit, son souffle se coinça dans sa gorge. Et tandis que l'expression de Theo passait d'une interrogation polie à la surprise, puis au ravissement, elle sut que tout irait bien. Il tendit la main et, d'instinct, elle la prit, avec l'impression que le monde s'était soudain remis d'aplomb et qu'elle était exactement là où elle devait être.

Theo ne parvenait pas à reprendre son souffle, l'anticipation lui oppressant la poitrine et lui donnant une sensation d'étourdissement. Nya, un petit sourire relevant les coins de sa belle bouche, pénétra aisément dans la maison - et se lova dans ses bras dès que la porte se referma derrière elle. Comment pouvait-il résister à l'appel de ses lèvres ? Et pourquoi résisterait-il, en sachant que l'embrasser le transportait au paradis ?

Quand leurs lèvres se joignirent et qu'elle fondit contre lui, il sut que s'il pouvait en faire à sa tête, il ne la laisserait jamais partir. Ils s'ajustaient parfaitement l'un à l'autre - physiquement, émotionnellement, intellectuellement. Elle était ce qu'il lui fallait pour aller de l'avant et être de nouveau heureux. Mais il avait besoin de savoir exactement pourquoi elle était là. Était-ce juste pour le sexe, ou pour quelque chose de plus ? Oserait-il espérer qu'elle avait pour lui des sentiments qui allaient plus loin que l'amitié ?

Quoi qu'il en soit, la magie de leurs baisers le fascinait, et quand Nya le poussa plus loin dans la maison, il ne résista pas. Son souffle doux et chaud caressant ses lèvres, elle dit :

— Fais-moi l'amour.

Tout en lui avait envie de lui obéir, à part une petite partie de son cœur qui murmurait : *J'ai besoin de savoir.* Il savait qu'il ne supporterait pas la douleur, si elle voulait juste une connexion physique.

— Pourquoi, Nya ? Que veux-tu de moi ?

Elle s'écarta un peu de lui, son regard scrutant le sien.

— Je veux ton amour, mais ce n'est pas quelque chose qui se demande. Je veux ton amour parce que je t'aime.

C'était tout ce qu'il avait besoin d'entendre. Une onde de chaleur le traversa, chassant la peur glacée qu'il avait eue. Il la souleva dans ses bras et la porta jusqu'à sa chambre, en lui disant entre deux baisers qu'il l'aimait aussi.

Lorsqu'il la déposa sur le lit, elle serra ses bras autour de son cou et l'attira à elle.

— Je n'aurais jamais cru que j'aimerais de nouveau, chuchota-t-elle contre sa peau. Tu m'as ramenée à la vie.

Plus tard, se dit-il, ils pourraient parler davantage. Se dire tout ce qui avait besoin d'être dit. Mais pour l'instant il voulait lui montrer à quel point il l'aimait, avec son corps et ses gestes. Et apparemment, elle était du même avis.

Ils roulèrent sur le lit en s'embrassant, se dévêtant l'un l'autre, touchant chaque morceau de peau qui était dénudé. L'odeur de Nya lui monta à la tête, le plus puissant des aphrodisiaques, et partout où ses mains se posaient, il se sentait vivant. Vibrant.

Son besoin d'elle devint presque désespéré, mais il se força à l'aimer lentement, complètement. Les bruits qu'elle émettait en montant vers l'orgasme, la façon dont elle cria son nom lorsqu'elle atteignit l'extase le rendirent encore plus excité. Lorsqu'elle le fit rouler sur le dos et entreprit la lente exploration de son corps, il sut qu'il ne lui faudrait pas grand-chose pour perdre son contrôle.

Comme si elle le savait, Nya le titillait doucement, le gardant à la lisière de l'assouvissement. Il y avait quelque chose de si érotique dans sa totale concentration qu'il se sentit presque sortir de son corps. Tandis qu'elle le caressait, sa vision se rétrécit et il ne vit plus qu'elle, conscient de chaque inspiration qu'elle prenait, de chaque petit bruit qu'elle faisait. Puis elle leva les yeux vers lui et il la fit remonter sur lui pour pouvoir l'embrasser, longtemps et passionnément.

— Maintenant, Theo, s'il te plaît.

Ses paroles le firent trembler comme si elles l'avaient touché physiquement. Roulant sur le côté, il prit un préservatif et se mit à genoux pour l'enfiler. Les yeux de Nya, aux paupières lourdes, observaient chacun de ses gestes. Elle s'ouvrit à lui, l'attirant à elle, son regard sombre le retenant captif. Et il sut qu'aussi longtemps qu'il vivrait, il se souviendrait de ce moment comme de l'un des plus précieux de sa vie.

Le besoin qu'elle avait de lui, et qu'il avait d'elle, était la culmination d'un parcours chaotique et douloureux, mais à eux deux, ensemble, ils créaient un instant de pure perfection.

— Je t'aime, murmurèrent-ils en même temps, et Theo crut que son cœur allait exploser d'une joie unique, incroyablement pure.

Il avait prévu d'aller lentement, de lui donner autant de plaisir qu'il le pouvait, le plus longtemps possible, mais elle prit le contrôle de leur rythme, ondulant sous lui, allant de plus en plus vite. Il saisit ses hanches, essayant de la ralentir, mais elle rit, et le son délicieux de son rire l'excita encore plus.

— Oui ! cria-t-elle. Oui, Theo, comme ça.

Puis elle jouit, l'entourant de ses bras et de ses jambes, l'attirant dans le tourbillon de son orgasme, et il eut l'impression de s'envoler. Toujours enlacés, ils roulèrent sur le côté, face à face, et il plongea les yeux dans ceux de Nya, savourant le présent qui n'était plus entravé par le passé. Il se sentait libre, à part les liens de l'amour qui l'unissaient à elle.

— Tu dis que je t'ai ramenée à la vie, Nya, mais tu as fait la même chose pour moi. Hope et toi, vous avez empli mon cœur et chassé ma solitude. Vous m'avez fait croire de nouveau en l'amour.

Elle lui décocha un sourire éclatant.

— J'ai réalisé que je devais mettre ma peur de côté pour être avec toi, Theo. Prendre le risque que tu ne veuilles pas de moi, mais connaître la vérité d'une façon ou d'une autre. Si tu veux quitter Carey Cove, et souhaites que je vienne avec toi, je le ferai.

Ce fut alors qu'il sut sans l'ombre d'un doute qu'elle l'aimait totalement, complètement. Elle était prête à abandonner son refuge pour être avec lui. Il secoua la tête, puis se pencha pour l'embrasser.

— Nous sommes ici chez nous. Si j'ai mon mot à dire, nous n'irons nulle part ailleurs.

— Oh ! Theo.

Elle jeta les bras autour de son cou et le serra fort. Puis elle rit et dit :

— Nous devrions peut-être déménager, juste pour que je n'aie pas à entendre ma mère répéter qu'elle savait qu'il y avait quelque chose entre nous, et qu'elle me l'avait bien dit.

Il rit avec elle, et leurs rires mêlés sonnèrent à ses oreilles comme la miraculeuse symphonie de l'amour.

Une symphonie qu'il espérait entendre tout le reste de sa vie.

Épilogue

Pour ce Noël, Carey Cove rutilait de guirlandes lumineuses et de décorations de toutes tailles et de toutes sortes. Les habitants avaient décidé de rivaliser avec Kiara, et le résultat était splendide.

— Je ne savais pas que ce vieux village pouvait être aussi beau, dit TJ alors qu'ils revenaient chez Theo après avoir dîné au Dauphin. Rien de tel qu'un peu de compétition pour booster les choses, non ?

Nya rit, tandis que Theo répondait :

— Keith Platt et Tony Wednesday en sont presque venus aux mains, l'autre soir, chacun affirmant qu'il avait les plus belles décorations lumineuses.

— Qu'ils sont bêtes, intervint Gillian. Tout le monde peut voir que Kiara bat tout le monde, pas vrai ?

Elle s'adressait à Hope, qui la dévorait des yeux.

Tout était presque parfait, se dit Nya en se rendant dans la cuisine pour brancher la bouilloire, tandis que Theo et ses enfants passaient dans la salle de séjour. La vie était exceptionnellement bonne.

Cela faisait neuf mois que Hope était venue vivre avec eux à Carey Cove. Sa mère Willow avait fait de son mieux, mais finalement elle avait conclu que sa fille serait plus heureuse dans une famille d'accueil permanente. Seulement si Nya et Theo étaient d'accord pour l'accueillir, cela dit.

— J'ai envie de reprendre l'école, leur avait confié la jeune femme lorsqu'ils s'étaient rencontrés pour en parler. Et pour être honnête, je ne me sens pas capable de m'occuper d'elle. Est-ce que vous voulez la prendre ?

Elle n'avait pas eu à le demander deux fois. Que Hope devienne un membre permanent de leur famille avait paru si juste.

— Nous serons ses grands-parents adoptifs, avait dit Nya. Tu seras toujours sa maman.

— Et tu feras toujours partie de notre famille, aussi, avait ajouté Theo, ce qui avait ému Willow aux larmes.

Gillian et TJ étaient venus leur rendre visite juste après le retour de Hope, et la petite fille avait eu un vrai coup de foudre pour la fille de Theo. Elle avait été surexcitée quand Gillian était revenue passer Noël avec eux, et la jeune femme était si gentille avec elle. Les voir ensemble rendait Nya heureuse.

Et quand sa mère s'ajoutait à elles, c'était encore plus délicieux, car Hope et Gillian adoraient être avec Iona.

— Tu es là, dit Theo en arrivant dans la cuisine pour enlacer la taille de Nya et lui donner un baiser. Tu en mets, un temps !

Elle rit.

— Je ne suis là que depuis deux minutes. Tu es terriblement impatient.

— Cela m'a paru plus long, à moi.

Nya pivota dans ses bras et lui tendit ses lèvres pour un autre baiser, avant de déclarer :

— J'ai bien fait de t'acheter une montre, pour Noël.

— Ha, ha, très drôle.

Theo baissa la voix pour demander :

— Tu as eu des nouvelles de Willow ?

Pour Nya, c'était la seule chose qui clochait dans ce Noël parfait. L'absence de Willow. La jeune femme avait repris l'école et travaillait à temps partiel dans un magasin de Newquay. Elle appelait souvent pour savoir comment allait Hope, et était venue la voir deux ou trois fois. Quand Nya lui avait proposé de se joindre à eux pour les fêtes, elle avait répondu qu'elle les tiendrait au courant. Elle avait paru apprécier le Noël précédent, qu'elle avait passé avec eux, et s'était liée à Iona, aussi, mais elle ne leur avait rien dit depuis.

— Pas encore, répondit Nya en essayant de paraître optimiste.

Mais ce n'est pas parce qu'on est à la veille de Noël qu'elle ne peut pas arriver au dernier moment.

— Tu as raison. Et ta mère devrait être là bientôt.

Theo posa un baiser sur sa tête.

— Ce Noël est formidable. Toute la famille réunie ici, mon adorable dame à mon bras. Je ne vois pas comment il pourrait être encore meilleur. Sauf, peut-être, si tu acceptais de m'épouser.

Nya scruta son regard, essayant de deviner ce qu'il pensait. Lors du Noël précédent, il lui avait dit qu'il avait beau l'aimer comme un fou, il ne se sentait pas prêt à se remarier.

— Tu es sûr, Theo ? On peut très bien continuer comme on est actuellement.

Elle avait vendu son cottage et était venue s'installer chez Theo, et n'avait jamais été aussi heureuse. Elle n'avait pas besoin d'une bague pour lui dire qu'ils étaient faits l'un pour l'autre.

— Sûr et certain, répondit-il. Hope et toi êtes mes miracles de Noël, et tu ferais de moi le plus fier et le plus heureux des hommes si tu acceptais d'être ma femme.

Que pouvait-elle répondre à ça ?

— Oui ! affirma-t-elle d'une voix forte.

Tandis qu'il la serrait de nouveau contre lui pour l'embrasser, ils entendirent du bruit dans le vestibule. Leurs lèvres se séparèrent, mais quand la voix d'Iona et celle de Willow retentirent, accompagnées des cris de joie de Hope et d'exclamations de bienvenue, Nya sut sans le moindre doute qu'ils avaient trouvé tout ce qu'ils pouvaient désirer.

Le sentiment d'être bien.

Le bonheur.

Un foyer.

L'amour.

RACHEL DOVE

Le baiser d’une sage-femme

Traduction française de
MARIE-JOSÉ LAMORLETTE

BLANCHE

HARLEQUIN

Titre original :
SINGLE MOM'S MISTLETOE KISS

1

Seigneur, ces chaises sont vraiment inconfortables. Il faudra que je le mentionne à Nya quand je reprendrai le travail. Les coussins devront être regarnis, ou quelque chose comme ça.

Marnie s'ajusta à son siège, souriant aux autres personnes présentes dans la salle d'attente où elle attendait son tour. Il était étrange de voir l'envers du décor, pour ainsi dire. C'était le jour des visites de contrôle et elle était là comme patiente. Une expérience nouvelle pour elle. Elle se sentait un peu bizarre, habituée à être celle qui aidait les jeunes mamans.

C'était une froide journée de décembre, une journée qu'elle avait attendue depuis qu'elle avait eu son bébé. La dernière fois qu'elle avait été là, à la maternité de Carey Cove, c'était pour accoucher. Sa fille avait été mise au monde par ses collègues qu'elle chérissait, à l'endroit où elle travaillait. Elle aimait la symétrie de cette situation. Cela lui donnait un vrai sentiment d'appartenance, et son cœur qui avait autrefois la bougeotte était non seulement en train de guérir, mais il était plein. Elle était passée de l'état de sage-femme célibataire au cœur brisé à celui de mère, dans la communauté où elle vivait et qu'elle adorait.

Elle avait fait un tel chemin depuis cette plage de Bali. Elle était loin de la fille qui riait sur les photos avec Oliver, tandis que les plus beaux endroits du monde servaient de décor à leurs instantanés. Une fille qui vivait dans un mensonge qu'elle n'avait découvert que douloureusement tard. Elle était rentrée chez elle avec du sable dans sa valise et le cœur dévasté. Carey Cove avait été un endroit où se réfugier. Un endroit où commencer une nouvelle vie, une vie dont elle n'avait jamais pensé qu'elle serait un jour au programme.

Maintenant, elle était une mère assez fatiguée, en proie à ses hormones, assise avec les autres nouvelles mamans et leurs bébés dans la salle d'attente brillamment décorée pour les fêtes. Elle attendait avec les autres patientes sa visite de la sixième semaine. Elle avait mal au dos, et le siège de la chaise chichement rembourrée était trop rigide pour son corps qui se remettait encore de l'accouchement. Violet soufflait doucement contre elle, et elle l'ajusta pour éviter que le bras qui la tenait s'engourdisse. Sa fille nouvelle-née se rendormit aussitôt et, en la regardant, Marnie fut submergée de nouveau par une vague d'amour.

Cela lui arrivait souvent. Quelquefois, cet amour la frappait en pleine figure. Lorsqu'elle regardait son enfant et se demandait comment, au nom du Ciel, elle avait eu autant de chance. La procréation médicalement assistée avait fait partie de sa vie professionnelle pendant des années. Elle avait soutenu de nombreuses femmes qui pleuraient sur leur condition. Sur ce que cela signifiait pour leur fertilité. Sur les enfants qu'elles désiraient mais ne pouvaient pas avoir. Elle, elle n'avait jamais considéré sa fertilité comme acquise. Elle avait eu de la chance, elle le savait. Tellement de chance. Chaque fois qu'elle regardait Violet, elle s'en souvenait.

La veille, elle avait versé des larmes de joie parce que sa fille avait éternué d'une manière si mignonne. Le jour d'avant, elle s'était extasiée devant ses vêtements minuscules fraîchement lavés, qui séchaient sur le radiateur. Elle était folle de la petite Violet, elle aimait terriblement le merveilleux petit paquet qu'elle avait dans les bras. Elle ne pouvait toujours pas croire tout à fait qu'elle était mère. Elle avait toujours pensé que c'était quelque chose qui ne lui arriverait jamais, alors chaque éternuement, chaque petit reniflement étaient pour elle des événements joyeux.

Elle avait accouché ici, bien sûr, et ainsi elle avait fait le tour de toutes les expériences qu'elle pouvait faire dans cette maternité. C'était le meilleur endroit. Son endroit. Le sien et celui des femmes qui le géraient. Il y avait des hommes aussi, certes, mais tout le monde savait qui étaient les vraies patronnes. Même St Isolde, l'hôpital de Falmouth avec qui ils travaillaient, savait quel rôle important Carey House jouait dans le soin des patientes de la communauté et au-delà. Son ami Theo était l'un des principaux médecins de la maternité, et elle savait que Carey House était un endroit spécial pour lui aussi. Tout le monde avait cette impression en franchissant la porte de la clinique.

Marnie se demanda comment se passait son remplacement. Elle n'avait pas aperçu de nouvelles sages-femmes, jusqu'ici, et les filles ne lui avaient pas dit grand-chose sur le plan du travail. Elles ne cessaient de lui répéter d'oublier un peu la maternité et ses patientes. Qu'elles avaient tout en main, et qu'elle devait juste profiter du temps qu'elle passait avec son bébé. Ce qu'elle faisait, mais elle ne pouvait s'empêcher d'être curieuse concernant la personne qui la remplaçait. Elle en était à sa deuxième semaine, maintenant, et Marnie savait qu'elle devait déjà se sentir à l'aise. Carey House n'avait pas besoin de beaucoup de personnel envoyé par des agences ; une fois que les gens venaient, ils avaient tendance à rester. Ce qui en disait long sur la qualité de la clinique, à son avis. Quelle que soit la sage-femme qui couvrait son congé maternité, elle savait qu'elle apprécierait le temps qu'elle passerait ici. Il était difficile de ne pas le faire.

La salle d'attente avait plus l'air d'un salon douillet que d'un lieu froid et impersonnel comme en comportaient d'ordinaire les établissements de santé. Ici, on avait davantage l'impression de venir dans un hôtel confortable pour avoir son bébé. C'était un endroit unique, et le personnel qui le gérait travaillait inlassablement pour qu'il le reste. Il n'était pas désagréable d'être assise là à attendre, malgré les chaises un peu dures. Marnie découvrit qu'elle appréciait d'être une observatrice, pour une fois. Violet était merveilleuse, mais le cottage où elles vivaient était la seule maison occupée dans leur allée, et c'était très calme. Elle ne pouvait guère avoir de conversation avec son bébé. Il était plaisant d'être de nouveau plongée dans la vie.

Les autres mamans bavardaient entre elles. Elle saisissait des bribes de conversations. L'endroit regorgeait de décorations de Noël, ce qui lui rappela que normalement, à cette époque de l'année, elle avait complètement décoré sa maison. Elle avait commencé, mais comme elle devait s'occuper de Violet, elle avait un peu plus de mal à exécuter des tâches qui sortaient de l'ordinaire. Lorsqu'elle s'ennuyait légèrement, ou était agitée, elle s'activait à nettoyer et à désinfecter toutes les surfaces du cottage. Non pas que Violet soit pénible. Elle ne pouvait cesser de regarder sa fille, s'émerveillant de chaque petit bruit et de chaque expression. Les bébés étaient loin d'être ennuyeux, mais la routine du travail lui manquait. Les rires avec ses collègues.

Les lumières clignotantes de l'arbre de Noël la faisaient se sentir bien, et lasse en même temps. Il fallait espérer qu'elle pourrait faire une sieste dans l'après-midi, pendant que Violet dormirait. Elle pourrait remettre le reste des décorations à un autre jour. Elle avait commencé à garnir sa barrière de sucres d'orge géants, mais il lui restait encore pas mal de choses à faire. Toutefois, ce n'était pas comme si elle était en concurrence avec des voisins. Violet et elle étaient seules dans leur petite allée. Elle n'avait personne à impressionner à part son bébé, et cela lui plaisait.

Une des femmes rit à l'autre bout de la pièce, et elle se mit à écouter ce qu'elle disait.

— Six heures d'affilée ! Oh ! là, là, je voudrais que le mien dorme aussi bien. Je le jure, j'ai dormi devant le sèche-linge, l'autre nuit. Le bruit était la seule chose qui empêchait ce petit diable de hurler à en faire crouler la maison !

— Ne me parlez pas des tétons fendillés, dit une autre. Avec mon second, j'étais pratiquement prête à donner des coups de poing à quiconque me félicitait de le nourrir au sein. J'avais tellement mal ! À quoi ça rime d'avoir deux bonbonnes si elles sont aussi dures que des pierres ? Je le jure, je ne sais pas comment nous avons conçu notre troisième, après ça. Je n'en pouvais plus !

Un rire résonnait çà et là. Des femmes échangeant des histoires horribles. Marnie restait assise, serrant Violet contre elle, savourant chaque minute. Maintenant, elle n'était pas simplement une spectatrice de ces petits drames quotidiens. Elle n'avait plus à se contenter de hocher la tête et de compatir. Elle avait ses propres histoires à partager. Même si elle se sentait assez contente d'elle-même, pour le moment. Les choses allaient bien. Presque pas de sautes hormonales. Si elle pouvait dormir correctement, la vie serait assez parfaite. Comme elle avait espéré qu'elle le serait après Oliver, son ex-fiancé menteur et bon à rien, et après tout ce qu'elle avait traversé pour devenir mère. Elle avait le sentiment que Violet était sa récompense, son rêve réalisé par elle et elle seule.

— Ces chaises sont un peu dures, non ?

Une autre maman assise près d'elle remua sur son siège. Son bébé était à ses pieds dans son baby-relax, portant une petite salopette bleue et un T-shirt à girafe. Il dormait profondément.

— Je suis contente que vous disiez ça. Je croyais que c'était mon dos endolori qui me donnait cette impression, répondit Marnie avec un sourire. J'adore l'ensemble de votre petit.

— Oh ! merci, j'ai dû le changer deux fois ce matin, pour être honnête. Nous avons eu un incident avec une grosse commission explosive. J'ai rempli une machine à laver avec tout ce qu'il avait sali. Il en avait jusqu'aux oreilles !

Les deux femmes rirent ensemble.

— Je m'appelle Vicky, au fait, et la machine à caca est Benjamin.

Marnie lui serra la main, sentant la chaleur de ses doigts envelopper les siens.

— Marnie, et voici ma petite Violet. Est-ce votre premier ?

Marnie ne la reconnaissait pas, mais elle était en congé maternité et par ailleurs elle ne s'occupait pas de toutes les mères qui venaient à la clinique. Elle sentit son cœur se serrer - son travail lui manquait -, mais cela passa vite lorsqu'elle regarda sa fille. Elle n'était pas pressée de revenir. Mettre des bébés au monde vous rendait accro, et elle était heureuse d'être de retour dans le bâtiment de pierre jaune clair qu'elle adorait, mais elle n'avait pas hâte que son congé se termine. Elle voulait profiter de chaque instant avec son bébé avant que les choses ne s'emballent.

— Violet est mon premier enfant.

— Non. J'ai un garçon de trois ans, Jaxen. On dit que l'on oublie à quel point un premier est fatigant. Et j'ai parfois l'impression que celui-ci est mon premier quand il crie à 3 heures du matin. C'est incroyable, ce que l'on peut oublier. Ou refouler !

Vicky rit de nouveau, et Marnie hocha la tête.

— Eh bien, tout ça est encore nouveau pour moi.

Elle ne dit pas qu'elle travaillait à la maternité comme

sage-femme, et qu'elle avait mis au monde des centaines de bébés entre ces murs.

— Ce ne sont peut-être que les hormones, mais j'adore chaque minute.

Elle savait que ce n'étaient pas que les hormones, mais elle ne voulait pas se montrer lyrique dans la salle d'attente. Même en pleine nuit, quand elle nourrissait sa fille et avait l'impression qu'elle n'avait pas dormi depuis un mois, elle savait que ce moment était précieux. Chaque petite étape de son voyage vers la maternité lui avait donné le parfait petit paquet qu'elle tenait dans ses bras, et elle n'en considérait pas une seule seconde comme allant de soi. Comme elle n'oubliait pas pendant combien de temps elle avait aspiré à avoir un bébé. Ni combien d'efforts elle avait dû fournir pour en arriver là.

— Il n'y a rien de comparable, n'est-ce pas ? opina Vicky en regardant son fils qui était réveillé et très occupé à manger son petit poing. Je le jure, je n'aurais jamais pensé en avoir un autre. Vous savez, vous avez une vie bien remplie, l'argent devient un problème... Mais ça en vaut la peine.

— Je suis complètement d'accord, dit Marnie, songeant aux mois de fécondation in vitro qu'elle avait subis.

Elle recommencerait demain matin pour obtenir le droit d'être assise sur cette chaise aujourd'hui.

— C'est ce qu'il y a de meilleur. La fatigue et les incidents de caca mis à part, bien sûr.

Les deux femmes continuèrent à bavarder, et Marnie découvrit qu'elle y prenait un grand plaisir. C'était comme être admise dans un club auquel elle n'avait pas accès auparavant. Elle avait l'impression d'avoir regardé si longtemps comme spectatrice par la fenêtre de la parentalité. Se demandant si elle aurait un jour sa chance, comme des millions de femmes pour qui c'était si facile. Quelquefois, elle ne parvenait pas à croire qu'elle l'avait fait. Elle y était arrivée, et son bébé avait été mis au monde par ses collègues, ici même. Cela lui avait semblé totalement juste, comme si elle avait bouclé la boucle.

Elle était membre du club, désormais, une mère à part entière. Elle n'aurait plus à écouter des anecdotes au sujet de nuits blanches ou autres pépites de la vie de parents sans en faire partie. Elle avait finalement le statut auquel elle avait aspiré et qu'elle avait craint de ne jamais avoir. Celui de maman. Vicky, qui lui parlait de la crèche locale où allait son fils, se tut brusquement.

— Vicky ? appela Marnie, se demandant pourquoi sa voisine fixait l'autre bout de la pièce la bouche ouverte, comme un poisson hors de l'eau. Vous allez bien ?

Benjamin lâcha un pet, mais même cela ne fit pas réagir sa mère. Ses lèvres bougeaient, mais aucun son n'en sortait. Marnie regarda autour d'elle. Et elle remarqua que les mères présentes dans la salle d'attente étaient très excitées. Il lui sembla que la température hivernale était montée de plusieurs degrés, et elle sentit la tension qui planait dans l'air. Vicky lui donna un coup de coude.

— Quoi ?

Un autre coup de coude, et Marnie se tourna pour voir ce qu'elle regardait bouche bée. Une autre nouvelle maman venait de revenir dans la salle d'attente et un homme lui parlait, le dos tourné. Marnie nota son uniforme médical et fronça les sourcils.

— Qui est-ce ? marmonna-t-elle à moitié.

Sans en avoir l'intention, elle remarqua l'arrière de sa silhouette. Il était difficile de faire autrement ; l'homme était aussi appétissant qu'une bonne pièce de bœuf. Il faisait facilement un mètre quatre-vingt-dix, estima-t-elle de sa place assise. On pouvait compter sur elle pour être en congé maternité quand ils avaient un remplaçant canon !

Un remplaçant… *Oh ! non.* Cet Adonis musclé était-il *son* remplaçant ?

— L'avez-vous déjà vu ? demanda-t-elle à Vicky, du coin de la bouche.

Celui ou celle qui la remplaçait devait déjà être sur les lieux. Ce n'était peut-être pas le sien. Enfin, son remplaçant. Marnie secoua la tête. Peut-être les hormones avaient-elles légèrement refait surface. Elle se sentait un peu chaude et troublée par la vision en face d'elle. Elle ne cessait de se demander à quoi ressemblait cet homme. L'arrière de sa tête était assez plaisant. Des cheveux courts, châtain foncé, sur un cou puissant et de belles épaules, au-dessus d'un torse solide.

— Non, et je ne sais pas où ils l'ont trouvé, chuchota Vicky à son côté. Mais ils devraient en avoir davantage comme lui. Il est agréable à regarder, non ?

Elle avait prononcé cette dernière phrase d'une voix plus forte, et Marnie fut certaine de voir le dos de l'homme se raidir. Elle le vit remonter les épaules. Elle rougit malgré elle.

Prise à reluquer un homme lors de sa visite de la sixième semaine. Elle pouvait juste imaginer ce que ses collègues feraient de cette histoire.

Elle s'éventa de sa main libre, essayant de faire circuler l'air dans ses poumons. Ce n'était pas pour ça qu'elle était là.

Le mystérieux Adonis continuait à parler à la mère, lui remettant une brochure. La patiente le remercia. Marnie se concentra de nouveau sur Violet, s'efforçant de se distancier de la conversation. Elle n'écoutait jamais des conversations privées dans des salles d'attente. Elle n'allait pas commencer maintenant. Elle était ici en tant que nouvelle maman, comme les autres. Pour sa visite de la sixième semaine, quelque chose qu'elle avait attendu avec impatience. Un autre club dont elle était maintenant membre, après avoir attendu et désiré sa fille si longtemps. Par ailleurs, elle était encore en congé. Cela ne la regardait pas, pour le moment.

Mais qui était-il ? Avait-il été envoyé par une agence ?

— Vous voyez, vous ne pouvez même pas parler, dit Vicky. Comment se fait-il qu'il travaille ici ? C'est un peu dommage, si vous voulez mon avis. Il devrait travailler à la clinique de la fertilité.

Elle n'avait visiblement pas peur de dire ce qu'elle pensait. Et n'était pas femme à baisser la voix.

— C'est mettre la charrue avant les bœufs, là.

Ah, la candeur des gens de Cornouailles, pensa Marnie en voyant l'homme se tourner légèrement dans leur direction. Il avait les oreilles manifestement échauffées. Leur pointe était même rose vif. Elle s'éclaircit la gorge pour retenir le rire qui menaçait de lui échapper et détourna vivement les yeux. L'homme se remit à s'occuper de la femme et du bébé qu'elle tenait.

— Je crois qu'il vous a entendue.

Elle sourit à son amusante compagne.

— Je ne sais pas qui il est, je ne l'ai jamais vu auparavant, non plus.

Elle se garda bien de divulguer sa perplexité et sa légère irritation. Ni le fait qu'elle avait observé la façon dont les épaules du bel inconnu avaient tendu la toile de son uniforme lorsqu'il s'était tourné vers elles. Elle se retrouva en train de regretter de ne pas avoir eu l'énergie de se maquiller, ce matin-là. Elle savait qu'elle n'était pas au mieux de sa forme. Le manque de sommeil produisait cet effet.

Attends, quoi ? C'est juste un homme, Marnie ! Qu'est-ce que ça peut te faire ?

— Eh bien, je pense que vous pourriez être sur le point de le découvrir.

La voix de Vicky s'immisça dans ses pensées alors que l'homme pivotait et tournait les yeux dans leur direction. Ainsi que ses longues jambes. Marnie se demandait quelle pointure il faisait, quand ses pieds s'arrêtèrent juste au milieu de la pièce.

— Attention, mesdames ! chuchota Vicky comme il approchait.

Toutes les femmes présentes se redressèrent sur leur chaise, arrangeant une mèche égarée et sortant un poudrier de leur sac. Marnie demeura figée sur place. Elle n'allait pas se pomponner pour un homme. Même un grand costaud en tenue de sage-femme. D'ailleurs, elle n'aurait pas pu bouger même si elle l'avait voulu. Il la regardait bien en face et elle ne pouvait pas détourner son regard, apparemment. Des yeux noisette la captivaient et elle était incapable d'en détacher les siens.

Était-ce son remplaçant ? Oh ! ses collègues allaient avoir des problèmes. Une info aurait été la bienvenue, mesdames !

— Mesdames, si je peux prendre une seconde de votre temps...

Il fit un signe de tête à l'infirmière qui pesait des bébés dans un coin de la pièce.

— Désolé pour l'intrusion.

Marnie entendit Vicky marmonner quelque chose comme « vous pouvez prendre ce que vous voulez », à côté d'elle, tandis qu'elle acquiesçait, muette. L'arrière de sa tête n'était pas son meilleur atout, constata-t-elle. Vu de face, ouh là ! Cet homme était superbe, à défaut d'un meilleur mot. Vraiment canon. Il était comme un solide tronc d'arbre planté devant elle. Un instant, une image d'elle en écureuil lui vint à l'esprit, mais elle l'écarta lorsqu'il continua à parler. Elle s'efforça de ne pas se concentrer sur la nuance noisette de ses prunelles. Elle lui rappelait les arbres au printemps, ceux qui poussaient autour de la clinique. Dans ses yeux, les taches vertes et marron créaient une couleur unique, qu'elle ne pouvait pas tout à fait définir.

— Je suis Ash Ellerington, le nouveau sage-femme temporaire. Vous devrez peut-être me supporter un moment, mesdames.

Il haussa sa voix grave.

— C'est mon premier jour ici, à Carey House, mais j'apprends vite. Je sais que la sage-femme que je remplace manque beaucoup à ses collègues, mais j'espère que je pourrai aider pendant que je suis là.

Son sourire était craquant et Marnie regarda ses voisines qui tombaient toutes sous son charme. Encore plus qu'elles ne l'avaient fait en se pâmant sur son physique.

Eh bien, il sait certainement s'y prendre avec les femmes.

Il se retourna vers elle, souriant toujours. Elle détourna les yeux.

Oh ! non, ça ne marchera pas avec moi.

— Vous remplacez qui ? demanda-t-elle, connaissant déjà la réponse, mais ne voulant toujours pas que ce soit vrai.

Il était en retard, en tout cas ! Son premier jour aujourd'hui ? Qu'est-ce que cela voulait dire ? Il était censé avoir commencé depuis deux semaines ! Elle pensa à ses patientes, à ses collègues qui partageaient sa charge de travail pendant qu'elle s'occupait de son bébé et s'habituait à être une mère célibataire. Cette idée l'irrita. Pourquoi n'était-il pas arrivé deux semaines plus tôt ? Pourquoi l'avaient-ils attendu, au lieu d'engager quelqu'un d'autre ? Du regard, il fit le tour de la pièce, notant l'intérêt que suscitait leur conversation.

— Une des sages-femmes en congé de maternité, répondit-il vaguement.

Et avec un certain dédain, estima-t-elle. Apparemment, elle avait déjà pris la décision de ne pas l'apprécier. Est-ce qu'il ne savait même pas qui il remplaçait ? Les filles avaient dû lui dire son nom.

Elle sentit la tension du stress au travail lui passer sur l'échine et le détesta pour lui faire éprouver ça par une si bonne journée.

— Si vous voulez bien m'excuser, mesdames, je ferais mieux d'y aller.

Il s'inclina à moitié, ce qui fit défaillir Vicky à côté d'elle. Marnie resta droite et rigide, le regardant tourner les talons et s'éloigner.

Il a intérêt à faire du bon travail. Son premier jour, vraiment !

Elle l'observa pendant qu'il parlait avec aisance à deux autres mères à l'autre bout de la pièce, puis ce fut son tour. On appela son nom, et bientôt elle se concentra de nouveau sur son rendez-vous et sur Violet. La visite des six semaines était importante, et sa fille remplissait toutes les conditions voulues. Elle ne revit pas l'homme, et elle ne pensa pas à lui avant la fin de sa visite, quand il fut temps de partir.

Elle avait emmitouflé le bébé et elle-même contre le froid. Elle venait de franchir les portes de Carey House, lorsqu'elle entendit résonner derrière elle la voix d'une de ses collègues.

— Marnie ! Je suis contente de t'avoir chopée ! Tu as une minute ?

Elle se tourna pour regarder son amie Nya et fut choquée de voir Ash debout à côté d'elle. Elle sentit ses paupières se plisser, instinctivement. Comme si elle observait un coucou dans son nid.

— Salut, Nya ! Je serais volontiers passée vous dire bonjour, mais je sais que vous êtes bien occupés.

Elle regarda Ash droit dans les yeux.

— Les premiers jours sont chargés, en général.

Nya ignora sa pointe, mais elle fut satisfaite de voir tressaillir son remplaçant.

Sa collègue avait déjà franchi la distance entre elles pour l'étreindre cordialement. Violet, assise dans le siège-auto que tenait Marnie, protesta. Nya se pencha pour la regarder de plus près.

— Désolée, ma petite beauté ! C'est juste que ta maman nous manque vraiment, ici !

Elle tendit la main et lissa les couvertures avant de tourner son sourire éclatant vers Marnie. Elle était visiblement heureuse, ces temps-ci. Marnie était très contente pour elle, car Theo était quelqu'un de formidable. Il était facile de les aimer, tous les deux.

— Je ne veux pas te retenir dehors par ce temps de décembre, reprit Nya, mais je voulais te présenter Ash.

Ce dernier s'avança et parut grandir d'une trentaine de centimètres. Il se tint plus droit tandis qu'il rivait de nouveau les yeux sur les siens. Elle songea à son irritation que cet individu prenne sa place dans son travail. Imaginez ça ! Elle essayait de vivre sa vie *sans homme*, et voilà qu'un homme la remplaçait dans sa carrière. Voyait ses patientes. Toutefois, ce n'était pas sa faute. Il était là, maintenant, c'était le principal. Elle serait de retour bientôt et il s'en irait. C'était le dernier homme dont elle aurait jamais besoin dans sa vie. Cette idée lui plaisait. Une autre case à cocher dans son plan de se passer de la gent masculine.

Nya continuait à parler d'un ton animé des allées et venues dans la clinique, des bébés de Noël qu'ils s'attendaient à voir arriver. Ash l'interrompit et tendit la main.

— Bonjour, Marnie. Je suis Ash, comme vous le savez.

Il rougit.

— Ravi de vous rencontrer. J'ai cru comprendre qu'il fallait que je sois à la hauteur de pas mal de talents de sage-femme.

Il haussa un sourcil et Marnie lui sourit poliment en retour.

— Heureuse de vous connaître, Ash. J'espère...

Et là, elle fit une erreur. Une grosse erreur qui la prit complètement par surprise.

Elle lui serra la main. Bien sûr, sa réaction pouvait signifier qu'elle était choquée de voir cet homme et de réaliser qu'il prenait sa place. Ou venir du fait que, même si elle adorait être une nouvelle maman célibataire, et fière de l'être, elle n'en restait pas moins une femme. En proie à ses hormones, qui plus était.

Elle aurait pu mettre cette réaction sur le compte de beaucoup de choses, mais elle savait pertinemment ce qui lui arrivait. C'était comme si un éclair lui avait traversé le corps. À la seconde où ses doigts se refermèrent sur les siens, ce fut comme s'ils avaient été soudés l'un à l'autre. Elle passa de la sensation d'être électrocutée par son contact, s'attendant à ce qu'ils soient soufflés loin l'un de l'autre, à la certitude absolue qu'ils étaient collés ensemble pour toujours.

Lorsqu'elle parvint à se rappeler où elle était, elle se concentra sur le visage d'Ash. Il paraissait aussi confus qu'elle devait en avoir l'air. Ses lèvres s'écartèrent et il sortit sa langue pour humecter sa bouche sèche. Elle comprit parfaitement. La sienne lui semblait être aussi aride que le Sahara. Elle déglutit, réalisant qu'elle s'était arrêtée au milieu d'une phrase. Au lieu de répondre comme une professionnelle compétente, elle le fixait bêtement. Leurs mains étaient toujours jointes. Marnie sembla se ressaisir légèrement la première.

— Désolée, j'allais dire bienvenue, et merci. Je sais que tout le monde vous fera vous sentir chez vous, ici - c'est notre truc, à Carey House, dit-elle précipitamment.

C'est alors qu'elle réussit à bouger les doigts. Elle rompit le contact et vit que Nya lui lançait un drôle de regard.

Qu'est-ce qui n'allait pas chez elle ?

Elle espéra que sa collègue ne se ferait pas des idées. Ash pouvait couvrir son poste, c'était certain. Mais, après Oliver, c'était aussi loin que ce qu'elle voulait aller avec un autre homme.

Ash ne s'aperçut pas du petit échange entre les deux femmes. Il avait penché la tête de côté pour regarder Violet. Marnie le regarda adresser un grand sourire à sa fille, et la petite bonne femme le lui rendit aussitôt.

Elle a souri ! À lui ! Ne t'ai-je rien appris, traîtresse ?

Il faudrait qu'elle s'entretienne avec sa progéniture.

— Tu souris déjà, hein ? Tu es douée !

Il fit une grimace amusante à Violet, et Marnie observa son bébé qui décochait un sourire édenté à son remplaçant. Un grand sourire de pur bonheur. C'était comme si le Père Noël en personne avait passé la tête pour dire bonjour. Le cœur de Marnie se contracta.

Oui, les hormones post-partum et Noël ne font pas bon ménage. Je suis à deux doigts d'être rendue bêtement sentimentale par les fêtes. J'ai attendu ce premier sourire, et elle le lui offre à lui ? J'espère qu'il ne s'agissait que d'un rot.

Elle savait que ce n'était pas le cas, mais même la sage-femme en elle voulait se contenter de ce mensonge.

Tu souris à notre ennemi, ma petite chérie.

Elle s'était attendue à ce que sa fille la soutienne, mais manifestement Violet avait un faible pour les beaux visages. Non pas qu'il soit particulièrement beau, se dit-elle avec mauvaise foi. Enfin, si, si vous étiez sensible à ce grand et séduisant tableau ténébreux. Ce qu'elle n'était pas.

Elle serra un peu plus son manteau autour d'elle tandis que le vent se levait. Les étés à Carey Cove étaient splendides et les hivers magnifiques, mais froids. Ash lui décocha un regard soucieux, mais elle l'ignora. Elle n'avait pas besoin de son aide.

— Je ferais mieux de la mettre dans la voiture.

Elle resserra le siège-auto contre elle.

— Enchantée de vous connaître.

— Moi aussi.

Il recula d'un pas.

— J'ai été très heureux de faire votre connaissance à toutes les deux.

Il désigna Violet d'un signe de tête.

— Je vais vous laisser vous réchauffer.

Se sentant exténuée par l'excitation de la matinée, et gelant rapidement sur place, Marnie regarda sa fille. Celle-ci contemplait toujours Ash. Apparemment, Marnie n'était pas la seule des demoiselles Richards à essayer de le jauger. Violet le fixait tellement qu'elle en louchait presque.

— Merci.

Elle lui sourit tout en évitant ses yeux noisette et adressa un signe de tête à Nya.

— Appelle-moi. À bientôt, Ash.

Elles se dirent au revoir et Marnie démarra. Lorsqu'elle fut hors de vue, elle s'arrêta et regarda sa paume qui avait touché Ash. Elle sentait toujours sur sa peau un picotement qui n'avait rien à avoir avec l'hiver de Cornouailles, elle le savait.

Elle pensait encore à lui lorsqu'elle arriva chez elle. La secousse qu'elle avait éprouvée lorsqu'elle lui avait serré la main continuait à l'affecter.

Qu'est-ce que c'était que ça ?

Elle avait craqué sur quelques personnes quand elle était enceinte. Idris Elda dans... n'importe quel film, par exemple. Elle avait regardé *The Avengers* en boucle. Elle comprenait cette attitude. Elle était sage-femme, elle connaissait tout des envies et des pulsions bizarres propres aux futures mamans. Elles pouvaient avoir des coups de cœur pour des célébrités alors qu'elles développaient en elles un être humain.

Mais maintenant ? Elle en avait fini avec les hommes. Ash lui donnait l'impression d'être un piquet qui barrait la route de sa nouvelle vie sans homme. Une vie où elle mettrait au monde la nouvelle génération de bébés et élèverait sa fille. Toute seule. Juste les deux Richards, mère et fille. Elles allaient être les Gilmore Girls de la série américaine, sans le cafetier mignon et revêche. C'était ce qu'était Ash, se dit-elle. Un tenancier de café dans l'intrigue de sa vie. Un personnage superflu qui, elle le savait, disparaîtrait au montage.

Des coups de foudre ? Peuh...

Elle n'en avait pas besoin. Elle n'en voulait pas. En outre, il allait partir, de toute façon. Il était quelqu'un de provisoire, qui la remplaçait. Elle se rappela sa résolution. Jamais plus elle ne dépendrait des caprices d'un homme. Elle avait eu son bébé sans homme à son côté. La FIV lui avait permis de suivre enfin les désirs de son cœur et de réaliser son rêve de devenir mère. Si elle avait pu faire tout ça toute seule, elle n'y changerait rien.

Non pas qu'il soit intéressé par elle, bien sûr. Même pas. Elle avait vu le drôle de regard qu'il lui avait lancé après leur poignée de main. Il plaisait à Violet, mais elle était un bébé volage. Elle, Marnie, avait plein de temps pour enseigner à son enfant bien-aimée qu'une femme pouvait faire tout ce qu'elle voulait, comme elle le voulait. Avec ou sans un homme souriant, aux poignées de main dévastatrices. Bientôt, Ash serait parti et elle reprendrait son travail. Son devoir accompli.

2

— La fièvre de mars, je vous le dis. Tous ces bébés, c'est le résultat de la fièvre de mars.

Sophie marchait d'un pas vif dans le couloir, un kit d'accouchement dans les bras.

— Ash, vous allez avoir une sacrée première journée ! Criez si vous avez besoin de quelque chose !

Elle se précipita dans une salle d'accouchement, et les cris de douleur de la femme en travail, à l'intérieur, s'en échappèrent jusqu'à ce que les portes se referment. Ash resta seul dans le couloir. Les visites de contrôle de la sixième semaine étaient terminées pour ce jour-là, et il allait mettre au monde son premier bébé de Carey House.

— Bonjour ! lança-t-il d'un ton jovial en entrant dans la salle. Monsieur et madame Evanshaw ?

La patiente, une jolie jeune femme appelée Hayley, était assise sur le lit d'hôpital, les jambes à plat devant elle. Le moniteur était fixé à son gros ventre, surveillant le bébé. Ash alla consulter la sortie papier, vérifiant que tout allait bien pour la maman et l'enfant. M. Evanshaw se tenait de l'autre côté du lit, paraissant très inquiet. Il avait le visage cendreux.

— Bonjour. Appelez-moi Hayley, je vous prie. Et voici Tom.

— Bonjour, Tom.

Ash tendit la main et remarqua combien celles du futur papa tremblaient. Il avait déjà parcouru le dossier. La maman en était à quarante semaines et cinq jours, plus que prête à faire la connaissance de son premier enfant avec son mari. Hayley allait bien, elle était même détendue, mais Ash pouvait sentir les vagues de tension qui émanaient du père.

— Alors, votre premier bébé aujourd'hui, papa ?

Tom grimaça plutôt qu'il ne sourit, et Ash lui tapota l'épaule.

— Ne vous inquiétez pas. Je suis Ash Ellerington. Je serai votre sage-femme. Je reviendrai bientôt pour voir comment vous vous portez, tous les deux.

Il procéda au reste de ses examens. Hayley était dilatée de cinq centimètres et la dilatation progressait bien. Le bébé allait bien aussi. Une grossesse parfaite, apparemment. Les premiers bébés étaient souvent en retard. Il avait devant lui un bon après-midi facile.

Il se rendit au bureau des infirmières. Nya travaillait sur l'ordinateur. Elle s'arrêta à la seconde où il s'approcha et lui décocha un grand sourire.

— Salut, Ash, comment ça va ? Votre première patiente suit les plans ?

Elle désigna d'un signe de tête la salle d'accouchement qu'il venait de quitter.

— Tout va bien pour le moment. Je suis juste venu chercher mon planning.

Nya acquiesça.

— Oh ! oui, je vais vous en imprimer un.

Elle abaissa ses sourcils, l'air interrogateur.

— Vous n'avez pas mentionné les jours de repos que vous comptez prendre. Voulez-vous me les indiquer ?

Elle était très gentille, mais elle faisait erreur. Elle supposait qu'il avait une vie hors de la clinique. Il secoua la tête, affichant un air enjoué qui démentait ce qu'il ressentait.

— Euh… non, c'est bon pour moi. Je n'ai aucun endroit où être en particulier.

Il n'avait pas non plus de foyer, en fait. La maison qu'il louait était agréable, mais ce n'était que l'un de la douzaine de lieux où il avait séjourné au cours des derniers mois. Il ne s'attardait jamais nulle part. C'était ainsi qu'il aimait vivre.

— À Noël ? demanda Nya, l'air incrédule. Eh bien, vous ne vous ennuierez pas ici.

Elle lui décocha un regard malicieux.

— Les choses vont bon train, chez nous, surtout en hiver.

Ash n'eut aucune idée de ce qu'elle voulait dire, mais il répondit à son sourire.

— Vraiment ?

Une sonnerie provint de la chambre de Hayley, et il tourna instinctivement la tête dans cette direction.

— Bon, je ferais mieux d'y aller.

Il retourna vers la salle d'accouchement. Quelle que soit la magie inhérente à cet endroit, il doutait qu'elle se communique à lui durant son bref séjour. Il était ici pour travailler et aller de l'avant. Travailler, dormir, déménager, recommencer. Il n'avait pas de temps pour la magie. Il frappa à la porte et entra. À voir son sourire et ses manières détendues, on n'aurait jamais dit qu'il était un homme qui souffrait. Il préférait qu'il en soit ainsi.

— Quelque chose ne va pas, gémit Hayley, le front couvert de sueur.

Tom s'efforçait de lui éponger le visage avec un linge frais. Ce qui ne faisait que l'agiter et accroître son inconfort.

— Tom, arrêtez.

Ash avait enfilé sa blouse et ses gants, et il vérifiait la position du bébé. La tête apparaissait, mais Hayley se fatiguait. Les constantes vitales de l'enfant commençaient à changer, et pas en bien.

— Ash, que se passe-t-il ? Ash ?

Tom, déjà nerveux, devenait anxieux. Ash avait besoin de garder la situation calme, pour ne pas affoler Hayley. Par-dessus le marché il devait apaiser Tom, qui avait les nerfs à vif. Les choses pouvaient s'emballer rapidement, dans ces salles d'accouchement. Il repensa à celle dans laquelle il avait été, des années auparavant. Comment cela s'était terminé. Cela le rendit d'autant plus déterminé à garder les parents sereins et à mettre leur bébé au monde en toute sécurité.

— Bon, Hayley, commença-t-il en attirant l'attention de la future maman, et en faisant signe à son mari de lui prendre la main. Tom, j'ai besoin que vous restiez calme. Vous commencez à être fatigués, tous les deux, et il faut sortir ce bébé dans les meilleures conditions possibles. Le moniteur indique des signes de détresse.

— De détresse ? répéta Tom, dont la voix paniquée devint suraiguë. Que voulez-vous dire ? Nous ne savons même pas ce que nous allons avoir, et maintenant il y a détresse ? Hayley, est-ce que tu vas bien ?

Hayley s'était mise à pleurer. Une contraction suivit de près ses larmes. Ash prit la situation en main.

— Tom, Hayley, regardez-moi.

Les deux parents tournèrent vers lui de grands yeux apeurés.

— Hayley, à la prochaine contraction, quand vous aurez envie de pousser, je veux que vous poussiez. Si je dis « arrêtez », il faut que vous arrêtiez. D'accord ?

La jeune maman hocha la tête, puis la releva un peu comme si elle s'apprêtait à livrer bataille.

— D'accord.

Elle agrippa très fort la main de son mari. Tom, blanc comme un linge, avait les yeux exorbités de terreur.

— Tom, ça va bien se passer, lui dit Ash. Vous allez connaître votre bébé d'une minute à l'autre.

Ces mots le calmèrent. Il se mit à sourire, hochant la tête, et prit l'autre main de sa femme. Quand la contraction arriva, Ash passa à l'action.

— Pousse, Hayley ! dit Tom, le visage strié de larmes, à présent. Pousse, bébé !

Le visage de Hayley devint cramoisi et elle grogna de douleur. La tête arrivait. Ash l'aida à libérer le reste de la petite figure du bébé.

— Respirez, Hayley ! insista-t-il. Bien joué, je vois la tête tout entière.

Mais ce n'était pas tout ce qu'il pouvait voir. La raison de la baisse des constantes vitales était entourée autour du cou du bébé. Tom se rapprocha pour mieux y voir. Ash vit son expression quand il remarqua le cordon ombilical dangereusement placé. Il regarda Ash qui secoua la tête, lui intimant en silence de ne rien dire à Hayley.

— Votre bébé est magnifique ! dit-il à la parturiente, en agissant vivement pour dégager le cordon.

— Il est... commença Tom.

— Parfait.

Ash interrompit le père en souriant. Le cordon enlevé, il put voir sur le moniteur que les constantes vitales du bébé remontaient.

— À la prochaine contraction, il va falloir pousser encore. Vous me direz quand vous serez prête, Hayley.

Tom se défit de sa sensiblerie, après ça. Il serra fort la main de sa femme, son autre main posée sur sa cuisse tandis qu'elle mettait leur enfant au monde. Ash tendit le bébé à l'une des infirmières. Il voulait que le nouveau-né soit examiné de près. Pour se tranquilliser, lui, et tranquilliser les parents. C'était une complication, cela arrivait. Il le savait. Mais le bébé criait, visiblement mécontent d'avoir été arraché à un cocon aussi confortable. Il allait bien. Il avait de bons poumons. Il était rose. Il tremblait du choc de la naissance et ouvrait les yeux sur le monde pour la première fois.

Dix doigts et dix orteils. Un petit toupet de cheveux au sommet de la tête. Il ressemblait à Tom, pensa Ash. Il tint le petit garçon une seconde, avant de le poser sur la poitrine de Hayley. Le petit bout d'homme poussa un cri sonore, et lorsqu'il croisa les yeux de sa mère, il s'arrêta. Il décida de la contempler, à la place. Tom les entourait tous les deux de ses bras, chuchotant des mots d'amour et de joie à peine cohérents à la famille qu'il venait d'aider à créer.

Ash administra les médicaments pour libérer le placenta. Pendant que les infirmières nettoyaient la salle, Sophie apporta du thé et un toast à la maman. Ash travaillait avec méthode, remplissant les papiers, achevant les examens. S'assurant que tout et tout le monde était traité comme il fallait.

Il n'essaya pas d'écouter Tom, mais ses paroles ne purent lui échapper.

— Je vous aime tellement, tous les deux. Hayley, regarde-le. Tu l'as fait.

Le bébé poussa un autre cri, et tous deux se mirent à sangloter de joie, riant et pleurant à la fois.

— Nous sommes une famille. Enfin.

Tom les serrait contre lui, sa femme et lui souriant à travers leurs larmes en regardant leur bébé.

— Félicitations, leur dit Ash, les yeux posés sur le parfait et doux petit paquet qui reposait dans leurs bras.

À cet instant, il sentit un coup au cœur qui faillit lui faire perdre contenance.

— Vous avez un adorable petit garçon.

— Un garçon ! dit Hayley, rayonnante. Tom, tu as ton fils !

Ash put dire à l'expression de son mari qu'il s'en moquait royalement. Il aurait pu devenir le père d'un extraterrestre jaune vif, il aurait eu le même air ravi, un peu ridicule. Il était simplement reconnaissant qu'ils soient là tous les deux, et qu'ils aillent bien. C'était pourquoi il les serrait si fort. Ils étaient le monde, pour lui. Il embrassa sa femme, pleurant de nouveau.

— J'ai eu si peur, Hayley. Je me suis senti tellement impuissant.

Il regarda Ash et se ressaisit un peu.

— Merci, Ash, vraiment.

Ash balaya ses remerciements d'un signe de main.

— Hayley a fait le plus dur. Mes félicitations, encore. Les infirmières seront bientôt là pour voir si tout va bien, mais si vous avez besoin de quoi que ce soit, appuyez sur le bouton d'appel.

Il venait de franchir la porte, rassemblant ses pensées avant de poursuivre son travail, quand Tom sortit pour le rejoindre. Il lui tendit la main. Ash allait la serrer, quand le nouveau papa l'attira à lui pour l'étreindre.

— Merci. J'ai paniqué, en voyant ce cordon autour de son cou. Et vous ne le lui avez même pas dit.

Il s'écarta, et Ash lui donna une tape dans le dos.

— Il était inutile de l'inquiéter alors qu'elle était déjà bien occupée, dit-il en plaisantant, pour ôter de sa gravité à la situation.

Les cordons s'enroulaient assez souvent autour des bébés, ce n'était pas comme s'il n'avait jamais vu pareil cas auparavant. Il était simplement étrange que ce premier accouchement à Carey House ait réveillé autant de souvenirs en lui, pensa-t-il.

— Elle a vraiment bien travaillé. Vous avez là une belle famille, Tom.

Cela le brisa presque de le dire, mais il pensait ces mots qui le blessaient tellement en sortant de sa bouche. Il les pensait toujours, à chaque naissance. Il chérissait la vie, en dépit ou à cause de ce qu'il avait vécu.

— Merci, s'épancha encore Tom. Il est stupéfiant. Nous allons l'appeler Noël, en raison de la saison.

Ash rit.

— Un nom parfait pour un bébé de Noël. Il me plaît.

Tom hocha la tête.

— Hayley a choisi Ashley comme deuxième prénom.

Ash ne sut pas que dire. Cela ne lui était encore jamais arrivé, dans tous les endroits où il avait fait naître des bébés. Un petit garçon de Carey Cove allait porter son nom.

— Je lui ai dit ce que vous avez fait. Tous les deux, nous souhaitons vraiment lui donner votre nom, si vous êtes d'accord.

Ash opina, ravalant son émotion avant de se fier à sa voix. Il avait l'impression d'être un ado en proie à un flux d'hormones.

— Tom, j'en serais honoré. Merci.

Plus tard, alors qu'ils terminaient leur service, Sophie mit une photo sous le nez d'Ash.

— Et voilà. Votre premier bébé à mettre au mur.

C'était une photo de Noël vêtu d'un ensemble de saison, avec de petites moufles ornées d'un pudding de Noël.

— Waouh, merci.

Sophie le regarda, rayonnante.

— Il est craquant, non ?

Elle lui donna un stylo, tout en passant son sac à son épaule et en fermant son manteau.

— N'oubliez pas de noter les détails au dos. Bonsoir, Ash.

— Bonsoir, et merci encore, dit-il en regardant partir les autres membres du personnel, tandis que les personnes chargées du ménage arrivaient.

Une radio se faisait entendre à l'arrière-plan, enchaînant des chants de Noël modernes et classiques. The Pogues, le groupe punk, entonnaient un morceau alors qu'il débouchait le stylo. Il inscrivit la date, suivie par le nom du bébé.

Noël Ashley Evanshaw
3,5 kg.
Mis au monde par Ash Ellerington.

Il s'écarta du bureau, se leva de la chaise et punaisa la photo sur le tableau d'affichage. Une mer de bébés le regardait. Il prêta attention aux visages des familles. Toutes si différentes les unes des autres. Des frères et sœurs qui tenaient le petit dernier de la fratrie. Des femmes accouchant avec leur mère et leur partenaire pour les soutenir…

Les yeux d'Ash s'arrêtèrent sur une photo. Marnie. Sa photo de naissance était là aussi. Il regarda autour de lui, mais personne ne l'observait. Enlevant la punaise, il regarda le cliché de plus près. Ni homme ni mère dans la chambre, à son côté. Elle souriait largement de son lit, ses collègues à son chevet. Il retourna la photo. Il y avait la date de naissance de Violet, juste quelques semaines plus tôt. Son poids et son nom. Au-dessous, quelqu'un avait écrit « Le bébé-miracle de Marnie », entouré d'un cœur.

Il ne reconnut pas l'écriture, en la comparant aux papiers qu'il avait pu voir jusque-là. Il se demanda si Marnie avait écrit elle-même ces mots. Il passa un doigt sur l'élégante calligraphie, puis remit avec soin la photo à sa place. Elle était à côté de celle de Noël et de ses parents. Ash déplaça cette dernière pour la rapprocher de celle de Marnie, sans vraiment savoir pourquoi. Peut-être était-ce juste parce qu'il avait le sentiment de travailler pour elle. Après tout, elle aurait mis Noël au monde, si elle n'avait pas été en congé maternité. Le petit garçon lui appartenait aussi, en un sens. C'était pourquoi ils étaient mieux ensemble dans cette mer de visages heureux, à son avis.

Il était à la fin de son service et il déplaçait des photos sur un tableau d'affichage. C'était vraiment la première journée la plus bizarre qu'il avait eue depuis longtemps. Et cela sans mentionner le coup de tonnerre qu'il avait ressenti lorsqu'il avait serré la main de Marnie. Une première journée vraiment étrange. Il l'avait adorée.

3

Ash signa son nom d'un geste ample ; il avait un tas de papiers à remplir. Soudain, il remarqua que le stylo n'avait pas marqué la page. En faisant claquer sa langue, il le jeta dans la corbeille à papier placée à côté du joli bureau coloré. Il lança un autre coup d'œil aux photos accrochées au mur, semées de cartes de remerciements et de petits messages de gratitude.

Tendant le bras par-dessus le bureau bien rangé, il prit un autre stylo dans le pot à crayons et se remit au travail. Il avait déjà commencé en retard, il ne voulait pas laisser des choses non terminées lors de son premier jour à Carey House. La maternité fonctionnait comme une machine bien huilée, et il avait pu voir que le personnel était dévoué. Il ne voulait pas en faire moins qu'eux.

Tandis qu'il remplissait les papiers, ses yeux tombèrent de nouveau sur la photo de Marnie. Il trouvait super qu'elle ait ajouté sa propre photo de naissance au tableau d'affichage, mais il avait du mal à la regarder.

Les bébés constituaient toujours la meilleure partie de son travail. Il adorait ça. Mettre au monde une nouvelle vie, voir des gens créer une nouvelle famille. Les regarder accroître cette famille au fil du temps. Distraire les futurs pères nerveux en leur parlant de résultats sportifs. Voir dans leurs yeux l'amour et l'adoration, les aider à réprimer leur peur et à savourer le moment où une nouvelle personne venait s'ajouter à celles qui existaient déjà.

Des années plus tôt, chaque nouveau bébé qu'il mettait au monde le faisait penser à quoi pourrait ressembler le sien, un jour. Ce que ce serait d'être un futur papa lui-même, présent dans la salle d'accouchement. Laissant le contrôle à l'équipe de professionnels, soutenant sa femme tandis qu'ils devenaient parents. Il l'avait imaginé tant de fois. À l'époque, il ne pouvait attendre d'être un papa, d'être à l'autre bout du lit, pour une fois, attendant *son enfant*.

Il avait tout imaginé.

Du moins l'avait-il cru. Il avait été stupide, il le savait maintenant. Et même crédule. Naïf. Il en savait plus que la plupart des futurs pères. Il avait déjà assisté au pire, au premier rang. Il connaissait les risques d'une naissance, les tours cruels que le sort médical pouvait réserver, et qui se produisaient parfois. C'était la vie, et avec elle venait la mort. Cela faisait partie du métier. Il l'avait su. Ou il avait cru le savoir.

Jusqu'au jour où il s'était retrouvé quittant l'hôpital, beaucoup plus tard. Une vie plus tard. Seul. Il avait su alors qu'il n'avait plus rien à imaginer. Le pire était déjà arrivé. Sa famille n'était pas née dans cette pièce. Elle y était morte. Malgré son entraînement et son expérience, il n'avait rien pu faire pour aider. Il n'avait pas pu les sauver. Il n'y aurait pas de siège-auto dans sa voiture, pas de lent trajet de retour à la maison avec leur précieux chargement à l'arrière. Il était parti en larmes, et brisé.

Ses sœurs l'avaient ramassé sur le sol de son living-room. Au propre et au figuré. Elles l'avaient nourri, baigné, lui avaient répété de boire moins de café et plus d'eau. De se souvenir de manger, de dormir. Elles avaient nettoyé sa maison, l'avaient nettoyé lui. Il l'avait à peine remarqué. Tout ce qu'il voulait, c'était la famille qu'il avait créée. Celle qui était partie pour toujours, avant qu'il ait eu la chance d'en profiter. Au début, il avait juste voulu être avec sa femme et son fils. Ils lui manquaient trop pour qu'il puisse fonctionner par lui-même.

Quand il avait enfin commencé à émerger du brouillard du chagrin, il avait su qu'il devait partir. Il devait changer de décor, quitter l'endroit qui contenait tant de souvenirs de la vie qu'il avait adorée, mais perdue pour toujours. Ses sœurs avaient leur propre vie : famille, amis, travail. Il les aimait beaucoup, mais il avait eu besoin d'aller de l'avant. D'une manière ou d'une autre.

Les bébés lui donnaient toujours de la joie, ce sentiment ne l'avait jamais quitté. Il en était reconnaissant, à défaut d'autre chose. Il était reconnaissant du temps que Chloe et lui avaient passé ensemble. Il savait mieux que quiconque combien ces moments étaient précieux. Alors il était retourné à son travail, retourné dans les salles d'accouchement emplies de douleur, de joie et de vie. Il avait mis sa propre douleur de côté et s'était remis à exaucer les rêves d'autres familles.

Ash arrêta sa voiture devant son nouveau domicile temporaire, et coupa le moteur avec un grand soupir. Il était épuisé, et la tranquillité de l'allée qu'il appelait maintenant son chez-lui était apaisante. Carey Cove était un village magnifique. Dès qu'il était arrivé, il avait aimé la sensation de cette belle communauté soudée. Il avait ressenti la même chose lorsqu'il avait franchi les portes de Carey House, la maternité. C'était un bon endroit pour lui, pour le moment. Un agréable petit havre où se retirer pendant un certain temps.

Le personnel semblait agréable aussi, un groupe bienveillant et amical. Très uni, sans cliques. Toute personne qui passait les portes de la clinique était traitée avec le même sourire, le même respect et le même soin. Les sages-femmes qui dirigeaient la clinique menaient leur barque avec rigueur, mais sa première journée s'était bien passée. Vu qu'il avait deux semaines de retard pour prendre son poste, leur accueil avait été à la fois un soulagement et une révélation. Il aimait assez être là.

Il avait vu en détail le fonctionnement de la maternité avec Nya, et il se sentait mieux pour son deuxième jour. Il avait son planning, et maintenant il était prêt à s'installer dans sa maison provisoire, impatient d'apprendre à connaître Carey Cove et ses habitants.

En pensant aux gens qu'il avait rencontrés lors de son premier jour, il se rendit compte que Marnie lui revenait à l'esprit. Il baissa les yeux sur sa main droite alors qu'il atteignait la porte d'entrée, ses clés dans sa main gauche. Lorsqu'ils s'étaient touchés, il avait ressenti quelque chose d'intense. Une décharge électrique qui était passée du bout de ses doigts à son bras tout entier. Il était juste resté là, sous le choc. Tel un poisson sur une plaque de cuisson. Les yeux vitreux et la bouche ouverte. Elle l'avait regardé, perplexe.

Se demandant probablement pourquoi j'avais perdu le pouvoir de contrôler mon visage à la seconde où elle avait pris ma main.

Elle était sans doute chez elle, maintenant, parlant à son mari du parfait idiot qui la remplaçait. Une femme comme elle aurait à coup sûr quelqu'un à retrouver en sortant du travail.

Il frotta ses yeux fatigués en pénétrant dans le cottage. La maison qui l'accueillait était plaisante, même au clair de lune elle paraissait engageante. Y compris avec toutes les fenêtres éteintes. Il savait très bien que personne ne l'attendait chez lui. Cette pensée, comme toujours, lui fit l'effet d'un coup de poing dans l'estomac. Quelquefois, dans certains endroits où il travaillait, la douleur était encore plus vive. Ici, il se sentait étrangement réconforté par son nouvel environnement.

Son cottage était au bout d'une allée, avec seulement une autre maison voisine de la sienne. C'était parfait. La nuit autour de lui était emplie des bruits inhérents au temps d'hiver dans les Cornouailles, rien d'autre. Personne. Même pas un chien qui aboyait. Cela lui semblait étrangement reposant. Apaisant. Moins inquiétant que l'endroit qu'il venait de quitter. Il écarta ce souvenir.

Il lui semblait que toute une vie s'était écoulée depuis qu'il avait pris son service ce matin-là. Comme toujours, il chercha les points positifs de sa journée, pour échapper à ses pensées sombres et solitaires. Carey Cove était définitivement un endroit intéressant. Il l'avait senti à la minute où il était arrivé. La magie du décor avait vivifié son corps las. Et sa première journée au travail avait été formidable.

La main de Marnie. Waouh. D'où est-ce venu ?

À l'instant où ils s'étaient touchés, il avait eu l'impression que son âme était illuminée de l'intérieur. Pendant une demi-seconde, alors qu'il rivait des yeux surpris sur les siens, il avait cru voir passer quelque chose sur ses traits, aussi. Ses lèvres s'étaient entrouvertes, et elle était restée bouche bée avant de se ressaisir devant lui.

Ai-je vraiment vu ça ?

Il était sûr qu'elle avait senti aussi cette espèce de décharge. Il se souvenait d'avoir regardé par terre pour voir s'il y avait des traces de brûlé. C'était comme si la foudre avait frappé juste à leurs pieds. C'était ridicule, il le savait. Elle était une collègue, pour commencer, et il était celui qui la remplaçait pendant qu'elle s'occupait de son bébé né tout récemment. Violet, se rappela-t-il. Elle ressemblait à sa mère ; il l'avait vu dès qu'il avait posé les yeux sur elles. Il était impossible qu'une femme comme Marnie soit célibataire. Elle devait avoir un homme chez elle, gardant les lumières allumées.

Il se tourna pour regarder le cottage voisin. C'était une copie conforme du sien, mais en mieux, en plus achevé. Il se sentit attiré par la lumière chaude qui tombait des fenêtres, l'intérieur ayant l'air coquet et douillet. Des guirlandes de Noël pendaient du toit, clignotant et éclairant les fenêtres en bois joliment peintes. La maison était bien entretenue, y compris le jardin. Des sucres d'orge géants accrochés à des rubans rouges ornaient les haies sur le côté de la pelouse soignée, et il y avait un peu de neige artificielle sur le rebord des fenêtres. On aurait dit une carte postale des fêtes, et cela faisait paraître son intérieur à lui inhabité et mal-aimé. Comme il se sentait. Au moins, il était joli, se dit-il. La tristesse aimait le confort, et il haussa les épaules en franchissant la porte d'entrée, qu'il referma derrière lui avec un soupir fatigué.

Il alluma les lampes, et contempla ce qui l'entourait avec les paupières plissées. La salle de séjour paraissait confortable. Sur un mur se dressait une cheminée, avec un fauteuil placé devant. Il pouvait déjà se voir en train de se réchauffer les pieds près du feu après un long service passé à mettre des bébés au monde. Il remarqua à côté du foyer un panier en osier contenant deux bûches.

Des courses à faire demain. De la nourriture, du bois. Mieux vaut faire des provisions avant que le boum des bébés de Noël s'installe.

Il ignora son estomac vide en allumant le feu avec les bûches restantes.

Une fois que les flammes commencèrent à les lécher, il s'assit dans le fauteuil et inclina le dossier, ses pieds en chaussettes pendant à l'autre bout. Il fallait qu'il prenne une douche et se mette au lit, mais il n'avait pas le courage de monter l'escalier. Il allait d'abord se réchauffer les pieds.

Comme toujours lorsqu'il s'installait dans un nouveau poste, ses pensées se tournèrent vers la famille qu'il avait perdue. Sa femme Chloe et leur bébé nouveau-né, Sam. Leur mort remontait à plusieurs années, mais la douleur de leur perte était logée fermement dans son cœur. Elle était moins intense maintenant, c'était plutôt une souffrance sourde, mais elle était toujours là. Elle servait à lui rappeler de protéger son cœur et lui donnait une raison de poursuivre son mode de vie nomade. Tandis qu'il allait de place en place, savoir que, où qu'ils soient, Chloe et Sam étaient ensemble le réconfortait.

Le feu crépitait autour de lui, l'ambiance douillette de la pièce s'amplifiant alors que la chaleur des flammes réchauffait ses pieds fatigués et froids. Le silence qui l'environnait emplissait ses oreilles, et les craquements du bois, de temps en temps, faisaient comme une berceuse. Il pouvait juste reposer ses yeux une seconde...

Boum ! Boum ! Boum ! Boum !

— Qu'est-ce que... ?

Ash releva vivement la tête de son fauteuil. Son cou craqua tandis qu'il bataillait pour sortir du siège. Le feu s'était éteint, les braises étant encore rouges dans l'obscurité de la pièce.

Boum ! Boum !

Cela recommença. Il réussit à poser les pieds par terre, trébuchant sur le tapis placé au milieu, qu'il n'avait pas remarqué en entrant. Il atteignit la porte juste à temps pour arrêter la prochaine volée de coups.

— Oui ?

Ash vit le casque avant d'enregistrer le visage de l'officier de police.

— Bonsoir. Pourriez-vous sortir un instant, s'il vous plaît ? On nous a rapporté une anomalie.

— Une anomalie ?

Ash sortit sur le seuil, passant devant le policier qui l'avait tiré de son sommeil.

— Où ça ? demanda-t-il. Il n'y a que ces deux maisons, n'est-ce pas ?

Lorsqu'il regarda le cottage qu'il avait admiré plus tôt, il fut certain de voir bouger quelque chose à l'une des fenêtres du premier étage. Une seconde après, la lumière s'éteignit.

Que se passait-il ?

Le policier le regardait de haut en bas, de ses cheveux ébouriffés à ses vêtements froissés et à ses chaussettes.

— Nous avons reçu un appel comme quoi quelqu'un était entré sans autorisation dans cette propriété. Logez-vous ici ?

Ash se passa une main dans les cheveux, sautant d'un pied sur l'autre pour se protéger du sol glacé.

— Euh… oui, c'est ma première nuit ici, en location. Je travaille à Carey House, en remplacement d'une sage-femme du village, en congé maternité.

L'officier haussa les sourcils.

— Carey House, dites-vous ?

Ash vit son regard se porter sur l'autre cottage, puis il ramena les yeux sur la porte d'entrée ouverte.

— D'accord. Avez-vous des papiers d'identité ?

Marnie se cacha derrière le rideau quand l'homme qui se tenait avec le policier leva les yeux vers sa fenêtre. Elle éteignit vivement sa lampe de chevet.

Alors il y avait bien quelqu'un là. C'était terrifiant.

Elle était en train de faire téter Violet lorsqu'elle avait vu des lumières s'allumer dans le cottage voisin. Comme il était censé être vide, elle avait pris son téléphone pour prévenir la police. Entre-temps, sa fille s'était endormie dans ses bras et elle reposait maintenant dans son berceau. Marnie retourna à la fenêtre et elle vit l'homme mystérieux tendre des papiers au policier, qui braqua sa torche sur les documents en hochant la tête.

George ! Que faites-vous ?

L'officier de police préféré de Carey Cove n'allait sûrement pas laisser cet homme dans cette maison ! Il dit quelque chose à l'intrus, frottant le sol d'un pied comme s'il était embarrassé, puis il lui rendit ses papiers et leva son autre main pour le saluer. L'homme s'avança, s'écartant du cottage, et la torche éclaira son visage.

Oh ! Seigneur ! Non.

Marnie lâcha un cri étranglé, l'embarras et la surprise de sa découverte la faisant sursauter. Violet poussa un petit cri, puis se rendormit. Les deux hommes se serrèrent la main, et George retourna à sa voiture de police. Elle devrait lui présenter ses excuses, plus tard, pour lui avoir fait perdre son temps et l'avoir fait sortir de nuit pour rien. Elle retint son souffle en regardant Ash qui secouait la tête, perplexe, avant de rentrer dans le cottage et d'en fermer la porte.

Il avait eu l'air décontenancé et était tout décoiffé. Comme si on l'avait tiré de son sommeil. Marnie rougit à la pensée de ses actions impulsives et déplacées. Son remplaçant vivait à présent à côté de chez elle, et elle avait appelé la police pour vérifier qui il était ! Elle n'avait aucune idée qu'il était son nouveau voisin. Et il semblait seul, lui aussi. Pas d'autres lumières ne s'étaient allumées dans la maison, et personne d'autre n'en était sorti.

Vivait-il seul ? Serait-il seul pour Noël, ou quelqu'un viendrait-il le rejoindre ?

Elle écarta cette pensée. Cela ne la regardait pas. Les gens avaient leur propre façon de mener leur vie. Elle le savait mieux que quiconque. Elle s'était difficilement remise d'une rupture, après laquelle ses rêves s'étaient évanouis devant ses yeux. Pendant très longtemps, elle n'avait pas pu voir au-delà d'Oliver et de sa trahison, mais lorsqu'elle avait décidé de prendre un nouveau départ, en ayant un enfant seule, elle y avait mis tout son cœur. Elle ne s'était pas arrêtée pour se demander ce que les gens diraient. Ses proches étaient les seules personnes qui comptaient pour elle, et ils l'avaient tous soutenue. Ils savaient très bien qu'elle n'avait pas pris sa décision à la légère. Ils avaient cru en elle et maintenant elle vivait son rêve, et Ash *était là* pour la remplacer. Elle ne voulait pas qu'il ne se sente pas le bienvenu. Mal accueillir quelqu'un ne lui ressemblait pas, comme cela ne ressemblait pas à n'importe qui à Carey House. Et elle ne voulait pas lui laisser une mauvaise impression d'elle-même. Elle s'était trompée de bonne foi.

Violet s'agita de nouveau, et Marnie sut qu'elle allait bientôt se réveiller. Elle s'était endormie avant d'être rassasiée. Marnie leva ses yeux fatigués au ciel et s'écarta de la fenêtre pour enfiler des vêtements chauds. Lorsqu'elle fut habillée, elle alla chercher sa fille. Violet avait une main sur son petit visage, et elle paraissait si mignonne que Marnie dut se rappeler qu'elle était bien là, et à elle. Elle sourit et prit le bébé dans ses bras.

Puis elle se rendit à la cuisine et sortit le porte-bébé d'un placard. Elle glissa Violet dedans et rabattit son manteau sur elle pour les protéger toutes les deux du froid. C'était une bonne chose qu'elle soit allée à la boulangerie du village ce jour-là, se dit-elle. Elle prit le paquet de tartelettes fourrées aux fruits secs posé sur le comptoir, et le coinça au creux de son bras avant de sortir arranger les choses. Il fallait espérer qu'elle pourrait dormir, après ça.

Depuis la naissance de Violet, le sommeil avait été rare. Même une courte sieste lui faisait l'effet d'un week-end au spa. La dernière chose qu'elle souhaitait était d'avoir un voisin contrarié. Elle se remémora comment sa main s'était sentie dans la sienne, s'étonnant de cette impression de familiarité et de l'excitation que ce souvenir produisait chaque fois dans son ventre. Elle écarta une mèche de cheveux blonds de ses yeux et frappa doucement à la porte de son voisin. Elle ne voulait pas courir le risque de le réveiller de nouveau.

Le sourire d'Ash fut la deuxième chose qu'elle remarqua lorsqu'il ouvrit. La première, ce fut de constater combien il était beau. Débraillé, fatigué, mais naturellement séduisant. Son estomac en fit un soubresaut, et ses lèvres esquissèrent un sourire répondant au sien.

— Bonsoir, dit-il doucement.

Il baissa les yeux sur le porte-bébé et fronça les sourcils.

— Tout va bien ?

— Non, en fait. Je suis venue vous mettre en garde contre une voisine un peu folle qui appelle la police pour confondre des gens innocents.

Il eut un grand rire, étonnant à entendre. Marnie rit avec lui, les joues échauffées par l'embarras. Et par sa réaction plutôt sympathique.

— Ah, merci. Je vais la tenir à l'œil.

— Je suis venue m'excuser. Je n'avais aucune idée que Mme Quentin avait loué le cottage.

Elle regarda la boîte qu'elle tenait dans ses mains.

— J'ai cru que vous étiez un cambrioleur.

— Seulement les week-ends, dit-il en plaisantant.

Il sourit de nouveau.

— Vous n'avez pas besoin de vous excuser. Vous vous êtes trompée de bonne foi.

Il fronça les sourcils en la voyant frissonner.

— Vous n'auriez pas dû sortir par ce froid, surtout avec la petite.

— Je ne voulais pas laisser cette affaire non réglée. Je n'aurais pas pu dormir.

Ash scruta son visage, l'air pensif.

— Eh bien, merci. Voulez-vous entrer ?

Elle hésita une seconde, la boîte de gâteaux toujours à la main. Il plissa les paupières.

— Il fait vraiment froid, dehors.

Elle franchit la porte. Ash s'écarta et la referma derrière eux.

— Je suis désolé, dit-il d'un ton de regret. Je n'ai pas eu l'occasion d'acheter du bois pour le feu. Venez.

Marnie le suivit dans la salle de séjour. Le feu était presque éteint dans la cheminée, mais la pièce était chaude et bien rangée. Le fauteuil-relax était incliné en arrière.

Dormait-il là quand George est arrivé ?

Elle sentit rougir ses joues.

— Asseyez-vous, je vous en prie. Voulez-vous une boisson chaude ?

Il pâlit, mais elle était trop concentrée sur son offre pour le remarquer.

— Oh ! non, merci. Je ne peux pas rester. Je voulais juste me faire pardonner. Tenez.

Elle lui tendit la boîte de tartelettes à l'instant où il lui désignait un siège d'un geste du poignet. Ils rirent tous les deux. Il prit la boîte, ses doigts touchant les siens une fraction de seconde. Et *vlan !* Cela se reproduisit. La secousse. Ash humecta ses lèvres soudain sèches et lui indiqua le canapé derrière elle.

Il remit le fauteuil en position assise, mais attendit qu'elle soit installée avec Violet pour s'asseoir. Il ouvrit le paquet de pâtisseries et elle vit ses yeux s'éclairer.

— Les meilleures tartelettes aux fruits secs du pays, dit-elle avec un grand sourire. La boulangerie-pâtisserie du village est extraordinaire.

Il porta un gâteau à ses lèvres et lui fit un sort.

— Mmm...

Il avala le reste de la tartelette et en prit une autre.

— Merci beaucoup pour ces pâtisseries. Mais vous n'étiez pas obligée. Je suis désolé de vous avoir effrayée.

— J'étais debout pour donner son biberon à Violet, de toute façon.

Elle rejeta ses excuses. Il se montrait si gentil à propos de tout ça. Et à le voir, il avait dû avoir une longue journée.

— Je ne dors pas beaucoup, ces temps-ci, du fait de cette petite bonne femme.

Elle remarqua qu'il attaquait une troisième tartelette, et réalisa qu'il était affamé.

— Vous savez, la boulangerie livre des repas, dit-elle.

Ses yeux croisèrent les siens, et elle se retrouva en train de contempler ses iris noisette.

— C'est vraiment pratique quand on est de service. Le supermarché effectue des livraisons, aussi. Cela ne m'ennuierait pas de réceptionner vos achats. Je suis par là la plupart du temps, en ce moment.

— C'est vraiment aimable à vous.

— Je suis comme ça avec tous les cambrioleurs que je rencontre, dit-elle, ce qui les fit rire tous les deux. Ce n'est pas un problème, sincèrement. En cette période, les journées deviennent bien remplies, à Carey House.

— C'est l'impression que j'ai eue. Mais l'endroit me plaît ; je m'y sens bien. Et Nya est adorable.

Marnie dévoila ses dents blanches en un grand sourire.

— Oui, c'est la meilleure. C'est une bonne amie.

Elle tapota doucement le dos de sa fille.

— Elle m'a soutenue quand Violet est née, aussi, et ça crée un lien.

— Un événement qui a dû être bon à partager.

— Oui. Même si les choses ont été un peu précipitées. J'avais imaginé subir un long travail, étant donné mon expérience, mais j'ai été prise par surprise.

Elle remarqua que Ash la regardait intensément.

— Toutefois, le bébé allait bien. C'était tout ce que je désirais.

Elle vit ses épaules se détendre. Il n'était pas homme à dissimuler ses sentiments, se dit-elle. Tant mieux. Il s'entendrait bien avec les autres. Elle se sentit fière qu'il la remplace. Et concernant le voisinage, il était définitivement un progrès par rapport à ce qu'elle avait connu auparavant.

— Cette naissance rapide a dû être éprouvante pour vous tous.

— Eh bien, oui, mais Nya et l'équipe étaient là pour m'aider.

— Votre partenaire travaille-t-il dans la médecine ?

C'était une question foireuse, mais elle ne cessait de dire « je ». Il était curieux de la réponse.

— Non.

Elle secoua la tête.

— Il n'y a que Violet et moi.

Ses yeux verts étincelèrent lorsqu'elle parla. Ash abaissa son regard.

— J'en suis désolé.

Le sourire de Marnie s'élargit.

— Ne le soyez pas. J'ai choisi d'avoir Violet toute seule.

Quand il plissa le front, intrigué, elle attendit qu'il la questionne, lui demandant où était le père de son bébé. Il ne le fit pas.

— Bien, dit-il simplement.

Il souriait, à présent, la dernière tartelette restant au fond de la boîte. Il la lui offrit, mais elle refusa d'un signe de tête. Il avait l'air d'avoir besoin d'un bon repas. Elle espéra qu'il accepterait sa proposition de réceptionner ses livraisons. Il serait très agréable d'avoir quelqu'un de proche dans la maison voisine. Certes, l'incident de ce soir-là l'avait un peu secouée. Maintenant qu'elle avait la charge de Violet, les choses avaient changé pour elle. Elle se sentait un peu plus vulnérable.

— Avoir un bébé seule, je trouve ça étonnant. Comment cela s'est-il passé ?

Il s'adossa à son siège, comme s'il se mettait à l'aise pour entendre son histoire.

Waouh, il s'intéresse vraiment. Et il est si plaisant. Oh ! assez, Marnie. Il faudra sûrement plus qu'une paire d'yeux noisette et qu'un superbe sourire pour te faire caresser l'idée d'approcher un autre homme.

Elle se concentra sur la question, intimant à ses joues de ne pas s'enflammer. Il la regardait toujours, scrutant ses traits. Ce qui la rendait étrangement nerveuse. Elle n'était pas habituée à cette sensation. Une sensation qui n'était pas complètement malvenue, mais quelle importance ? pensa-t-elle. Elle pouvait bien apprécier une conversation avec un homme attirant, après tout. Attirant avec un A.

Elle lui raconta brièvement son parcours semé d'obstacles.

Il l'écouta, les sourcils froncés. Elle voulut détendre l'atmosphère.

— Ma fille est merveilleuse. J'adore être une maman. C'est super, la plupart du temps, même si c'est fatigant.

Il prit un air navré.

— Et je vous fais veiller.

Elle fit un geste de la main et se leva.

— Non, tout va bien. Je vous ai gâché votre soirée. N'oubliez pas pour les livraisons, d'accord ?

— Oui, merci. Si vous êtes sûre que cela ne vous dérangera pas.

Marnie se dirigea vers la porte d'entrée, Ash derrière elle.

— Bien sûr que non, c'est à ça que servent les voisins !

Elle se tourna vers lui alors qu'il se penchait pour lui ouvrir la porte, ils se frôlèrent et elle la ressentit de nouveau. Cette secousse. Il n'y avait pas d'erreur possible, cette fois, et elle ne put se méprendre sur la façon dont Ash inspira vivement. Comme elle. Elle tourna la tête d'un coup sec pour lui faire face, et faire face à ses captivants yeux noisette. Dès qu'elle le regarda, elle fut certaine qu'il avait senti aussi cette espèce de courant qui passait entre eux. Elle l'avait su la première fois, également, mais elle s'était vite persuadée de ne pas avoir ce genre de pensée.

— Pardon, dit Ash dans un souffle.

— Ce n'est rien, répondit-elle, troublée. Ces couloirs sont vraiment étroits.

Ils rirent tous les deux et le moment de tension s'évanouit.

— Bonne nuit, Ash.

Elle se glissa dans la nuit et il sortit pour la regarder rentrer chez elle sans encombre.

— Hé, j'aime bien vos décorations.

Marnie leva les yeux au ciel.

— J'ai commencé, mais normalement j'en mets beaucoup plus. J'adore Noël, et c'est le premier Noël de Violet. Il faut encore que je garnisse l'arbre et les buissons de Cornouailles. C'est la tradition, ici.

— Ah, oui ? Ça doit être pittoresque.

Elle lui sourit. Et il le vit de nouveau, ce grand sourire heureux qu'elle avait.

Elle lui fit un petit signe quand sa clé fut dans la serrure, puis elle disparut. Il resta là, à observer, jusqu'à ce que la chambre du haut s'éclaire.

Rentré chez lui, il se rassit sur le canapé, regarda la boîte de tartelettes vide et songea aux événements de la soirée. Il était passé du statut de cambrioleur suspect à celui de voisin qu'elle voulait aider. Elle l'avait nourri. Il n'avait même pas réalisé à quel point il avait faim. Et être en compagnie de Marnie avait été agréable. Elle avait paru fatiguée - peut-être pourrait-il aussi être un voisin serviable pour elle.

Être une nouvelle maman n'était pas facile, il le savait. Et comme elle était une mère seule, dans ce chemin isolé, il éprouvait un étrange élan protecteur envers elles deux. Il n'avait pas été fait mention d'un père, et elle lui avait assuré qu'il n'y en avait pas. Il y avait tout le temps des gens seuls, que ce soit d'une façon ou d'une autre. Ayant travaillé en médecine depuis des années, dans ses différents postes, il savait combien les types de familles pouvaient être complexes, uniques, et comment ils fonctionnaient. Mais Marnie semblait heureuse de son sort ; cela faisait plaisir à voir.

Il ne parvenait pas à croire qu'un homme avait pu la quitter - d'ailleurs y avait-il même un homme dans le tableau ? Y en avait-il jamais eu un ? Oh ! Seigneur, il allait se rendre fou avec toutes ses théories et ses interrogations. À quoi cela rimait-il ? Il était loin de penser à une relation possible. Et il ne serait même pas là longtemps. Il était à Carey Cove pour couvrir son congé maternité, après quoi il ferait ses bagages et partirait pour son prochain poste. C'était la vie qui lui plaisait, non ? Ne cesser de bouger avait un sens. Les choses étaient toujours nouvelles, il en faisait le tour et s'en allait.

Il adorait mettre des bébés au monde, cela lui procurait de la joie. Un sentiment de satisfaction. Et cela chassait peut-être aussi quelques démons, en passant. Marnie n'était pas une femme pour lui, ce qu'il éprouvait pour elle était juste une attirance momentanée. Certes, quelque chose s'était produit entre eux, et même reproduit. La secousse qu'il avait ressentie par deux fois était difficile à ignorer, mais son cœur n'était pas en danger. Il le gardait fermement sous clé. Il n'était pas question pour lui d'envisager de se lier à quelqu'un.

En outre, Marnie était indépendante. Il pouvait sentir la force et la volonté qui émanaient d'elle chaque fois qu'il la voyait. Et il en avait conscience aussi quand ses nouveaux collègues parlaient d'elle, à Carey House. Il n'y avait passé qu'un jour et il savait déjà qu'elle était très aimée et qu'elle leur manquait. Ce qui le rendait d'autant plus curieux vis-à-vis de ce qui l'attirait en elle, même s'il était déterminé à l'ignorer. Il devait se dire que cette mission à Carey Cove était juste un travail comme un autre, sans plus.

Il ramassa la boîte vide et rangea. Il fallait espérer qu'il dormirait dans ce lit étranger. Il avait une journée bien occupée à la clinique, le lendemain.

Lorsqu'il se coucha plus tard dans la soirée, il éteignit sa lampe de chevet et resta allongé dans l'obscurité. Il y avait encore de la lumière chez Marnie. Il pensa à elle s'occupant de Violet, ses cheveux blonds et lisses couvrant à moitié son visage tandis qu'elle se penchait pour embrasser sa fille. Il s'endormit, la fenêtre de la maison voisine brillant comme un phare dans la nuit.

4

— Bon, dit Marnie en ôtant ses gants en caoutchouc et en les posant sur le robinet de l'évier. Je crois que nous avons terminé, petite madame.

Elle baissa les yeux sur Violet, qui était à moitié endormie dans le porte-bébé fixé sur sa poitrine.

Elles avaient eu une matinée bien occupée et Marnie était tout excitée de se mettre dans l'esprit des fêtes de fin d'année. Elle avait dormi comme une bûche après être allée voir Ash, et le bébé s'était même réveillé un peu plus tard que d'habitude. Le temps hivernal était la toile de fond parfaite pour son humeur.

C'était le premier Noël qu'elle allait vivre en tant que mère, et le tout premier Noël de sa fille. Elle était vraiment enchantée de s'organiser et de se plonger dans sa saison préférée. Elle adorait son cottage, surtout à Noël quand tout paraissait magique. Oliver n'avait jamais été sensible comme elle à cette période de l'année, alors ce Noël allait être différent à bien des égards. Et que de bons égards, à ses yeux.

Alors qu'elle passait près de la table de la salle à manger, elle tendit les doigts pour toucher la soie de son masque. Ce week-end avait lieu le Bal masqué de Carey Cove, et sa mère avait déjà proposé de garder Violet pour qu'elle puisse avoir sa nuit à elle. Elle était très impatiente de vivre cette soirée de liberté. De se sentir femme avant tout pour la première fois depuis qu'elle était tombée enceinte. Elle s'en faisait une joie et ce serait un bon entraînement pour la veille de Noël. La fête de fiançailles de Sophie et de Roman, fixée au 24, allait être énorme ; tout le village était invité et tout le monde était prêt à soutenir le couple d'amoureux. Avide de célébrer cet événement ensemble.

Elle avait nettoyé et rangé frénétiquement tout le matin. La « grasse matinée » de Violet lui avait donné l'impression d'être une nouvelle femme et elle profitait de cette poussée d'adrénaline. Une fois que sa fille fut couchée pour sa sieste de l'après-midi, elle ajusta la barrette qui retenait ses courts cheveux blonds et descendit au rez-de-chaussée. Le soleil passait et le crépuscule qui approchait mettait dans le ciel des étoiles qui scintillaient au-dessus de chez elle. Elle aimait l'été et les couchers de soleil tardifs, mais Noël était Noël. Carey Cove était l'endroit rêvé pour célébrer le 25 décembre. Les gens d'ici le rendaient tellement spécial.

Elle sortit pour aller à l'établi qu'elle avait installé devant sa maison. Elle adorait jardiner et entretenir le cottage. Cela lui apportait de la paix. Elle rassembla ce qu'il lui fallait pour décorer son arbre de Cornouailles. Violet allait être tranquille un moment. Elle sourit en regardant sa fille endormie sur le baby-moniteur qu'elle avait apporté avec elle. C'était un si gentil bébé ; elle s'était parfaitement intégrée à la vie de sa mère.

Elle se sentit très favorisée tandis qu'elle plaçait les brins d'osier au milieu de l'établi et se mettait au travail. C'était là la vie qu'elle avait envisagée. Au Noël précédent, alors qu'elle fabriquait ces mêmes décorations, elle avait été boostée par les hormones et terrifiée à l'idée que la FIV ne marche pas. Elle ne gagnait qu'un salaire d'infirmière, et dans les circonstances qui étaient les siennes, la fécondation in vitro n'était pas souvent prise en charge par la Sécurité sociale. Pour une femme seule comme elle, les choses avaient été un peu plus difficiles, étant donné qu'il n'y avait pas de père. Aux yeux du monde, il fallait plus d'ingrédients pour faire le pudding, pour ainsi dire.

— Finalement, tout est bien qui finit bien, dit-elle à voix haute.

— Oui, je confirme. Ce que vous faites est très festif.

Ash se tenait près de son portail, l'air fatigué mais les yeux brillants.

— Merci. Bonne journée ? demanda-t-elle, sa curiosité pour le travail piquée par la présence de son remplaçant.

— Oui, excellente. Nous avons mis au monde un Noël, hier, et aujourd'hui une Marie-Houx. Sophie a trouvé que c'était hilarant.

— Ah, c'est mignon.

— Oui, je trouve. Et vous, vous avez passé une bonne journée ? Fait arrêter quelqu'un ? Le facteur, peut-être.

— Non.

Elle lui lança un regard dur.

— J'aime bien notre facteur.

— Ouille !

Il rit, et elle rit avec lui.

— Bon, je dois rentrer, dit-il. Je meurs de faim.

Il posa la main sur le portail, mais regarda en arrière.

— Vous avez mangé ?

Elle ajustait un brin d'osier quand son estomac gargouilla.

— Eh bien, je... non.

Elle regarda autour d'elle les piles de décorations.

— Je suppose que je me suis laissé prendre par mon projet. Regarder la télévision ne me convient pas. Me détendre non plus.

— Vous aimez être occupée. Comme moi.

Marnie le regarda batailler avec une idée quelconque. Elle sentait la tension qui émanait de lui.

Est-il nerveux ?

— Ça vous dirait, de faire livrer quelque chose ?

Pourquoi êtes-vous là, Ash ?

Elle lui souhaitait le meilleur, mais elle voulait qu'il s'en aille et la laisse avancer dans sa vie. L'ennui, c'était qu'il l'intriguait beaucoup. Elle avait presque envie de tendre la main et de le toucher, comme si le toucher de nouveau pourrait résoudre le puzzle.

— Je parie que vous connaissez de bons endroits où commander, voisine.

Aurais-tu essayé de flirter, Ash ? Voyons, que fais—tu là ? Cette femme a failli te faire arrêter alors que tu dormais. En plus, tu étais en retard pour la remplacer. On ne peut pas dire que ce soit un bon début.

Mais elle ne semblait pas trop furieuse contre lui. Il avait eu une bonne raison d'arriver tardivement, néanmoins il s'était senti fautif quand même. Que cela lui plaise ou non, il était quelqu'un de « fiable ». En général, il excellait dans tous les domaines pour lesquels il se passionnait.

C'était ce qui lui avait permis de continuer à avancer ces dernières années. Ce qui l'avait aidé à se lever et à mettre un pied devant l'autre chaque matin. Il était seul, mais il n'avait pas que lui-même à qui penser. Et il n'était pas ici pour avoir une idylle avec la femme qu'il remplaçait. Il était ici pour effectuer le travail à faire et passer au suivant. En vérifiant comment allaient les gens qui l'aimaient, et en leur rendant visite s'il le pouvait. Il cherchait à chasser son sentiment de culpabilité en s'installant dans une ville après l'autre. Pour y trouver de nouveaux visages qu'il oublierait dès l'instant où il repartirait. Avant de devoir apprendre à connaître d'autres visages, d'autres manières de travailler, d'autres particularités. Et ainsi de suite…

Tandis qu'il se douchait avant de se changer, il pensa à sa voisine. Elle était un peu brusque. Et bonne dans son travail, il le savait. Ses collègues chantaient ses louanges, et il ne doutait pas qu'ils étaient sérieux quand ils parlaient si bien d'elle. Ils adoraient tous Violet, mais il avait le sentiment qu'ils aimaient encore plus Marnie. Même s'ils l'accueillaient lui à bras ouverts. En gros, conclut-il, elle était une personne difficile à cerner.

— Idiot, marmonna-t-il.

Il jeta presque le flacon de shampoing sur l'étagère. Il avait lavé sa stupide tête trois fois de suite pendant qu'il pensait à Marnie sous la douche. Il perdait l'esprit. Du coup, il s'habilla rapidement. Il s'aspergea même d'un peu d'eau de Cologne qui était restée dans sa valise depuis son dernier poste. Il fronça les sourcils en se rendant compte qu'il continuait à trop réfléchir. Il passa un peigne dans ses courtes boucles châtains et se regarda dans le miroir. Il paraissait un peu plus en forme qu'il ne l'aurait cru. C'était la perspective de manger, se dit-il. La compagnie ne serait pas désagréable non plus, bien sûr, mais il savait très bien se mentir à lui-même, désormais. Il était presque aussi bon pour ça que pour mentir à toutes les personnes qu'il rencontrait. Cela lui venait naturellement, maintenant, et c'était la chose qui l'inquiétait le plus.

Il prit son portefeuille et claqua un peu trop fort sa porte d'entrée. Pour se reprendre quand il vit que Marnie était toujours dehors. Debout, elle le regardait, une boîte de décorations dans les mains.

— Tout va bien ? lui demanda-t-elle d'un ton détendu.

— Oui.

Il hocha la tête et inspira à fond, comme chaque fois qu'il la regardait.

— Tout va super bien.

— Comme ceci ?

Ash fit sa première tentative pour décorer le buisson de houx, en espaçant parfaitement les rubans et les décorations. Cela rendait très bien.

— Vous êtes sûr de ne pas avoir déjà fait ça ? demanda Marnie alors qu'il sautait en l'air.

— Bon sang ! Ouille !

Il s'était encore égratigné le bras aux feuilles piquantes sur lesquelles ils travaillaient. Il avait déjà saigné, un instant plus tôt, mais il avait fait comme si de rien n'était en voyant qu'elle le regardait. Elle savait que cela faisait mal. La première fois qu'elle avait fait un buisson de Cornouailles, elle s'était taillée en pièces.

Il grimaça de nouveau et elle vit qu'il retirait sa main. Un petit rire lui échappa, son souffle se condensant dans l'air. Le temps passait, le soleil était couché depuis longtemps. Elle donna à une autre branche de houx la forme qu'elle voulait, essayant de garder son sérieux lorsqu'il tourna vivement la tête dans sa direction.

— Oh ! vous trouvez ça drôle ? Ce houx est mortel !

Un autre gloussement sortit de sa poitrine avant qu'elle puisse le retenir, et Ash lui jeta un regard noir.

— Je suis sérieux ! De la décoration, ça ? Je pourrais utiliser ces feuilles comme une arme !

— Oh ! vraiment ? fit-elle en s'efforçant de ne pas rire. Comment ?

— Comment quoi ?

— Comment utiliseriez-vous un buisson de Cornouailles comme une arme ? C'est une jolie décoration, une tradition !

— La corrida aussi, et je ne m'y adonne pas non plus.

Il jaugea de nouveau sa création, comme un forgeron jaugeant la lame de l'épée qu'il venait de forger.

— Je suis sûr que si vous lanciez ce buisson à quelqu'un, ou que vous jetiez cette personne dedans, cela ferait très mal.

Violet ne s'était pas encore agitée. Elle était couchée dans son couffin, emmitouflée contre le froid et placée de telle façon que Marnie pouvait la surveiller avec le baby-moniteur. Elle lui jeta un coup d'œil, saisissant l'occasion pour essayer de cesser de rire d'Ash.

— C'est vrai, dit-elle enfin, lorsqu'elle put être certaine d'avoir une voix normale.

Elle ajouta une dernière branche de houx à sa composition.

— Bon, je pense que j'ai fini aussi. Notre repas ne devrait pas tarder à arriver. Je ferais mieux de nourrir et de changer cette petite dame.

— Vous voulez que je nettoie l'établi ?

Le cœur de Marnie se gonfla de plaisir. C'était agréable d'avoir un peu d'aide.

— Vous êtes sûr ?

— Oui, mais si vous entendez quelqu'un hurler - il désigna les bouts de houx qui attendaient d'être ramassés - ignorez-le.

Elle riait encore lorsqu'elle fut dans la maison, changeant sa fille. Ce côté d'Ash lui plaisait. Il était attentionné, intelligent, aimable, compréhensif. Vu qu'elle avait essayé de le faire arrêter et expulser de chez lui, c'était quelque chose. Même dans le petit havre de paix et d'amitié qu'était Carey Cove. Il s'était très bien intégré, songea-t-elle. Comme s'il avait toujours fait partie de leur communauté.

Le fait qu'elle ne pouvait oublier la frappa de nouveau de plein fouet : il ne la laissait pas indifférente. L'agitation qu'elle éprouvait à son propos était ridicule, alors qu'il était là uniquement pour la remplacer pendant son congé maternité. En voyant les choses sous cet angle, elle lui en voulait un peu d'être si gentil avec elle. Cela créait une certaine confusion. Pour sa part, elle s'était montrée plutôt piquante. Comme il était arrivé en retard pour prendre son poste, cela avait ajouté à sa culpabilité de ne pas être au travail, même si elle savait que ses collègues ne mettaient pas l'accent là-dessus. Ils étaient tous vraiment heureux pour elle, et ils avaient manifestement tenu bon en son absence.

Toutefois, elle devait le reconnaître, elle avait pensé qu'elle rencontrerait la personne qui devait la remplacer dans des circonstances différentes. D'abord, elle avait supposé que ce serait une femme, ce qui avait été présomptueux de sa part. S'était-elle coupée à ce point des hommes qu'elle ne les voyait plus ? À moins qu'ils ne soient un code-barres sur un flacon de sperme, elle ne s'était pas souciée d'eux depuis longtemps. Elle se rappela que sa vie n'était pas censée changer, qu'il y ait ou non quelque chose avec Ash.

Elle se regarda dans le miroir. Dans ses bras, Violet était très mignonne avec son pyjama « J'aime le Père Noël », que lui avait acheté une de ses collègues.

— Tu es adorable, tu le sais ?

Elle posa un baiser sur le visage souriant de sa fille.

— Allons, il est temps pour nous de manger.

Une fois que Violet fut changée et prête à aller au lit, Marnie ne perdit pas de temps pour redescendre au rez-de-chaussée.

— C'est agréable d'avoir de la compagnie, non ? murmura-t-elle à l'oreille du bébé.

Elle prit le biberon qu'elle avait fait réchauffer et l'emporta dans la salle de séjour. De la fenêtre, elle put voir Ash qui nettoyait et rangeait tout. Comme si elle l'avait appelé, il se tourna et regarda droit dans sa direction. Elle étouffa une exclamation. La secousse n'avait pas besoin d'un contact, cette fois. Il lui rendit son regard, le visage d'abord impassible, puis son expression se réchauffa et il sourit. Il avait les joues rouges à cause du froid de cette nuit de décembre. Il s'était remis à neiger un peu, et des flocons émaillaient ses cheveux qui paraissaient noirs dans l'obscurité. Même à travers la vitre, il lui apparaissait clairement. Et il était absolument superbe.

Elle sourit à son tour, avant de ramener son attention sur Violet. Une fois qu'elle se mit à téter goulûment, sa petite main caressant le bras de sa maman, Marnie se détendit un peu. Sa fille faisait toujours ça. Comme si elle adorait être dans ses bras. Elle la regarda et fit une grimace.

— Tu sais, c'est l'effet de ces hormones dont je t'ai parlé.

Elle souffla pour remettre une mèche de cheveux en place, son visage étant l'image même de l'embarras. Violet continuait à boire, la fixant de ses beaux yeux bleus. Elle écoutait, Marnie le savait. Elle écoutait sa mère, qui était encore la proie d'un tourbillon d'émotions à la suite de sa naissance et qui convoitait son voisin en train de ranger ses décorations de Noël. Elle rougit en y pensant, puis Ash rentra dans la maison.

Elle l'entendit ôter et secouer son manteau, puis taper ses bottes et les quitter. Il s'approcha du living-room et s'arrêta sur le seuil.

— Je vous en prie, faites comme chez vous.

C'était peut-être un peu beaucoup.

— Je donne son biberon à Violet.

Il entra et s'assit à côté d'elle sur le canapé.

Intéressant.

Elle regarda le fauteuil et il suivit son regard.

— Pardon. Je vais m'asseoir là.

Comme il se levait, il s'arrêta à mi-chemin parce que Marnie avait posé une main sur sa jambe. Elle la retira vivement et la plaça sous le bébé comme pour la mettre en sécurité.

— Non, je suis désolée. Asseyez-vous. C'est juste que je ne suis pas habituée à avoir de la compagnie.

Il parut partagé l'espace d'une seconde, comme s'il s'était assis là sans réfléchir. Marnie s'en voulut de lui avoir ôté son aisance. Même si, de son côté, elle avait dû s'accrocher pour ignorer la sensation de sa jambe contre la sienne.

Il se rassit, mais garda une petite distance entre eux. Elle prit les menus à emporter qu'elle avait détachés de la porte de son frigo et les lui tendit.

— Merci.

Il regarda Violet, leur sourit à toutes les deux et se plongea dans la lecture des menus.

— On partage, ou on commande chacun de son côté ? demanda-t-elle.

Elle intimait à son ventre vide de ne pas la trahir. Surtout à proximité de cet homme. Mais son estomac avait d'autres idées. Elle avait eu une journée bien occupée, épuisante, et elle avait besoin de se goinfrer. Elle était même prête à le faire devant Ash. Elle reconnaissait qu'il était terriblement sexy, mais elle avait fait une croix sur les hommes, alors la nourriture l'emporta. Il pourrait aussi bien être une licorne, en réalité. Une jolie licorne, mais quelque chose qu'elle n'aurait jamais, de toute façon. Donc il s'agissait de manger. Simplement, elle n'était pas sûre qu'il était prêt à la voir dévorer comme une hyène enragée.

— Eh bien, je ne sais pas pour vous... commença Ash.

Un gargouillement l'interrompit. Leurs yeux - y compris ceux de Violet - s'élargirent.

— C'était mon estomac, reprit-il. Je n'ai pas pu terminer mon déjeuner, aujourd'hui, nous avons été un peu bousculés.

Ses joues s'empourprèrent.

— Je vous fais mes excuses par avance, mesdames, mais je vais passer une commande copieuse.

Il regarda Marnie en remuant ses sourcils, ce qui la fit rire. Elle remarqua qu'il paraissait plus heureux quand elle riait. Elle remarquait beaucoup trop de choses concernant Ash Ellerington. Elle utilisait son nom complet, comme s'il était un comte dans ces romans historiques qu'elle adorait lire. Eh bien, elle n'était pas un cœur à prendre et ceci n'était pas un livre, non plus. Elle désigna les menus qu'il tenait et pointa un doigt sur Le Palais impérial. C'était un restaurant qui livrait, aussi. La nourriture était succulente. D'ordinaire, elle ne cédait pas à la gourmandise. Mais ce soir-là, elle avait de la compagnie.

— Du poulet aux noix de cajou, des chips de crevettes, des rouleaux de printemps et de la sauce aux pruneaux, dit-elle.

Elle se mit à faire faire son rot à Violet, la secouant un peu quand elle se rappela autre chose.

— Et des gambas, aussi !

Le bébé lâcha un rot sonore.

— C'est bien.

Se rendant compte que Ash la regardait, bouche bée, elle haussa les épaules.

— J'ai faim, moi aussi.

Waouh.

Ash avait vu certaines choses lorsqu'il était sorti avec des femmes, avant de rencontrer celle qu'il avait épousée. Il avait fréquenté des infirmières, surtout, pendant sa formation. Ils travaillaient côte à côte, faisaient des heures impossibles... Les inviter lui arrivait de temps en temps. Il avait vécu des soirées horribles, en particulier à propos de la nourriture. Du coup, il était d'autant plus surprenant qu'il prenne du plaisir à dîner avec Marnie, là. Elle s'était détendue à la seconde où sa fille s'était endormie, repue, et où elle avait pu manger. Elle avait englouti une pleine assiette de poulet aux noix de cajou, et elle avait une chip de crevette accrochée à la jambe de son pantalon. Ash mangeait en contemplant Marnie qui s'empiffrait. Pourtant, sa voracité n'avait rien d'embarrassant. Il se sentait bien, avec elle. Et Violet était plus mignonne chaque fois qu'il la voyait. De loin, bien sûr. Il n'était pas du genre à s'attacher aux bébés.

Ou il ne l'était plus, dit une petite voix faible, en lui. Il la fit taire avec un rouleau de printemps.

— C'est bon, hein ?

Marnie s'était adossée aux coussins du canapé, à présent, Violet au creux d'un bras. La petite fille somnolait, ivre de lait, pensa Ash. Son cœur se serra et il se concentra de nouveau sur son assiette et sur la conversation.

— C'est le meilleur repas que j'aie fait depuis un moment, dit-il.

— Je parie que vous devez goûter pas mal de choses, pourtant, durant vos déplacements.

— Je ne roule pas ma bosse aux quatre coins du monde, vous savez. Je reste au Royaume uni.

— Néanmoins, il vous arrive de vous poser dans des endroits comme celui-ci.

— C'est vrai.

— Il vous plaît d'être là, non ? De façon temporaire, je veux dire.

Ash regarda autour de lui, puis s'arrêta dans son geste. Il avait tout l'air de penser au cottage de Marnie. Et c'était bien ce qu'il faisait. Juste ciel, il était repu. Et fatigué. La journée avait été bien remplie. Il était tard.

Il ne cessait de se mentir à lui-même, encore et encore.

— C'est si déplaisant ? lança-t-elle en lui donnant un coup de coude, avant de poser son assiette.

— Non ! se récria-t-il un peu trop fort. Bien sûr que non. Je trouve cet endroit... super.

— C'est encore mieux en été.

Elle sourit, prenant un air lointain.

— Je suis impatiente de montrer la mer à Violet.

Leurs regards se croisèrent.

— Mais Noël n'est pas mal non plus.

L'atmosphère changea dans la pièce, puis Violet se mit à pleurer, rompant le contact entre eux.

— Elle est fatiguée. Il faut que j'essaie de la coucher.

Ash sourit, sans savoir s'il devait être déçu ou soulagé de cette interruption. Il n'en restait pas moins qu'il avait un poids sur la poitrine, tout à coup.

— Elle a de bons poumons, dit-il en se penchant plus près. Et elle vous ressemble.

— Vous trouvez ?

Marnie se tourna pour le regarder, et ses cheveux blonds frôlèrent sa joue. Il ferma les yeux à demi à ce contact.

— Je le pense aussi, reprit-elle, mais je n'aime pas le dire.

— C'est votre portrait.

Il regarda de nouveau la petite fille, qui le fixait comme si elle le jaugeait.

Je ne peux pas être ton papa, petite chérie. Je ne fais que passer.

— Elle est magnifique.

Marnie était si près. Son bras le picotait de l'effort qu'il faisait pour ne pas franchir la distance qui les séparait. Pouvait-elle le sentir ? Elle se comportait comme si elle voulait le repousser pour toujours et, en même temps, l'attirer à elle et le supplier de la plaquer contre le mur. Il avait envie de se presser contre elle de tout son corps, tandis qu'elle réclamerait le sien.

Pouvait-il vraiment lire cela dans ses yeux verts ? Est-ce qu'il ne se trompait pas ? Pourquoi fallait-il que cela arrive ? Comment pouvait-il s'arracher intact à ce moment ? Et sans agir ?

Sapristi, le monde était si cruel que cela lui tordait les boyaux. Elle lui faisait l'effet d'une lumière qui l'attirait dans son cercle de chaleur. Violet renifla et elle tourna de nouveau la tête vers sa fille. Elle la fit passer sur son autre bras, puis lui refit face.

— Aimeriez-vous la tenir, avant que je l'emmène en haut ? J'ai quelque chose à faire, mais je n'en aurai pas pour longtemps. Elle est déjà endormie.

La bouche d'Ash s'assécha. La pièce parut se rétrécir devant ses yeux. Il se sentit pris au piège.

C'est trop. Et je pensais que ces choses-là étaient terminées.

— Euh... je ne pense pas que je devrais la prendre. J'arrive juste du travail, vous savez.

Il toucha son pull, se rappelant un peu trop tard qu'il était passé chez lui pour se changer. Marnie le savait, mais elle ne fit pas de commentaire.

— Qu'est-ce que je raconte ?

Il plaqua sa paume sur son front, avant de rassembler les plats vides, les mains tremblantes.

— Je me suis changé. Écoutez, je pense que je devrais aller dormir avant d'oublier autre chose.

De l'escalier, Marnie lança à Ash de ne pas s'inquiéter, qu'elle allait ranger, mais sa voix resta sans réponse. Lorsqu'elle redescendit après avoir couché Violet, le living-room était propre et vide. Il avait laissé une note sur le comptoir :

> Merci pour une excellente soirée, voisine.
>
> Ash

Ash referma lentement la porte d'entrée de Marnie. Il attendit d'être au bout de son jardin pour s'arrêter et prendre une grande inspiration tremblante. Il avait fallu qu'il s'en aille. Il n'aurait jamais pu s'expliquer. En particulier vis-à-vis de Marnie. Juste avant, il s'était demandé s'il devait l'embrasser. Il avait eu envie de le faire, en avait éprouvé le besoin.

Sam. C'était ce qui l'avait fait partir en courant comme si la maison était en feu. Le petit visage froid de Sam. Pas rose et plein de vie comme celui de Violet. Elle avait été bien au chaud dans les bras de sa mère. Le plus heureux des petits bébés. Dormant après une journée bien remplie. Pas comme Sam. Il n'avait jamais ouvert les yeux. N'avait jamais regardé le monde, ni un seul visage humain.

Quand il avait regardé Violet, il avait vu le visage de Sam à la place du sien et s'était figé. L'idée de tenir ce bébé remuant dans ses mains qui avaient tenu le minuscule Sam pendant si peu de temps l'avait terrifié. Il s'était glacé sur place, avant de filer comme un voleur. Il avait laissé à Marnie une vague note que n'importe qui aurait pu laisser. Ce qui n'était pas une fin convenable pour une si bonne soirée.

Il savait gérer ses relations avec les bébés, jusqu'à présent. C'était son métier, pour l'amour du ciel ! Pourquoi celui-ci le perturbait autant était un mystère qu'il ne tenait pas à approfondir. Il savait que Marnie était une mère. Une mère seule et contente de l'être. Violet était parfaite, et Marnie une maman formidable. Tout cela était attirant pour lui, d'une certaine manière, mais pas exactement ce qu'il cherchait. D'ailleurs, il ne cherchait rien. La paix, peut-être.

Ce soir-là lui rappelait pourquoi il ne cessait de se déplacer. Pourquoi il ne s'attachait plus à personne. Parce que cela faisait mal. Aux autres et à lui. Il imagina le visage étonné de Marnie quand elle découvrirait qu'il avait décampé dans la nuit. Elle avait été si proche, sur ce canapé. Leurs lèvres juste séparées de quelques centimètres. Dieu seul savait quand il serait de nouveau aussi proche d'elle. Et ce qu'il serait capable de faire ou de ne pas faire s'ils se retrouvaient un jour dans cette situation. Le giflerait-elle s'il posait sa bouche sur la sienne, comme il en avait envie ?

Il prit une autre douche, pour la seule raison qu'il se sentait sale après sa lâche disparition. Le temps qu'il se glisse sous sas draps, son humeur était encore pire. Il aimait Sam, tellement. Il l'avait tenu pendant très peu de temps, mais il l'aimerait toujours. Jusqu'à ce qu'il cesse de respirer. Et même après, s'il avait quelque chose à voir avec ça. Il aimait sa femme, aussi. Mais ils étaient partis, et se retrouver ici, seul dans un lieu étranger, lui rappelait que lui était toujours là.

Il se tourna pour la énième fois, son corps nu à moitié sous les couvertures, à présent. Il se sentait emmêlé dedans, prisonnier d'elles. Il se demanda si la femme d'à côté dormait profondément ou si elle pensait à son départ précipité. Ou encore à lui, comme il pensait à elle. Plissant les paupières pour voir son réveil, il se frotta les yeux et alla se chercher un verre de whiskey pour que l'alcool l'aide à s'endormir.

5

— Bonjour !

— Hé, salut, vous ! Venez ici, me faire un câlin !

Les deux femmes étreignirent Marnie sur le seuil de sa porte d'entrée, après quoi elle les fit pénétrer à l'intérieur. Elle avait fait le ménage toute la matinée, dans l'attente de leur visite, dépensant son énergie à diverses tâches dans son cottage. Des cookies de Noël fraîchement décorés étaient posés sur une assiette au salon. Ils étaient glacés et ornés de différents motifs - elle avait utilisé sa créativité pour canaliser ses pensées et les éloigner de son voisin.

— Entrez ! Entrez ! C'est tellement bon de vous voir, toutes les deux ! Il faut que vous me racontiez tous les potins de la clinique.

Violet était dans son couffin, gigotant un peu tandis qu'elle regardait les trois femmes qui entraient dans la pièce.

— Comment ça se passe pour vous, Lorna ?

La jeune sage-femme stagiaire s'avança, lui décochant un grand sourire.

— Je pense que ça va, Marnie.

Marnie les installa dans le living-room, et apporta du thé pour aller avec les cookies. Nya en prit un décoré d'un renne. Elle mordit dedans et pinça les lèvres de plaisir.

— Waouh, tu t'es démenée, Marnie. Je t'ai trouvée joyeuse, au téléphone.

Marnie rougit et détourna la tête pour servir le thé. C'était parfait pour se cacher du regard scrutateur de sa collègue préférée.

— Lorna se débrouille très bien, pour son stage.

Marnie fit plus attention à son amie. Elle cherchait des indices sur ce qu'elle vivait, tout en cachant les siens au sujet d'Ash. Quelque chose turlupinait Nya, elle s'en rendit compte dès qu'elle la regarda dans les yeux.

— Je suis contente que ça se passe bien, Lorna. Je sais que le travail à Carey House peut être intense, parfois, dit-elle d'un ton lisse, en observant la stagiaire.

Elle avait déjà eu de bons retours sur la jeune femme, par les ragots de la clinique. Leurs procédures de recrutement étaient très strictes - toute personne qui obtenait un poste était forcément un bon élément. L'équipe ne formait pas un clan ou une secte, comme cela pouvait en donner l'impression. Avec leurs collègues masculins, les quatre sages-femmes étaient juste un groupe de femmes passionnées et soucieuses des autres, qui recherchaient la même chose : le bien-être de leurs patientes.

Marnie repensa à ses voyages avec Oliver, à l'autre bout du monde, il y avait des années. Même à présent, alors qu'elle se remettait encore de la naissance de sa fille et qu'elle était en plein hiver, elle n'aurait pour rien au monde troqué sa vie actuelle contre celle d'avant. Un jour, elle emmènerait Violet explorer la terre.

Nya, assise sur le canapé, donna un coup de coude à Lorna et lui désigna l'assiette de cookies.

— Lorna, pardon d'être aussi informelles, mais vous savez que Marnie est l'une des nôtres.

Elle termina son cookie et se dirigea vers le couffin. Violet la regarda de ses magnifiques yeux brillants, et Marnie ressentit une bouffée de fierté maternelle.

— Eh bien, petite demoiselle, vous avez grandi !

Elle se tourna vers Marnie, rayonnante.

— Et elle est devenue encore un peu plus belle.

Marnie rit.

— Je suis partiale, mais je vais bien sûr dire que c'est vrai.

— Es-tu d'accord pour que Lorna examine Violet ici ?

— Naturellement.

Marnie adressa un grand sourire à la stagiaire, pour la mettre à l'aise. Tout le monde devait s'exercer. Personne n'était né en sachant comment être sage-femme, surtout avec la médecine moderne qui évoluait constamment. Elle se rappela combien elle s'était sentie nerveuse lors de ses premiers mois de formation. Le travail qu'elles faisaient était intimidant. Ce n'était pas une promenade d'agrément. Mais le bonheur de mettre au monde un bébé… La seule chose qui l'avait surpassé avait été de donner naissance à Violet.

— Nous formons une équipe, non ?

Lorna se détendit visiblement. Une fois qu'elle se mit à s'occuper de Violet, Marnie saisit l'occasion pour cuisiner Nya.

— Bien, comment va le travail ?

Son amie, assise près d'elle sur le canapé, lui jeta un regard de côté.

— Quoi ? fit Marnie.

Nya rit.

— Allons, Marnie ! Nous sommes ici pour voir comment vous allez, toutes les deux, pas pour parler de travail ! Et ne t'inquiète pas, nous faisons face.

Elle tapota le bras de la jeune maman.

— Tu nous manques, bien sûr, mais Ash fait du bon travail.

Marnie commanda à ses joues de ne pas s'enflammer.

— Oh ! vraiment ? Il n'est pas trop doué, j'espère !

Son rire trop aigu retentit dans la pièce.

— Comment est-il ?

— Il est agréable. Vraiment bon avec les patientes. Il est très à cheval sur les procédures et les équipements, mais ce n'est pas une mauvaise chose. Et très méthodique, mais il s'en amuse.

— Il paraît parfait, répondit Marnie sans filtrer ses pensées.

Les yeux de Nya se fixèrent de nouveau sur elle.

— Mais tu dois le connaître mieux que nous, maintenant !

— Pourquoi ?

Ça recommençait, sa voix haut perchée due à sa nervosité.

— Euh, il habite bien à côté ? Tu as dû l'apercevoir.

— Oh ! oui, bien sûr. Mais je ne le connais pas si bien que ça.

Elle eut envie d'en demander plus sur Ash, mais elle savait que cela la trahirait.

— Il paraît gentil. Comment va la petite Hope ?

Elle changeait de sujet, mais elle avait envie de savoir. La petite fille âgée de huit jours avait été déposée sur les marches de la maternité. Elle ne pouvait imaginer de laisser Violet dans l'escalier de pierre ocre clair, quelles que soient les circonstances, mais elle savait qu'elle ne pouvait pas émettre de jugement. Elle avait été prête à accueillir un enfant, étant à l'aise financièrement. Elle avait un poste stable dans une carrière qu'elle adorait, et des amis et de la famille autour d'elle si jamais elle se sentait seule ou avait besoin d'aide. La mère de Hope l'avait amenée à Carey House pour lui donner de meilleures chances dans la vie. Marnie savait que c'était tout ce qu'une mère désirait, parce qu'elle le souhaitait pour Violet, aussi.

Hope était prise en charge par Nya et Theo, qui avaient récemment découvert qu'ils attendaient autre chose de leur relation que de l'amitié et de la coopération en tant que parents d'accueil. Marnie était très heureuse pour son amie, qui était également sa supérieure.

— Elle va bien, elle franchit correctement tous ses jalons, pour le moment.

Cela semblait un peu technique, mais Marnie comprenait. Peut-être Nya essayait-elle de garder une distance professionnelle. Elle l'avait fait elle-même assez longtemps. C'était dur, de voir tout le monde avoir des bébés autour de soi quand on n'en avait pas soi-même.

— Elle s'est vraiment bien acclimatée. Theo et moi adorons nous occuper d'elle.

Les trois femmes discutèrent encore un moment tandis que Nya et Lorna finissaient leur tasse de thé et mangeaient quelques cookies de Noël. Finalement, il fut temps pour elles de partir pour leur prochain rendez-vous.

— Vous faites-vous une fête du bal ? demanda Lorna à Marnie, alors qu'elles s'en allaient. On m'a dit que c'était un événement, ici.

— Oui, en effet. Je m'en réjouis à l'avance. J'espère vous y voir, Lorna. Au revoir, Nya.

— Au revoir, ma jolie, dit Nya en l'étreignant très fort.

— Appelle-moi si tu as besoin de quoi que ce soit, une garde d'enfant, n'importe quoi.

Deux bébés ne seraient pas un souci pour Marnie. Et il serait bien d'avoir de la compagnie pour Violet. La socialisation ne pouvait jamais commencer trop tôt, surtout quand vous aviez toute une troupe de gens autour de vous. En outre, cela pourrait l'occuper, elle. Quand elle était désœuvrée, ça n'allait pas fort. Ce n'était pas qu'elle avait la bougeotte, mais un peu quand même.

Elle y pensa plus tard dans la soirée, une fois que Violet fut endormie et qu'elle eut terminé son nettoyage. Elle sortit un vieil album-photo du bas de sa penderie. Paris. Ils avaient pris la photo habituelle des touristes devant la tour Eiffel, Oliver faisant une grimace amusante au dernier moment. Elle regarda le cliché, qui la montrait riant de ses bêtises. Elle ne pouvait pas dire que tout avait été moche, dans leur relation. Cela ne l'avait pas été, pas avant la fin. Ils avaient vu le monde ensemble. Elle feuilleta l'album jusqu'à ce qu'elle trouve ce qu'elle voulait voir, elle venait de le réaliser. La photo de leurs fiançailles.

Oliver avait confié son appareil à un autre voyageur, lui demandant de les prendre sur la plage. C'était par une belle journée torride. Le visage de Marnie était hâlé, ses cheveux plus blonds que lorsqu'ils étaient partis. Elle avait les cheveux longs et ondulés, à l'époque, et les attachait pour travailler. Récemment, elle avait opté pour un carré lisse. Elle avait maintenant une vie différente, et c'était une autre femme qui regardait ce cliché.

Oliver s'était mis sur un genou, et voilà. Leur moment magique, maintenant une photo dans un album et un souvenir qui s'étiolait dans sa tête. Deux semaines avant qu'ils rentrent chez eux en avion, la bulle constituée par Oliver et Marnie avait bel et bien éclaté. Oliver avait noué une nouvelle relation. Au lieu de partir pour un mariage et une vie ensemble, elle était rentrée seule et changée. À ce moment-là, elle avait cru ne jamais se remettre de sa déception. Elle savait qu'elle s'en était remise, maintenant, mais cela signifiait-il que cette fille photographiée sur la plage avait disparu à tout jamais ?

Elle rangea l'album et regarda par la fenêtre la maison voisine. Elle n'était pas éclairée, à part le salon. Elle se demanda ce que faisait Ash. Leur allée était solitaire. Elle soupesa une demi-douzaine de raisons de lui envoyer un texto, puis elle y renonça et décida d'aller se coucher, à la place. De toute façon, elle ne savait pas que lui dire. *Je pense à vous. Que faites-vous ?*

Elle souffla et se tourna sur le côté.

— Ne sois pas stupide, Marnie. Pour l'amour du ciel, tiens-toi à ton plan.

Une heure plus tard elle rangea son téléphone dans le tiroir du haut de sa commode, avec sur l'écran plus de douze messages non envoyés à Ash.

6

Quelle étrange semaine cela promettait d'être. Même pour Noël. Même pour ce Noël.

La « ressasseuse » était de retour. Était-ce ce qui arrivait à toutes les nouvelles mères, ou seulement à celles qui avait un petit béguin pour leur voisin ? Bon, elle avait été contrariée au début. Puis intriguée. Le béguin arrivait juste après, même si cette histoire de foudre avait été là tout le temps. Et Marnie n'avait aucun point de référence ni de comparaison pour ça. Elle n'avait jamais rien connu de pareil auparavant.

Alors elle était là, à l'orée de sa première grande soirée à l'extérieur, et elle se demandait où était Ash. Ce qu'il faisait. Ce qu'il pensait, même. Berk. C'était pénible. Ainsi, elle avait bouclé la boucle. Contrariée, intriguée, amourachée, perturbée et de nouveau ennuyée. Le véritable arc-en-ciel d'émotions qu'elle éprouvait quand elle pensait à lui en donnait pour leur argent à ses hormones post-partum. En fait, elles se surpassaient. Penser de nouveau à un homme. Super.

Elle poussa un soupir frustré. Elle retournerait bientôt travailler, reprenant à peu de chose près son ancienne routine. Une mère célibataire en activité, et heureuse par-dessus le marché. C'était le plan. Elle sentait qu'elle avait besoin de se le rappeler, ces temps-ci. Vu la façon dont elle avait la tête qui tourbillonnait, en ce moment, elle regretta de ne pas avoir fait ce qu'elle avait failli faire : appeler sa mère pour annuler, mettre Violet au lit et manger de la glace et du chocolat devant la télévision. Elle aurait regardé un thriller, sans rien de sentimental. Elle pouvait presque sentir le goût du chocolat, mais elle se poussa à redevenir la femme sûre d'elle qu'elle avait été jadis. Elle était parfaite comme elle était, se dit-elle. Elle était juste un peu déstabilisée. C'était tout. Un petit coup de cœur pour un étranger de passage.

Elle songea à son film de la veille, mais écarta cette idée. Non, Ash n'était pas un espion. Voilà pourquoi elle avait besoin de sortir davantage, et pourquoi elle se forçait à aller danser. Elle avait attendu avec tellement d'impatience d'aller au Bal masqué, avant tout ceci. Mais elle avait la sensation que cette soirée serait différente des soirées habituelles. Elle se sentait excitée et n'aimait pas beaucoup ça. Elle avait besoin de coller à son plan pour ne pas perdre la tête.

— Tu es bien comme tu es, se dit-elle à voix haute, et ses épaules se redressèrent.

Elle se le répéta tout le long du trajet, jusqu'à ce que la fête apparaisse au loin devant elle. Alors sa bouche devint trop sèche pour prononcer un mot.

— Tu...

Elle déglutit.

— Tu t'en tiens au plan.

Elle fit un autre pas, plus assuré qu'elle ne se sentait.

— Tu es bien comme tu es.

Elle se mordit la lèvre.

— Maintenant, cesse de parler toute seule et va t'amuser.

À la seconde où ses talons s'enfoncèrent dans l'herbe de la pelouse communale, la nervosité prit le dessus. Elle se sentait bizarre. Nue sans Violet et son sac de changes. Étrangère dans son propre corps sans son bébé avec elle. Elles avaient été ensemble tout le temps, depuis six semaines, et elle se sentait perdue. Prenant soin de ne pas se décoiffer, elle mit son masque et se sentit tout de suite mieux. Protégée. Et c'était un peu plus glamour qu'un sac plein de lingettes et de hochets.

Elle traversa lentement la pelouse, étudiant la scène et notant tout. Elle avait été si bousculée dernièrement, occupée par ses tâches ménagères et par la pensée d'Ash. Le départ impromptu de son voisin, l'autre soir, l'avait vraiment tracassée. Mais le simple fait que cela l'ait tracassée à ce point était tellement irritant qu'elle en avait été ébranlée. Pourquoi se souciait-elle de lui, de toute façon ? Il la rendait nerveuse. Crispée, parfois. C'était embarrassant. Elle ne pouvait résister à l'envie d'être près de lui, mais elle n'allait pas le dire à qui que ce soit. Et elle n'en aurait pas besoin, n'importe comment. Ce secret avait une date d'expiration.

Il la remplaçait pour une durée déterminée, pas pour toujours. Il louait le cottage d'à côté, comme les infirmières de passage le faisaient souvent quand l'occasion s'en présentait. Il allait partir, pour rejoindre son prochain poste.

Alors elle reviendrait à sa vie normale, tandis qu'il serait parti aider ailleurs. Mais ce serait dommage. Il était agréable d'avoir un voisin. En particulier un voisin comme celui-là. Elle choisit de se concentrer sur la soirée à venir. Elle n'était pas exposée comme elle en avait l'impression dans sa tête. Elle était incognito, et ici pour s'amuser.

Elle salua quelques personnes d'un signe de tête, en passant, et savoura leurs coups d'œil curieux. Ils ne la reconnaissaient pas ! Le masque et la mince silhouette qu'elle avait retrouvée suffisaient pour que les gens y regardent à deux fois. Cela lui plaisait beaucoup tandis qu'elle marchait sous les centaines d'ampoules clignotantes qui décoraient la place. L'arbre de Noël était illuminé aussi, la parfaite carte postale d'un Noël en Cornouailles. C'était une superbe toile de fond pour le bal qui se déroulait autour d'elle. Carey Cove était transformé pour la soirée, et ses habitants avec.

Elle-même se sentait une personne différente. Libre, sûre d'elle, sexy. Elle disait assez souvent à ses patientes de se souvenir de la femme qui se cachait sous la mère. En fait, elle était stupidement contente d'avoir fait cet effort, ce soir-là. Violet était en sécurité, adulée par sa grand-mère folle d'elle, et elle, elle portait une belle robe et elle allait profiter à fond de la fête.

Elle en profita bel et bien. Observer les gens était l'une de ses occupations favorites. Quand il s'agissait d'une réunion joyeuse, en tout cas. Elle contempla un moment les danseurs masqués, essayant de deviner qui était qui. Finalement, comme elle n'y arrivait pas, elle se mit à observer leur comportement. Les gens étaient plus intrépides quand ils portaient un déguisement, décida-t-elle. C'était assez osé. Rien de scabreux, bien sûr, mais il y avait pas mal de regards appuyés, lui sembla-t-il. Peut-être ressentait-elle de nouveau les effets consécutifs à l'accouchement. Elle opta pour continuer sur cette lancée pendant un moment. En particulier du fait de ses récentes rêvasseries. Elle avait besoin de tout envoyer balader pour quelques heures. De cesser d'observer la vie pour s'y replonger.

Comme si le sort conspirait à la satisfaire, la prochaine chanson fut l'une de ses favorites. Elle n'essaya même pas d'empêcher ses pieds de gagner la piste de danse. Normalement, elle aurait besoin de deux ou trois boissons fortes avant de se mettre à bouger, mais le masque était comme un bouclier protecteur. Elle se sentait en super forme !

Elle commença à tanguer, perdue dans la musique à l'instant où ses paupières se fermèrent. Juste Ciel, danser lui manquait. Quand elle était plus jeune, elle adorait sortir avec les filles, lâcher ses cheveux et danser toute la nuit. Cela lui paraissait si loin, maintenant. Oliver avait changé les choses. Elle avait perdu des morceaux d'elle-même, pour rien. Mais elle était toujours là. Elle sourit en s'agitant au rythme de la musique, se sentant étrangement contente d'elle à cette idée. Elle avait traversé le pire, et maintenant elle dansait de nouveau pendant que son enfant dormait en paix. Que fallait-il de plus à une femme ?

Elle ouvrit les yeux quand quelqu'un frôla son bras et son sourire s'évanouit. Elle dansait dans une mer de couples. Elle ne l'avait pas remarqué auparavant. Il lui sembla que sa joie avait été sectionnée d'un coup. Un petit poisson, nageant seul. Elle s'efforça de faire disparaître ce sentiment. Elle n'aurait pas dû prendre ce verre de champagne quand elle était arrivée. Elle l'avait avalé pour ses nerfs, et résultat, elle avait pensé à Oliver. Non, elle ne voulait pas y penser, se rappela-t-elle. Sapristi, s'il était sur cette piste de danse, elle planterait son talon dans son idiot de pied et s'éloignerait aussi vite que ses jambes pourraient la porter. Elle n'avait pas la nostalgie de lui. Plus maintenant. Elle avait l'impression que quelque chose lui manquait, cependant, et elle se remettait à éprouver…

Bon, elle ne savait pas que ce qu'elle éprouvait, mais elle n'eut pas l'occasion de s'y attarder. Alors qu'elle se tournait pour quitter la piste de danse et se diriger vers un autre verre, quelque chose l'arrêta. Ou plutôt quelqu'un. Masqué, grand, sombre. Viril.

Qui était cet homme ?

Elle pensa qu'il lui disait quelque chose, mais il continua à avancer sans qu'elle puisse bien le voir.

Néanmoins, quand elle le fit, elle n'eut pas besoin d'y regarder à deux fois. Elle sut exactement, une demi-seconde plus tard, qui était l'individu qui se cachait derrière le masque. Elle ne l'aurait jamais admis, mais elle eut alors la certitude qu'elle pourrait repérer Ash Ellerington parmi n'importe quelle foule d'hommes dans le monde.

Ce constat la terrifia. C'était *la chose* qu'elle ne voulait pas. Il referma sa main sur la sienne, l'attirant doucement à lui. Sa peau toucha la sienne. Cet homme était Ash. Ce fut comme s'il l'avait rechargée de l'intérieur. Elle eut la sensation de briller plus fort que n'importe quelle lumière, sur terre ou au-delà. Le pouvoir de la main d'Ash ; elle ne pouvait s'y tromper. Et c'était tellement loin de son plan qu'elle pourrait aussi bien le déchirer.

— Vous dansez avec moi ?

Ce fut tout ce qu'il dit. Elle ne répondit même pas. Dès que ses pieds bougèrent dans sa direction, il prit sa main libre et la fit tourner. Ses mains étaient douces, mais elle sentait la force de son emprise. Il y avait la chaleur de ses doigts sur sa hanche quand il la stabilisait, son rire à elle lorsqu'il remuait ses sourcils au-dessus de son masque.

La chanson changea, mais leurs pas ne fléchirent pas. Elle tenta de se concentrer sur les yeux derrière le masque, sur la coupe de son costume, comme si cela pouvait lui donner un indice. Une raison pour laquelle cet homme la faisait se sentir si vivante. Ce qu'il cherchait. Chaque fois qu'ils se voyaient, il lui fallait plus. En savoir plus. Le percer à jour, et trouver comment empêcher sa poignée de main de la changer en une idiote finie. Ce n'était sûrement pas trop demander pour une mère perturbée et un peu surmenée ?

Elle avait l'impression que ses pensées flottaient comme des plumes qu'elle ne pouvait attraper. Les mains d'Ash ne cessaient de prendre les siennes, de la faire tourner, ils bougeaient l'un autour de l'autre. Les autres participants au bal les entouraient, elle le savait. Elle savait qu'elle était toujours sur la pelouse du village. Elle savait qu'ils n'étaient pas seuls.

Pourtant, c'était comme s'ils l'étaient. Morceau après morceau. Il y avait les contacts qu'ils partageaient, leurs corps connectés en permanence l'un à l'autre. Le masque de Marnie aidait son côté audacieux à se faire jour, et Ash la suivait pas à pas. Ils dansaient ensemble comme s'ils l'avaient toujours fait. Ils passaient de chansons lentes à des rythmes plus rapides, et leur façon de danser devenait de plus en plus joueuse à mesure que le temps passait. Ils s'amusaient.

Marnie avait très chaud, elle était assoiffée et elle avait ri à en avoir mal aux côtes. Son compagnon masqué était sorti de nulle part, et il avait rendu sa nuit magique. On dansait toujours autour d'eux, et l'énergie battait son plein. Ash pencha la tête sur le côté, et s'essuya le front d'un geste théâtral. Ses yeux brillaient derrière son masque, et elle pouvait voir sa poitrine se soulever et s'abaisser comme la sienne. Il avait aimé ce moment autant qu'elle, elle en était sûre.

— J'ai besoin de m'arrêter une minute, dit-elle par-dessus la musique.

Il rit, d'un rire riche et profond qu'elle eut tout de suite envie de réentendre. Il lui prit la main et elle rit à son tour tandis qu'il lui faisait quitter la piste de danse. Il les entraîna à l'écart du bruit de la fête, dans un coin tranquille éclairé par la lune. Là, ils reprirent leur souffle, riant toujours.

— Je suis vraiment content de vous avoir vue, dit-il en l'attirant derrière un arbre. Je voulais m'excuser pour l'autre soir. Je n'avais pas l'intention de m'enfuir comme je l'ai fait. Cette soirée m'a fait plaisir, je voulais que vous le sachiez. Je regrette qu'elle se soit finie ainsi. Je suppose que je craignais de m'écrouler et de m'affaler dans les rouleaux de printemps.

Il détourna les yeux, alors qu'elle tentait de lui sourire. Elle eut la nette impression qu'elle était loin de tout savoir sur lui. Elle ignora les questions qui la taraudaient. Ash était un voisin, un ami. Sa dernière interaction avec un homme avait impliqué un tube à essai et elle s'était juré de ne pas déroger à sa règle - respecter le panneau *Sens interdit* qu'elle plaçait devant les hommes et les idylles romantiques. Même s'ils avaient dansé comme des fous, dans une ambiance pleine d'électricité.

— Oh ! ce n'est pas grave.

Elle avait du mal à se concentrer sur ses paroles. La proximité d'Ash prenait le dessus sur ses sens et sur ses principes les plus stricts. Elle se délectait de lui. Comme il avait été bon d'être dans ses bras, tourbillonnant avec lui sur la piste ! Mais il ne s'agissait pas que de son corps, ni de ce qu'il lui faisait ressentir. Il y avait autre chose.

Avec lui, elle avait l'impression d'être branchée sur une prise électrique. Le courant passait sur sa peau chaque fois qu'il la touchait. Toutefois, ce n'était pas seulement ça, ni la certitude qu'il ressentait les mêmes secousses et les mêmes étincelles qu'elle. C'étaient ses yeux qui retenaient son attention. Elle y voyait des éclairs intenses, et même traversés de désir, mais ce n'était pas tout. Par instants il paraissait aussi perturbé, peiné. Éprouvait-il les mêmes doutes qu'elle ? S'était-il fixé la même règle, ne pas nouer de relation avec une femme ? Il ne restait jamais au même endroit, après tout. À quoi cela rimerait-il ?

Elle avait envie de lui demander tout ça, mais elle ne souhaitait pas entendre les réponses. Rien de bon ne pourrait en sortir. Néanmoins, le fait qu'il vivait quelque chose de difficile se voyait à son expression. Marnie ne voulait pas s'en soucier, mais elle s'en souciait quand même. Tellement. Elle se sentait vivante, quand elle était avec lui. Elle ressentait des choses qu'elle n'avait jamais ressenties avec Oliver, elle ne pouvait le nier. Elle avait envie de le réconforter, d'être celle qui chasserait ses tourments. Même si c'était juste pour la nuit. Cela ne pouvait pas être plus : ils étaient à des mondes l'un de l'autre, et bientôt il serait à des *miles* d'elle. Emplissant peut-être de désir le cœur d'une autre femme

Son cœur se serra à cette pensée. Elle n'avait aucun droit sur lui, mais l'imaginer avec une autre femme lui faisait mal.

Cette femme sentirait-elle la secousse provoquée par son contact, aussi ? Elle en doutait. Elle doutait qu'il existe deux autres personnes sur terre qui ressentent cette chose-là en la présence de l'autre.

— Ce n'est pas grave, répéta-t-elle dans un murmure.

Il fit passer son regard de ses yeux à ses lèvres, et vice versa. Il sortit sa langue pour lécher sa belle bouche pleine, et elle suivit ce mouvement comme si elle était affamée.

— Ash...

Elle voulut lisser le pli de son front, mais ses mains ne bougèrent pas.

— Est-ce que quelque chose est arrivé, l'autre soir ? Est-ce pour cela que vous êtes parti ?

Elle pensa à leurs lèvres, si proches sur ce canapé. *Tellement proches.*

— Est-ce à cause de quelque chose que j'ai fait ?

— Non, ce n'était pas à cause de vous, dit-il doucement.

De nouveau, ses beaux yeux noisette se rivèrent sur la bouche de Marnie. *Pouvait-il voir les mots qui se cachaient derrière ses lèvres, brûlant d'être prononcés ?*

— C'est venu de moi.

La souffrance dans ses yeux tandis qu'il la regardait l'empêcha d'en demander davantage.

— Je suis désolé.

Elle ôta son masque, ne voulant pas lui cacher son visage en cet instant.

— C'est... compliqué. Tout ceci est compliqué.

— Ash, tout va bien, franchement...

Tout quoi ?

Il la fixait toujours. De ses yeux magnifiques, tellement uniques. Elle ne pouvait cesser d'essayer d'en sonder la profondeur. La douleur, au fond, était quelque chose qu'elle reconnaissait ; elle le savait. Était-ce cela qui les liait ? Qui provoquait cette... chose entre eux ?

Il a raison. C'est compliqué.

Ce qu'elle voulait dire s'évapora de son cerveau. Ses yeux noisette étaient rivés sur les siens, et ils étaient plus proches. Ils se touchaient presque. Marnie n'aurait su dire quels pieds avaient bougé, ceux d'Ash ou les siens. Il prit une grande inspiration tremblante et elle ne put plus empêcher ses doigts de se mouvoir. Elle leva la main vers le visage d'Ash, lui ôtant lentement son masque. Il ne bougea pas d'un pouce, mais elle sentit son souffle brûlant sur sa joue tandis qu'elle touchait la peau de sa tempe.

— Voilà qui est mieux, chuchota-t-elle.

Ses lèvres frémirent, et elle but ce mouvement des yeux. Il courba la tête et elle se hissa vers lui. À la seconde où leurs lèvres se touchèrent, le coup de tonnerre qu'ils ressentirent tous les deux les poussa plus près l'un de l'autre. Ash passa les bras autour de sa taille et la souleva. Elle sentit ses mains trembler tandis qu'il la tenait contre lui. Ses lèvres étaient scellées aux siennes, et la souffrance qu'elle avait vue dans ses yeux un moment plus tôt avait disparu. Il n'y avait plus de douleur en Ash, maintenant, il était totalement avec elle. Elle se sentait sexy sous son regard.

Un regard affamé. Il mêla sa langue à la sienne, approfondissant le baiser autant qu'elle le souhaitait. Elle avait les mains sur son visage, l'attirant à elle, leurs masques pendant de ses doigts.

— Marnie, dit-il dans un souffle entre de longues caresses de ses lèvres.

Elle gémit, aimant le son de son nom sur sa langue lourde de désir. C'était là la chose la plus torride qu'elle avait jamais vécue. Elle avait envie de lui sauter dessus, ici et maintenant. Elle était en feu pour cet homme. Elle souhaitait être de retour dans son cottage, et pas avec une glace. Avec lui.

Les lumières clignotantes derrière la tête d'Ash l'éclairaient comme un halo. Marnie ouvrit les yeux juste pour vérifier qu'il était là et se retrouva attirée par ses paupières closes. Elle était dans un bal, sur son trente et un, embrassant la personne hyper sexy qui la remplaçait à la maternité. Il allait partir, et elle avait renoncé aux hommes. Il cachait quelque chose, quelque chose de noir, elle le savait. Elle avait des coins sombres dans son propre cœur, et leurs deux souffrances palpitaient à l'unisson. Elle le sentait. Elle était ivre de ses baisers, de sa langue qui plongeait dans sa bouche, de la façon dont il l'explorait et la serrait toujours plus fort. Ses grandes mains douces l'entouraient. Elle n'était sensible ni au froid, ni à la brise venue de la mer. Elle se sentait au chaud et en sécurité. Sexy et audacieuse. Comme lui.

— Houhou ! lança une voix avinée derrière eux, et les yeux d'Ash se rouvrirent brusquement.

Il resserra ses doigts autour d'elle, l'arrimant à lui. Elle sentit de nouveau l'appel du désir, même dans sa panique, et puis la voix se changea en des voix. Ils s'écartèrent brusquement l'un de l'autre, Marnie attrapant son masque et lui donnant le sien. Alors qu'ils les remettaient, essoufflés, elle entendit Ash appeler son nom. Quelques personnes masquées et éméchées qui quittaient le bal regardèrent dans leur direction et il hocha la tête vers elles, l'air embarrassé.

Marnie prit son geste pour un signal et partit en courant rejoindre la foule. Le sortilège avait bel et bien été rompu. Le carrosse était redevenu citrouille et elle avait décampé comme une flèche. Ne se fiant pas à elle-même pour rester plus longtemps avec Ash. Gênée d'avoir été surprise à batifoler dans les buissons, aussi. Elle devait continuer à vivre ici, après tout. Les gens parlaient. Ils adoraient les anecdotes croustillantes. Elle ne voulait pas faire l'objet de ragots. Sûrement pas.

— Qu'as-tu fait ? se morigéna-t-elle à mi-voix. Bon sang, Marnie ! Ressaisis-toi !

Ses lèvres étaient brûlantes et gonflées des baisers d'Ash. Passant les doigts dessus, elle sentit encore le picotement de ses lèvres à lui. Elle fut surprise qu'elles ne soient pas en feu, brûlées par le courant qui passait entre eux.

Imagine ce que ce serait si vous aviez fait l'amour, susurra son cerveau excité.

— L'imaginer ? Je l'ai presque fait… chuchota-t-elle.

Elle avait le souffle court, et elle savait que ce n'était pas dû qu'à sa course. Elle ne s'était arrêtée que pour quitter ses chaussures et les prendre à la main, mais elle avait entendu Ash l'appeler. Plus d'une fois. Elle ne se retourna pas, elle ne s'arrêta pas jusqu'à ce qu'elle soit devant la maison de ses parents, la main sur la sonnette. Le trajet jusque-là était flou dans son esprit. Mais elle était là, intacte, troublée à l'idée de ce qu'elle avait fui et toujours masquée. Elle ôta son masque quand sa mère ouvrit la porte et afficha un sourire.

— Bonsoir, maman, tout va bien avec Violet ?

Sa mère ne laissait jamais rien échapper. Marnie sut qu'elle était grillée lorsque Mme Richards fronça les sourcils, le signe qu'elle avait perçu quelque chose. Elle continua sa tactique, paraître décontractée et sourire comme une idiote.

— Oh ! très bien. Elle s'est endormie tout de suite après son biberon. Elle a été très sage avec sa grand-mère, comme toujours. Comment était le bal ?

Marnie la suivit dans la maison, impatiente de revoir sa fille. Elle réalisa qu'elle l'avait oubliée, ce soir-là, toute au moment partagé avec Ash. Elle aurait cru qu'elle se sentirait coupable, mais, étonnamment, elle se sentait juste comme une femme qui avait passé une bonne soirée. Malgré les complications. Elle ne savait pas comment elle allait dormir, cependant. Brûlante et en sueur, probablement, comme ses rêves le seraient sans doute.

— C'était bien. Il y avait une bonne ambiance. Comment a été Violet ?

— C'est la deuxième fois que tu le demandes. Je t'ai élevée, tu sais, et je n'ai pas trop mal réussi, je pense.

Sa mère sourit, ses yeux se plissant aux coins, mais son regard resta scrutateur, comme un chien de chasse sur une piste. Marnie espéra qu'elle ne paraissait pas trop décoiffée.

Mme Richards tendit la main pour ôter une feuille de ses cheveux.

— On dirait que tu t'es bien amusée.

Marnie ne la regarda pas en face.

— C'était bien, je t'ai dit. Très prenant.

Surtout dans les coins sombres.

Elle sentit son corps devenir brûlant sous sa robe.

— Mmm, je vois ça.

Sa mère se mit à tout ranger dans le sac de Violet, un sourire entendu sur le visage.

— Tu as les joues rose vif.

Ses yeux pétillaient de gaieté tandis que Marnie la regardait, interdite. Et très rouge, en effet. Sa peau était enflammée jusqu'à son décolleté. Elle avait l'impression qu'elle allait prendre feu.

— Et à voir tes cheveux, on dirait que tu as été traînée dans un buisson.

Marnie resta bouche bée, incapable de répondre quoi que ce soit, pendant que sa mère riait.

Une pendule était un concept assez dérangeant. Le temps aussi. Les pendules, avec leur tic-tac, égrenaient les secondes de votre vie qui passait. Les heures où vous pourriez dormir. Marnie était allongée dans un lit confortable, bien au chaud. Violet dormait et elle avait tout loisir de rattraper un peu de sommeil. Ce qui semblait parfait. Et rare, étant donné son statut de mère célibataire. Elle donna un coup de poing dans son oreiller et regarda de nouveau son réveil. Trois minutes s'étaient écoulées.

Elle soupira et se mit à plat ventre sur la couette. Peine perdue. Elle ne pouvait pas dormir. Elle avait somnolé à moitié une heure auparavant, mais dès qu'elle fermait les yeux elle se retrouvait sur cette pelouse. Dans les bras d'Ash. L'embrassant dans l'ombre. Le goûtant. L'explorant. L'attirant à elle aussi désespérément qu'il l'attirait à lui.

Comment diable une femme était-elle censée dormir avec ce genre de choses à l'esprit ? En particulier après une très longue période de pénurie sexuelle, et une règle de vie coulée dans le bronze : « Pas d'homme ». Le problème, c'était qu'elle oubliait qui elle était en présence d'un certain gentleman.

Il habitait à côté, faisait son métier à sa place, travaillait avec ses amis. Il se mêlait à la vie de Carey Cove, à sa vie à elle. Des baisers dans le noir ne faisaient pas partie de ses plans. Elle devait cesser de penser à son beau voisin et garder les choses aussi normales que possible jusqu'à ce qu'il s'en aille. Alors elle reprendrait son travail, fatiguée, surmenée et élevant sa fille. Comme elle l'avait prévu.

Une fois de plus, elle regarda son réveil. Encore quatre minutes perdues à penser à Ash et aux mille raisons pour lesquelles l'embrasser de nouveau serait une bonne idée. Elle se demanda ce qui le faisait souffrir. Pourquoi un homme comme lui était-il célibataire et toujours en déplacement ? Avait-il la phobie des engagements ? Elle n'en avait pas l'impression. Après Oliver, ses instincts s'étaient acérés dans ce domaine. Pourtant, il n'y avait eu personne depuis son ex-fiancé. Ses amis n'avaient pas réussi à la faire sortir avec quelqu'un, et elle mourrait plutôt que de s'inscrire sur un site de rencontres. Elle ne voulait pas d'un homme et n'en avait pas besoin. Violet était la preuve que son plan marchait.

Elle avait traversé seule la fécondation in vitro. Les injections, les rendez-vous, la montée des hormones. Elle avait beaucoup pleuré, mise à cran par les changements dans son corps, tout en essayant de ne pas penser à des bébés. Ce qui, bien sûr, était impossible. Elle en voyait toute la journée. Elle adorait ça, mais ses aspirations à être mère avaient rendu son métier bien plus dur.

Comme si elle avait deviné ses pensées, Violet se réveilla et réclama à manger. Ses cris furent un baume pour les oreilles de Marnie, après avoir repensé aux jours qui avaient précédé la conception de sa fille.

Une fois que celle-ci fut contente dans ses bras, à téter, son attention se reporta de nouveau sur Ash. Elle pouvait voir de la lumière en haut, chez lui, et elle se demanda s'il était agité aussi.

Pensez-vous à moi ? Je ne peux pas vous sortir de ma tête.

Tout son corps réagissait, rien que de penser à lui. Elle n'avait jamais ressenti ça avec Oliver. Ce qui lui faisait se demander dans quoi elle se lançait. Elle n'était pas du genre à fantasmer sur quelqu'un, et pourtant elle convoitait son voisin. Qui avait l'approbation de ses amies à la clinique, se dit-elle, souriant malgré sa fatigue. Ce qui n'était pas une mince affaire. Soudain, en regardant sa fenêtre éclairée, elle pensa à autre chose.

Son air fatigué et ses traits tirés, au bal, lui donnaient envie de s'occuper de lui. Elle était comme ça avec tout le monde. C'était sa nature. Elle avait envie d'en savoir plus sur lui, et de l'aider. Quoi que cela implique.

Elle fit faire son rot à Violet et la recoucha, puis elle éteignit et espéra que le sommeil allait l'emporter. Elle voulait arrêter de penser à tout ça. Ash pouvait avoir quantité de raisons d'être qui il était. Elle n'allait pas se rendre folle avec des scénarios en tout genre. Persister dans sa curiosité était dangereux, car une fois qu'elle saurait, elle serait tenue d'agir en conséquence. Non. La meilleure façon de s'y prendre était de ne rien savoir, de ne pas s'impliquer. Ce qui était dangereux aussi, c'était ce qu'il lui faisait ressentir. Elle rêvait de ses lèvres. Mais il valait mieux qu'elle garde la tête basse et ses sentiments pour elle. Il partirait bientôt, et ces sentiments passeraient. En tout cas, elle l'espérait, autant qu'elle espérait dormir.

Elle se tourna et regarda la nuit entre ses rideaux à demi fermés. C'était Noël, elle avait la fête de fiançailles à attendre avec impatience. C'était aussi le premier Noël de sa fille, l'époque où toutes leurs traditions familiales pouvaient être mises en place. Elle se dit qu'il serait bien d'avoir Ash avec elles, mais elle savait que si elle l'invitait elle ne ferait que s'enfoncer davantage.

Elle avait la vie qu'elle avait désirée pendant si longtemps. Certes, il aurait été agréable d'avoir quelqu'un avec qui la partager, mais rien n'était parfait. Ce qu'elle avait lui avait suffi avant l'arrivée d'Ash. Cela devrait continuer à lui suffire. C'était le plan auquel elle voulait se tenir. Quel que soit le problème d'Ash, ce serait à la prochaine femme qu'il embrasserait de s'en soucier. Ailleurs.

Il lui fallut encore deux heures avant de s'endormir, et elle rêva de lui. Il quittait Carey House en voiture, et elle le regardait partir depuis la porte d'entrée.

7

Une amie de Marnie, Daisy, était venue la voir pour passer un moment avec elle. Elle s'ennuyait chez elle. Elle avait trois jours de retard pour mettre son bébé au monde, et alors qu'elles regardaient un film en mangeant du pop-corn, pour se distraire, voilà que Daisy perdit les eaux. Les deux femmes regardèrent la flaque de liquide sur le sol de la cuisine, puis se regardèrent, ahuries. Au bout d'une longue seconde, Marnie réagit.

— Eh bien, on dirait que le bébé arrive !

Violet choisit cet instant pour pousser un cri sonore, et l'entraînement de Marnie prit la relève. Elle ne pourrait pas tout gérer toute seule, elle allait avoir besoin d'aide, et vite ! Elle réalisa qu'elle disposait de cette aide dans la maison voisine. Il fallait que Ash vienne à la rescousse. Elle l'appela et il répondit à la deuxième sonnerie.

— Marnie ?

— Oui, c'est moi. Je...

— Bonjour. Je suis content que vous appeliez.

Sa voix était douce, et elle se demanda ce qu'il allait dire quand Daisy souffla et grogna.

— J'ai besoin de vous, Ash. Êtes-vous chez vous ? J'ai une amie qui est en travail !

— Quoi ? Où êtes-vous ?

— Chez moi. Pouvez-vous venir ?

Il y eut une demi-seconde de silence sur la ligne, puis sa voix forte domina les cris de Daisy et de Violet.

— J'arrive tout de suite.

Quelques minutes plus tard, il franchit la porte d'entrée, sa sacoche à la main. Marnie, qui avait rapidement essuyé par terre, était en train d'installer Daisy sur le canapé. Elle étala vivement quelques serviettes sous son amie, pendant que Ash se rendait à la cuisine. Marnie l'entendit se laver les mains.

— Avez-vous appelé la clinique, pour les prévenir que nous avons une entrée ? demanda-t-il en revenant au salon.

— Je vais le faire.

Marnie appela Carey House. Comme toujours, le personnel se montra disponible et efficace, et quand elle raccrocha elle savait qu'ils organisaient un transport pour conduire Daisy à la maternité. Elle vit que Ash la regardait, et il se tourna vers leur patiente dès qu'il la vit poser les yeux sur lui. Elle s'agenouilla au pied du canapé.

— Bonjour, je suis Ash Ellerington, dit-il en souriant à la future maman.

Marnie, une fois de plus, fut distraite par son sourire. Lorsqu'il montrait ses dents blanches, elle était complètement démontée, incapable de dire un mot. Il signifiait des ennuis pour elle, se rappela-t-elle. Le chaos dans sa vie relativement ordonnée.

Daisy lâcha un grognement sourd, ce qui la ramena au moment présent.

— Bonjour, dit la parturiente, les dents serrées. Je voudrais bien vous serrer la main, mais...

Une autre contraction arriva. Elles étaient plus rapprochées. Ce bébé n'allait pas attendre une ambulance. Marnie surveillait les intervalles en regardant sa montre. La contraction passée, Daisy souffla et se détendit contre les coussins.

Ash rit doucement. Il s'agenouilla à côté de Marnie, sa jambe touchant la sienne. Elle le vit sursauter à ce contact, tout comme elle le sentait se réverbérer dans son propre corps. La chaleur de sa cuisse réchauffait la sienne. Elle résista à l'envie de se frotter contre lui, étant donné la situation, mais ce fut de justesse. S'il n'y avait pas eu une femme en travail dans la pièce avec eux, elle avait le sentiment que les choses se seraient passées autrement. Là, il la regardait, l'air aussi choqué qu'elle.

Ressent-il vraiment ceci comme moi ?

Elle avait l'impression qu'ils pourraient prendre feu. Comme elle essayait de se concentrer sur sa patiente, il détourna les yeux et ils revinrent à leur affaire.

— Ne t'inquiète pas, Daisy, dit-elle en aidant son amie à ôter ses sous-vêtements.

Une fois qu'elle fut relativement à l'aise, son froncement de sourcils s'estompa un peu. Elle sourit à Marnie, avant de regarder Ash. Marnie reconnut tout de suite son expression malicieuse. Son amie avait beau être en travail, elle n'avait rien manqué. Avait-elle vu les étincelles jaillir entre eux ?

— Enchantée de vous connaître, Ash, malgré les circonstances, dit Daisy.

Elle se tourna pour le jauger des pieds à la tête, et Marnie sentit son corps se crisper. Il lui tendit une paire de gants et elle évita de le regarder tandis qu'ils les enfilaient.

— Vous vous faites bien à Carey Cove ?

Le visage curieux de Daisy redevint tendu, et Marnie sut gré à cette nouvelle contraction de la distraire. Elle était en train de compter les minutes quand son amie se remit à parler, haletante.

— C'est... drôle... de vous voir sans votre masque.

Marnie vit rougir Ash. Elle se concentra sur le ventre de Daisy et choisit d'ignorer le reste.

— Daisy, tu es déjà complètement dilatée. Quand tu auras envie de pousser, pousse !

Elle saisit la main de son amie, qui serra la sienne à la briser, et respira en même temps qu'elle. Elles haletèrent ensemble, et au bout de quelques brèves contractions Ash mit le bébé au monde et le posa sur la poitrine de sa mère. Le petit garçon poussa un cri vigoureux, et tandis que Ash l'examinait Marnie s'occupa de Daisy, émerveillée par l'instant où elle avait vu son amie devenir maman.

— Oh ! Daisy, il est parfait ! Vous avez bien travaillé. Il a été rapide, pour un premier !

Ash souriait, l'air heureux.

Daisy, les cheveux mouillés de sueur, écarta une mèche de son front et, larmoyante, embrassa la tête de son fils.

— Je suis désolée pour ton salon ! lança-t-elle en riant.

— Ne te fais pas de souci, ton fils en valait la peine, répondit Marnie, une larme d'émotion coulant sur sa joue. Il a tout ce qu'il faut, dix doigts, dix orteils.

— Merci. Je suis contente de m'être ennuyée chez moi ce matin, et d'être venue te voir.

Les deux femmes rirent ensemble tandis que Ash s'occupait du placenta et nettoyait les traces de l'accouchement. Il les regarda rire, se moquant bien de l'état du canapé. Il avait assisté à quelque chose de spécial, ce jour-là. Quelque chose de différent, de plus personnel. Être là, chez Marnie, alors qu'elle l'avait aidé à accoucher son amie le touchait particulièrement.

Son cœur s'ouvrait tout grand, et ce n'était pas une bonne chose. Un instant plus tôt, toucher son corps avec le sien lui avait rappelé ce qu'elle lui faisait ressentir. Ce qu'il éprouvait lorsqu'il était près d'elle. Il ne se serait jamais attendu à revivre quelque chose comme ça, mais cette femme, les sensations qu'il avait avec elle... Et c'était uniquement avec elle, il le savait.

Il se rendit à la cuisine pour se laver, puis il rangea son kit dans sa sacoche. En songeant tout le temps à la façon dont les lèvres de Marnie s'entrouvraient chaque fois qu'elle le voyait. Comme si son souffle se coinçait dans sa gorge, et qu'elle avait besoin d'inspirer.

La sirène de l'ambulance retentit dehors. Fermant sa sacoche, Ash écarta ces pensées et sortit du cottage pour aller rencontrer les ambulanciers. Pour leur donner les bonnes nouvelles de la naissance et leur décrire tout ce qui l'avait entourée. Enfin, presque tout.

8

Marnie referma sa porte d'entrée, s'accordant un instant avant de se tourner vers le couloir. Lorsqu'elle le fit, Ash se tenait là, sa sacoche à l'épaule.

— Eh bien, quelle matinée ! dit-elle. Je ne peux pas croire que Violet ait dormi tout le long.

Il porta les yeux vers le salon, où le bébé ronflait doucement dans son baby-relax.

— Je pense qu'elle tient de sa mère.

Sa voix était rauque, une sorte de murmure sombre. Elle toucha plus que les oreilles de Marnie.

— Pas grand-chose ne semble vous déstabiliser, n'est-ce pas ?

Marnie rit.

— Ça fait partie du métier, non ?

Ash posa son sac par terre.

— Je ne parlais pas que du métier. Vous êtes quelqu'un de remarquable, Marnie Richards.

Il baissa les yeux sur le sol, comme s'il décidait quelque chose. Il se mordit la lèvre, et elle ressentit une fois de plus cette secousse.

Il ne me touche même pas. Pas encore.

— Je ne peux cesser de vous observer. Ce qui me rend fou.

Entre-temps, Marnie s'était retrouvée à quelques centimètres de lui. Il tendit les bras vers elle comme s'il ne supportait pas de ne pas la toucher.

— Moi aussi.

Ce fut tout ce qu'elle put dire avant qu'ils s'écrasent l'un contre l'autre, ventre contre ventre, et qu'elle passe une jambe autour de la sienne. Il s'en saisit d'une main ferme et la souleva, la serrant plus fort contre lui. Alors qu'il tenait ses jambes relevées, il embrassa avidement son cou et poussa un grognement d'impatience. Marnie se cramponna à ses épaules, l'attirant plus près d'elle, le dos plaqué au mur. Il la ceignait de ses bras, une main sous ses fesses. Il courba la tête et l'embrassa de nouveau. L'embrassa comme s'il avait attendu des années de le faire. Elle passa les doigts dans ses cheveux, les décoiffant.

Seigneur, ce qu'il était sexy. Elle voulait désespérément plus, elle le voulait, lui. Elle n'en aurait jamais assez.

— Marnie, dit-il dans un souffle. Est-ce que vous sentez ça ?

Il la transperçait du regard. Vu que Marnie pouvait sentir son érection contre elle, elle aurait pu répondre d'une façon grivoise, mais elle ne le fit pas. Elle savait de quoi il parlait. De leur attirance, de cette secousse.

— Le coup de tonnerre ? demanda-t-elle à haute voix, et le visage d'Ash s'éclaira tandis qu'il reprenait ses lèvres.

Il l'embrassa comme s'il ne souhaitait rien faire d'autre dans l'immédiat. Comme s'il ne pouvait croire que cela arrivait, et ne voulait pas en perdre une miette. Tout cela était très enivrant. Marnie ne pouvait se rapprocher assez de lui. Elle se frotta contre lui, avant de réaliser ce qu'elle faisait. Elle s'arrêta et il l'attira plus près encore, en grognant dans son cou.

— Parlez-moi du coup de tonnerre, dit-il d'un ton exigeant.

Il s'était changé en une sorte d'homme de la montagne, fort et brut. Elle ne pouvait absolument pas s'en rassasier. Elle était dans ses bras, plaquée contre le mur de son couloir. Lorsqu'il releva la tête pour la regarder, elle fut frappée une fois de plus par la beauté de ses yeux noisette. Elle n'en verrait jamais d'autres pareils.

— Il me rend folle, avoua-t-elle, et son sourire satisfait la fit fondre.

— Moi aussi, dit-il, baissant la tête pour embrasser la pointe de son menton.

Les mains de Marnie étaient partout sur lui. Dans ses cheveux, sur son torse à travers le fin coton de son T-shirt.

— Quoi d'autre ? demanda-t-il.

Elle voulut l'embrasser, mais il s'écarta légèrement. Elle protesta et il rit.

— Dites-moi ce que vous éprouvez et je vous embrasserai encore.

Il avait les paupières mi-closes. Il était aussi excité qu'elle. Elle haussa un sourcil et souleva le bas de son T-shirt. Révélant une bande de son torse nu, aux muscles ciselés, dans la lumière chaude du cottage.

— Je sens des abdominaux, répondit-elle dans un souffle, en passant le bout des doigts sur la peau qu'elle avait découverte.

Aux deux sens du terme. Elle se sentait comme une aventurière, dans ses bras. Mais elle ne pouvait nier qu'elle se sentait très protégée, aussi. Comme si elle était la seule femme au monde qui comptait pour lui. C'était une émotion assez grisante. Il n'était pas étonnant qu'il y ait eu des étincelles, entre eux. C'était comme si leur énergie n'avait nulle part où aller et se déchargeait du corps de l'un au corps de l'autre.

— Marnie, dit-il, son visage se contractant.

Il paraissait soucieux, et il avait toujours le souffle court. Elle réalisa qu'elle avait encore les mains dans ses cheveux, mais qu'elle était partie à des *miles* de là. Dans sa tête.

— Marnie.

Cette fois, elle plongea les yeux dans les siens. Sa voix était plus forte, plus passionnée, plus... autoritaire.

— Êtes-vous toujours avec moi ?

Son visage s'était approché un peu plus à chaque mot, et elle sentait le frôlement de sa lèvre inférieure contre la sienne. Puis elle s'écarta. D'un pouce. Un demi-éclair fusa entre eux, la perspective de ce qui allait venir un peu effrayante, mais... oh, mon Dieu, ce serait... stupéfiant.

9

Je suis si excité, faites que ça ne s'arrête pas.

Ash tenait toujours dans ses bras-le-corps superbe de Marnie. Il savait qu'il devrait se rappeler quelque chose, qu'il devrait garder ses distances. Il était tellement ivre de cette femme, cette femme étonnante qui n'avait besoin de personne, mais qui lui donnait envie de la protéger comme un homme des cavernes. Il commençait à redouter le jour où il quitterait cet endroit.

— Marnie, reprit-il d'une voix sourde et éraillée. Vous êtes avec moi ?

Il essaya de se retenir, mais il posa ses lèvres sur les siennes. Une seconde ou deux. Il le fallait, sinon il serait en danger d'exploser, pensa-t-il. Lorsqu'elle gémit, cela ne l'aida pas.

Waouh. Je veux l'entendre faire ça, encore et encore.

Ce qu'elle fit par la suite faillit l'achever. Il manqua la laisser tomber.

— Oui, Ash.

Elle frôla ses lèvres des siennes, les léchant d'une façon joueuse en s'écartant.

— Je suis avec vous.

Il sourit et eut envie de dire autre chose. Plein de choses, dont certaines gâcheraient définitivement ce moment et ce qu'il ressentait à tenir dans ses bras sa petite étincelle. C'était ce qu'elle était, se dit-il lorsque leurs lèvres se joignirent de nouveau, leurs corps cherchant à se rapprocher encore.

Elle est une goutte de lumière. Un éclair auquel je ne m'attendais pas, surgi du ciel bleu de Cornouailles. Une étoile éclairée sur un arbre de Noël.

Il ne voulait rien dire, rien faire qui puisse crever leur bulle. Et il voulait davantage d'elle. Alors il n'émit pas un son. Mais quelqu'un s'en chargea. Violet.

Il avait une main sur le soutien-gorge de Marnie quand le bébé s'éveilla. Et s'éveilla en fanfare. Le visage de Marnie se défit et elle gigota pour sortir de ses bras. Il calma ses gestes et la reposa par terre. Elle le regarda un long moment, mais il ne put définir si elle était déçue, paniquée ou si elle se sentait fautive. Elle parut mettre un masque dès que sa fille l'alerta. Lui se sentait peut-être un peu fou, imprudent, mais certainement pas fautif. Cela impliquerait qu'il regrettait ce qui s'était passé.

— Je… euh… Désolée.

Elle était de retour, Violet dans les bras. La petite fille avait les yeux pleins de larmes et était visiblement encore fatiguée. Ce fut alors seulement qu'il remarqua la lassitude peinte sur les traits de sa mère.

— Laissez-moi deviner, dit-il en les rejoignant, ému de les voir si semblables, toutes les deux. Elle n'a pas dormi cette nuit.

Marnie secoua la tête.

— Ce n'est pas ça. Elle a juste besoin d'être changée. Je vais l'emmener en haut.

— Oh ! très bien.

Ash recula d'un pas dans le couloir.

— Voulez-vous que je m'en aille ? Que je vous laisse…

Il s'interrompit quand elle le regarda dans les yeux.

— Pouvez-vous rester ?

Il ne put que hocher la tête. Le sourire qu'elle lui décocha faillit le mettre à genoux. Il la regarda emporter son enfant à l'étage. Son cottage était pareil au sien en tout point, mais il était « habité ». C'était un vrai foyer. Il parlait de Marnie et Violet était présente partout.

Il put entendre la voix de Marnie, en haut. Elle chantonnait quelque chose à propos d'un arc-en-ciel. Cela le fit sourire, mais son cœur se serra. Pas parce qu'elle était une mère. À cause de ce qu'elle était en elle-même.

Il regarda autour de lui. Tout était propre et bien rangé. Il pouvait dire qu'elle nettoyait beaucoup, comme lui. Il se demanda si elle le faisait parce qu'elle s'ennuyait, aussi. Ou si c'était une occupation pour chasser les sentiments encombrants.

Il se focalisa sur le frigo, sur lequel de nombreuses photos des quatre coins du monde étaient maintenues par des aimants. Elle avait dû beaucoup voyager, à un moment donné. Avant de s'installer dans son village natal pour y élever sa famille. Lui voyageait toujours. Il sentit ses épaules s'affaisser. C'était compliqué, et il ne voulait pas la faire souffrir. C'était la dernière chose qu'il souhaitait. La première avait trait à ce qu'ils venaient de faire dans le couloir.

Il avait envie de continuer. Mais cela s'accompagnerait de conversations, de discussions. Tandis qu'il compterait les jours sur son planning. Jusqu'au dernier. Et que ferait-il, alors ? Partir pour son poste suivant, simplement, comme si rien n'était arrivé ? Il envisageait cela sans plaisir. Il n'avait pas de plan, mais il savait que s'il en avait eu un, il n'aurait pas comporté ce genre de choses. Il avait rencontré une femme comme Marnie à un moment où il ne s'y attendait pas. D'ailleurs, il ne voulait pas d'une rencontre. Il ne l'avait pas cherchée. Mais il réalisa que son cœur n'était plus tout à fait la brique branlante qu'il avait cru qu'il était. Il battait fort et vite. Comme s'il était prêt à sortir de sa poitrine.

Il entendit la berceuse se terminer, et les pas de Marnie résonner dans l'escalier. C'était le moment ou jamais de s'échapper de nouveau, se dit-il. Il devrait simplement s'en aller et l'éviter pour le reste de son séjour. Il pourrait faire des heures supplémentaires, se plonger dans le travail. Il pourrait aussi contacter l'agence de placement et leur demander de l'envoyer ailleurs. Mais quelque chose l'arrêtait. Il était déjà arrivé deux semaines en retard. Il ne lui plaisait pas de laisser tomber les gens, et le personnel de Carey House ne méritait pas d'être mis en difficulté. En outre, il ne voulait pas perturber Marnie. S'il partait, elle se reprocherait probablement de ne pas être à son poste. Et elle voudrait sans doute reprendre son travail avant la fin de son congé maternité. Il pouvait tenir encore deux ou trois semaines.

Il avait prévu de demander à travailler pour Noël, de toute façon. Ce serait facile. Il pourrait faire profil bas, se cacher dans son cottage quand il ne serait pas à la maternité. Et attendre que le temps passe. Cela ressemblait à un plan. Un plan qui s'accompagnait d'une question à laquelle il était incapable de répondre : pourquoi ne sortait-il pas de chez Marnie ? Il avait ses clés à la main, mais ses pieds ne bougeaient pas.

10

Tout le temps où Marnie resta en haut, à calmer son bébé fatigué, elle songea à ce qui se passerait après, lorsqu'elle referait face à Ash.

Quand Violet se fut rendormie, elle courut presque jusqu'à son miroir pour vérifier son apparence et fut étrangement excitée par ce qu'elle vit. Elle avait les traits tirés, certes, mais elle avait aussi l'air d'une femme qu'elle n'avait pas vue depuis longtemps. Une femme plutôt heureuse, joliment rougissante. Passer du temps avec Ash était grisant. Et l'on pouvait y prendre goût, se dit-elle.

Elle avait déjà rêvassé à ce que ce serait de travailler avec lui à Carey House. La vision qu'elle avait eue de lui dans la salle d'attente la hantait. Il lui paraîtrait bizarre, désormais, d'être là et de ne pas le voir. Ses amies lui avaient envoyé quantité de textos chantant les louanges d'Ash. Il les avait séduites, apparemment, mais elles ne parlaient pas de sa vie personnelle.

Elle passa rapidement sur ses lèvres du gloss parfumé à la fraise, quelque chose qu'elle faisait quand elle se sentait un peu nerveuse. Cela lui donnait de l'assurance sans paraître trop aguicheur. Elle arrangea son carré, démêlant les mèches que Ash avait dérangées en l'embrassant. Cela avait été comme si le temps s'était arrêté, mais alors Violet était intervenue. Elle savait qu'elle aurait dû se sentir coupable, mais elle était une mère célibataire dans tous les sens du terme. Il n'y avait pas de père à épargner, dans ce scénario. Elle était le seul parent de sa fille et elle avait droit à une vie à elle. Elle ne voulait pas être seulement une sage-femme et une mère.

Une fois qu'elle se sentit plus elle-même, elle jeta un coup d'œil à Violet qui dormait et descendit l'escalier. Ash n'était pas dans la cuisine, et son cœur s'arrêta presque en pensant qu'il était peut-être rentré chez lui. À se demander comment diable il allait se sortir de cette situation.

Elle se tourna vers le living-room et s'arrêta sur le seuil. Il était assis sur le canapé, les jambes écartées, paraissant à l'aise... et immense. Il leva les yeux lorsqu'elle entra, et son expression pensive laissa place à un large sourire.

— Elle s'est bien rendormie ?

Il se leva et traversa la pièce. Avant que Marnie puisse dire un mot, il lui prit la main et l'attira à côté de lui sur le canapé.

— Oui. Elle avait besoin de sommeil, mais ça risque de me coûter cher plus tard.

Ash rit doucement, puis redevint sérieux.

— Marnie, je ne veux pas compliquer votre vie, en aucune façon.

Elle se tourna pour le regarder. Il ne trahissait rien. Elle joua la sécurité.

— Vous ne la compliquez pas, au contraire. Je pense que vous m'avez sauvée, aujourd'hui. Avec Daisy. J'avais besoin d'aide.

— Je ne veux pas vous blesser, Marn.

Marn ? Personne ne l'avait jamais appelée ainsi. C'était étonnant, dans sa bouche, mais elle se concentra pour garder un visage impassible. Comme le sien. Toutefois, il laissait paraître quelque chose. Sa souffrance. Elle était là, dans ses yeux. Et elle la reconnaissait. Elle le laissa parler.

— J'ai été marié.

Elle ne s'attendait pas à ça, mais au moins elle savait, maintenant. Il leva les mains, ses yeux noisette rivés sur elle.

— Je suis célibataire, maintenant, mais je me déplace sans arrêt. Et quand vous reprendrez le travail, ce sera la fin de... ce qu'il y a entre nous.

— Je sais. Je l'ai toujours su. Et ça ne change pas mes plans.

Il prit sa main dans la sienne.

— Vos plans ?

Son pouce traçait de petits cercles sur le dos de sa main. C'était très… distrayant. Pas d'une manière ennuyeuse, mais elle avait plus de mal à trouver ses mots.

— Oui… euh… des plans. Comme vous le savez déjà, j'ai eu Violet grâce à une FIV, en utilisant un donneur, et je n'ai pas besoin d'un père pour mon enfant. Je savais à quoi je m'engageais, et cela me satisfaisait tout à fait.

Elle fronça les sourcils, se demandant pourquoi elle avait employé le passé. Il la troublait, en étant si près.

— Cela me satisfait. Je ne prévois pas de nouer une relation.

Ash la regardait intensément, et son masque craqua pour la première fois. Un instant, il eut l'air déçu. Il détourna les yeux. Lorsqu'il lui refit face, il avait repris son visage impassible.

— Bien. Ainsi, nous savons où nous en sommes.

Il pencha la tête de côté.

— Puis-je vous demander pourquoi vous étiez célibataire ? Avant de mettre votre plan en route.

Elle soupira. Les détails l'ennuyaient. Et elle avait honte, aussi. Pas autant qu'avant, mais cela lui coûtait encore de parler de son échec. Le sentiment d'avoir été trahie par la personne en qui elle avait le plus confiance lui faisait toujours mal.

— Je ne l'étais pas. J'étais fiancée.

La main d'Ash sursauta une seconde, mais les cercles continuèrent. Marnie s'attendait à moitié à voir de petites étincelles bleues jaillir de leurs doigts joints, mais il y avait juste sa grande main couvrant la sienne.

— Il a rompu alors que nous allions nous marier. Cela a été très public, très blessant. J'ai été humiliée. Je n'avais rien vu venir.

Elle sourit.

— Un peu comme avec vous.

Il planta ses yeux dans les siens, l'air interrogateur.

— Mais là, c'était en bien, ajouta-t-elle.

— En bien ? répéta-t-il, haussant un sourcil.

— Oui, c'est ce que je pense. Je sais que vous avez été marié, mais…

La main d'Ash s'arrêta.

— Ce que j'ai vécu auparavant n'a rien à voir avec vous. Il n'en reste pas moins que j'aime bouger. J'en ai besoin, je suppose.

Elle hocha la tête en signe de compréhension. Peut-être était-il juste un interlude dans sa vie. Un interlude dont elle avait besoin pour se libérer définitivement d'Oliver.

— Nous sommes sur la même longueur d'onde, si je puis dire. Je ne veux pas d'une relation ni d'un père pour mon bébé, vous ne voulez rien de sérieux et de toute façon vous allez partir.

Son expression lui indiqua qu'elle y était peut-être allée un peu trop fort.

— Pardon, dit-elle.

— Non, déclara-t-il lentement. Je comprends. Vous avez votre vie et j'ai la mienne.

Marnie se sentit un peu triste de ce constat, mais elle n'avait pas de temps à consacrer à un homme. Même un homme qui ressemblait à Ash. Ash qui l'attirait à lui alors qu'elle songeait aux raisons de s'écarter de lui. De ce contact qu'elle savourait chaque fois, et qui faisait vibrer son corps. Elle se laissa aller contre lui et ils restèrent ensemble sur le canapé pendant un long moment. Se tenant l'un l'autre dans le silence de la pièce, et profitant de ces minutes.

Elle pensa à tout ce qu'ils pouvaient et ne pouvaient pas être l'un pour l'autre. Lorsqu'elle leva les yeux vers lui, elle sut qu'il y pensait aussi.

— C'est quand même dommage, dit-elle. Dans une autre vie, peut-être ?

— Je ne veux pas vous faire souffrir. Je ne suis pas ici pour toujours...

Elle sentit ses paroles résonner dans sa poitrine et cela lui parut bon, même si elles étaient un peu douloureuses.

— Je sais.

Il avait l'air si abattu. De son côté, elle n'était pas une adolescente amoureuse, suspendue à chacun de ses mots. Elle était une femme adulte. Il représentait l'exception à son plan. Elle irait bien après lui. Elle allait bien avant, non ?

— Écoutez, nous n'avons pas besoin de nous torturer ainsi. Vous avez été marié, et moi presque. Ce n'est pas comme si l'un de nous voulait repasser par là. Après Oliver, je me suis juré de ne plus jamais me retrouver dans cette situation. Vous allez partir, j'ai mon travail à reprendre et Violet à élever. Je vous l'ai dit, j'ai mes plans pour ma vie, avec ma fille. Un homme n'a jamais figuré dedans. Je ne vous attendais pas.

— Je ne vous attendais pas non plus.

Cette pensée ne semblait pas le mécontenter complètement.

Tant mieux. Je ne le regrette pas non plus.

— Nous en sommes au même point, ajouta-t-il.

— Exactement. Si nos ex pouvaient nous voir maintenant, je me demande ce qu'ils penseraient du bazar qu'ils ont mis dans nos vies.

— Oui.

Ash la lâcha pour se passer une main dans ses cheveux déjà décoiffés.

— Si vous voulez mon avis, Oliver est un idiot. Vous l'avez échappé belle. Il ne vous méritait pas.

— Je suis d'accord avec vous, dit Marnie avec un petit rire.

La mâchoire d'Ash était tendue. Il était très en colère.

— Je le pense vraiment. C'est un goujat, de vous avoir fait souffrir ainsi. Je ne veux pas vous blesser de la sorte, jamais. Je ne pourrais...

Elle le fit taire en l'embrassant. Il n'était pas du tout comme Oliver. Elle ne savait pas grand-chose sur lui, sur son histoire avant Carey Cove, mais elle était certaine de ça. Il n'avait pas l'arrogance d'Oliver, pour commencer. Elle sentait qu'elle pouvait lui faire confiance. Tandis qu'elle lui disait tout cela avec sa langue, elle décida de simplement profiter du moment présent. Elle aurait Noël avec lui, ce serait sûrement suffisant ?

— Marnie.

Il s'écarta juste assez pour séparer leurs lèvres, mais il l'enlaça de ses bras. Elle pouvait sentir l'odeur propre de ses vêtements, son after-shave. Les yeux mi-clos, il se concentra de nouveau sur elle.

— Que faisons-nous là ? Je pensais que nous avions décidé...

Il ne finit pas sa phrase, son étreinte se resserrant.

— Je ne crois pas pouvoir rester à distance de vous. Pendant que je suis ici, je...

— Vous voulez passer chaque minute avec moi ?

Il hocha la tête avec une expression pleine d'espoir. Il prit une inspiration hachée lorsqu'elle effleura ses lèvres d'un doigt.

— Je ne veux pas non plus être loin de vous. Nous avons Noël à passer ensemble, n'est-ce pas ? Cela me convient.

Et c'était vrai. Quoi qu'il advienne après, elle se remémorerait le temps passé avec cet homme divin. Avec affection, espéra-t-elle. Sans mélancolie. Elle ne voulait pas devoir survivre à Ash Ellerington, encore. Et pour l'instant, par cet après-midi enneigé de décembre, elle choisissait de vivre l'instant présent.

11

Elle s'offrait à lui avec Noël, se dit Ash. Violet dormait encore, mais il savait qu'elle ferait partie du tableau, aussi. Elles allaient ensemble. S'il passait plus de temps avec Marnie, la petite fille serait là également, bien sûr. Il en avait conscience. Mais tout ce qu'il ressentait à l'idée de les voir plus souvent, c'était du bonheur.

Il frémit tandis que le doigt de Marnie continuait à effleurer ses lèvres, et il se sentit excité sexuellement. Cette femme qui n'avait accouché que quelques semaines plus tôt était superbe. Elle avait de belles courbes juste où il fallait et de magnifiques cheveux blonds dont il adorait la coupe. Et elle était tellement sexy, quand elle était décoiffée par lui. Il l'admirait de se débrouiller toute seule, mais il avait malgré tout envie de la protéger. Il voulait que ce qu'ils vivraient soit une bonne expérience pour eux deux. De toutes les façons.

— Je pense que nous devrions monter, dit-elle, comme si elle avait lu dans ses pensées.

— D'accord, répondit-il d'une voix rauque.

Marnie prit le baby-moniteur et se saisit de sa main. Il fut dans ses bras en moins d'une seconde et il l'attira à lui en la soulevant. Elle passa ses jambes autour de lui, pouffant dans son cou.

— Désolée, fit-elle, mais il secoua la tête.

Le sourire qu'il lui adressa livra probablement trop de lui-même, mais il était à bout de souffle. Simplement du fait de la regarder. Il posa un baiser sur ses lèvres et s'engagea dans l'escalier. Elle poussa du pied la porte de sa chambre et il alla droit au lit, où il s'assit.

— Ne paniquez pas, dit-il doucement, conscient que ses yeux s'étaient élargis. Nous ne sommes pas obligés de faire quoi que ce soit.

Elle s'empourpra, et ses yeux verts se posèrent sur ses lèvres avant de croiser de nouveau son regard.

— J'en ai envie, c'est juste... que cela fait longtemps.

Elle leva les yeux au ciel et fit une grimace.

— Oliver.

Ash sentit sa gorge se serrer et il déglutit.

— Je comprends. Ça fait longtemps pour moi aussi.

Il vit qu'elle attendait qu'il en dise plus. Il eut besoin d'un instant pour répondre.

— Ma femme.

Oh ! Ciel, ne me demandez pas de vous en dire plus. Je ne peux pas le supporter. Pas maintenant.

Marnie hocha lentement la tête.

— Nous sommes dans le même bateau, alors.

Il se détendit lorsqu'elle lui sourit. Puis elle se mordit la lèvre.

— J'ai autre chose à vous dire. Je viens d'avoir un bébé.

Il rit, soulagé et appréciant son sens de l'humour.

— Marn, j'en ai conscience. Un bébé né à Carey House.

Elle sourit.

— Oui. Je veux juste dire que j'ai le corps d'une nouvelle maman.

Il rit de nouveau, mais son regard le fit s'arrêter.

— Oh ! allons.

Il secoua la tête et lui saisit le menton. Il l'embrassa une fois, deux fois, et même trois.

— Vous êtes à couper le souffle, Marnie. Vous me plaisez vraiment.

— Vous me plaisez beaucoup aussi.

Ils ne parlèrent plus pendant un moment. Marnie dévêtit lentement Ash, tandis qu'il la dévêtait également. Ils se contemplèrent longuement avant de se rejoindre sur la couette. Ils voulaient prendre leur temps, mais il fallait penser à Violet, et Ash savait que ce laps de temps ne lui semblerait jamais suffisant. Il voudrait davantage, il en était certain avant même d'avoir commencé.

Ils s'embrassèrent et s'explorèrent, passant les doigts sur

leur peau nue et apprenant à se connaître. Ash se demanda un instant comment ce serait lorsqu'il devrait partir, mais Marnie tendit les mains vers lui et cette pensée lui sortit de la tête. Il prit son portefeuille dans la poche de son pantalon et en tira un préservatif. Elle était allongée sous lui, ses cheveux étalés autour de sa tête sur les draps. Elle était splendide, et il lui fallut se reprendre une seconde avant de poser de nouveau ses lèvres sur les siennes. Il se positionna sur elle, et l'exclamation qu'elle étouffa lorsqu'il pressa son sexe contre le sien le rendit fou. Il n'alla pas plus loin, choisissant à la place de l'embrasser encore. Il ne pouvait s'en rassasier.

Elle remua ses hanches sous lui, mettant fin à sa résolution. Il pénétra lentement en elle, la laissant s'ajuster à lui. À la seconde où il poussa, ils crièrent ensemble, et le grognement sourd d'Ash se réverbéra dans la poitrine de Marnie. Elle avait les mains dans ses cheveux tandis qu'il se balançait contre elle, d'une façon languide au début, puis plus fortement, plus vite. Elle bougeait avec lui. Il savourait chaque seconde de leur étreinte et avait envie de l'embrasser farouchement. Il protesta lorsqu'elle changea légèrement de position sous lui, pour le prendre davantage en elle.

— Va doucement, demanda-t-il d'un ton pressant. Je ne veux pas que cette sensation s'achève.

Il aurait voulu qu'elle ne s'arrête jamais. Marnie Richards avait fait exploser son monde nomade.

Ces mots semblèrent l'éperonner, au contraire, et il glissa une main entre eux. Frottant son clitoris de son pouce, il savoura la façon dont elle s'agrippait à lui, dont elle gémissait à son oreille ou contre sa bouche. Elle l'attira encore plus contre elle, lui embrassant le cou lorsqu'elle atteignit l'extase. Se cramponnant à lui, elle savoura les spasmes qui suivirent son orgasme.

— Bébé, dit Ash dans un souffle. Tu me tues, là.

Elle lui décocha un grand sourire, remuant de nouveau les hanches. Il sut que son expression plutôt niaise faisait place au désir, une fois encore. Il gémit en la prenant d'assaut plus fortement, plus profondément. Et il l'embrassait toujours, lui disant combien il était bien en elle. Elle était vraiment délicieuse. Elle lui semblait être la seule femme sur terre. C'était une sensation enivrante, qu'il ne se serait pas attendu à éprouver lorsqu'il s'était réveillé ce matin-là. Ni aucun autre matin.

Ses mouvements se firent saccadés, sa voix devint moins cohérente. Il l'embrassa encore avec ardeur, ses assauts plus rapides alors qu'il commençait à jouir. Il n'arrêta pas ses baisers, mais ils perdirent de leur force pendant qu'il revenait lentement sur terre, ébloui par ce qu'il venait de vivre. Lorsqu'il regarda de nouveau Marnie, il s'émerveilla de lui voir un air si heureux, si satisfait. Elle leva la tête et l'embrassa avec lenteur. C'était un baiser différent, cette fois. La secousse était toujours là, mais il y avait autre chose avec. Lorsqu'elle s'écarta, il scruta son expression pour savoir ce qu'elle ressentait, mais elle se tourna sur le côté. Elle pensait au moniteur. Il ne pouvait l'en blâmer. Elle se raidit en le voyant l'observer.

— Pardon.

Il eut envie d'enregistrer dans son cerveau son petit sourire penaud, pour s'en souvenir.

— La force de l'habitude.

— Ne t'excuse pas d'être une maman. C'est plaisant de vous voir ensemble, toutes les deux.

Il nota qu'il n'imaginait pas sa femme et son enfant tandis qu'il observait Marnie. Était-ce un bon ou un mauvais signe ? Autre chose sur quoi il se casserait la tête plus tard. Quand il serait de nouveau seul.

— Laisse-moi une seconde, dit-il.

Il alla se débarrasser du préservatif dans la salle de bains. Lorsqu'il revint dans la chambre, elle s'asseyait dans le lit. Il n'avait rien enfilé, mais ne se sentait pas gêné par sa nudité. Elle lui semblait... normale. Le temps qu'ils avaient à passer ensemble était court, il fallait le vivre pleinement. Extraire chaque goutte de jus des moments qu'ils partageraient.

Il se rallongea sous les couvertures et l'attira à lui. Elle se nicha au creux de son bras, la tête sur son épaule. Il pouvait sentir l'odeur de son shampoing. Et son odeur à lui. Voilà qu'il se sentait de nouveau le mâle dominant. Il chassa cette pensée. Au prochain Noël, il ne serait plus là. Il serait probablement un lointain souvenir pour

Marnie. Quelqu'un lui sauterait dessus quand elle s'y attendrait le moins. Il n'était pas idiot. Si les choses avaient pu…

— Violet va bientôt se réveiller, mais quand elle le fera, ne te sens pas obligé de partir.

— D'accord.

Il ne pouvait pas voir son expression. Était-ce une façon détournée de lui demander de s'en aller ? Non, elle ne jouait pas à ce genre de jeux. Et lui non plus. Elle pensait ce qu'elle disait. Il entendit gargouiller son estomac et il se dit qu'avec les événements de la journée, elle n'avait probablement pas mangé.

— Aimerais-tu manger quelque chose ? demanda-t-il. Je fais une omelette extra. Ce serait bien de faire une pause dans tous ces plats de Noël. Je suis saturé de pâte d'amande pour la semaine.

Il tapota son ventre plat et Marnie le poussa jusqu'à ce qu'il feigne de tomber du lit. Elle fit mine de le sauver, et entre deux éclats de rire il la fit passer sur lui et ils s'embrassèrent de nouveau. Ils firent aussi d'autres choses qu'ils n'avaient probablement pas le temps de faire. Violet était vraiment un bon bébé. Elle ne bougea pas jusqu'à ce qu'ils reposent dans les bras l'un de l'autre, heureux. L'ambiance était tellement familiale qu'il aurait dû partir en courant. Il n'alla nulle part, se rapprochant au contraire de Marnie.

Lorsqu'ils redescendirent au rez-de-chaussée, plus tard, Violet buvant son biberon pendant que Ash faisait la cuisine, Marnie réalisa qu'avoir un nouveau voisin était peut-être bien le coup de pouce dont elle avait besoin pour passer définitivement à autre étape. Elle se rendit compte d'autre chose, aussi, tandis qu'il lui apportait une tasse de chocolat fumant avec de la crème fouettée et des marshmallows. Elle se souciait d'Oliver comme d'une guigne, à présent. Il pouvait aller pourrir dans son passé. Elle menait sa nouvelle vie. Certes, celle-ci n'aurait peut-être pas dû comporter une telle scène, mais elle en garderait le souvenir. Le souvenir de quelque chose de facile, et de torride. Après les événements de la journée, elle était en plein dans l'esprit des fêtes.

Alors qu'elle pensait à Noël, elle songea à Ash et à sa façon de vivre. Il semblait ne faire que travailler ou rester chez lui. Il n'avait pas mentionné d'amis ou de famille. Peut-être était-il vraiment seul ? Est-ce qu'il se sentait solitaire ?

Elle se remémora la période qui avait suivi Oliver, avant Violet. Elle s'était sentie seule, même avec ses amis et sa famille autour d'elle. Alors peut-être que Ash avait autant besoin de s'amuser qu'elle ? Elle souhaitait sortir davantage, avec lui. Sortir entre filles était super, mais la conversation portait souvent sur les hommes. Ce qui faisait qu'elle n'avait rien à dire. Mais elle n'allait pas raconter ça à Ash. Pas alors que ce qu'ils vivaient n'était qu'une passade.

Elle avait toujours détesté ce mot. Une idylle de Noël sonnait mieux. Pourquoi pas ? Elle sirota son chocolat, observant Ash qui se mouvait dans son espace. Et le remplissait. Sa présence s'imposait même s'il ne cherchait pas à se mettre en avant. Il était bien dommage qu'il passe autant de temps seul. Et elle avait le sentiment qu'elle n'était pas la seule à avoir besoin de distraction.

— Ça te dirait, de venir avec moi à une fête ? Le bal de fiançailles de Sophie et Roman. On t'en a probablement déjà parlé, et ils t'ont sans doute invité, mais...

— Oui, ils m'ont invité et j'adorerais y aller avec toi, Marnie. Je m'en réjouis à l'avance.

Waouh. Elle allait avoir un bon Noël. Elle n'avait pas besoin du Père Noël, cette année. Il lui fallait juste le voisin auquel elle ne cessait de penser. Alors qu'il apportait un plat de pâtes qui lui mit l'eau à la bouche, elle remercia sa bonne étoile.

Ash lui toucha le bras, et ses yeux se posèrent aussitôt sur les siens. Elle semblait toujours accrocher son regard, et il en faisait autant.

— Mange bien.

Il lui fit un clin d'œil, charmeur.

— Tu auras besoin de toutes tes forces pour danser, ajouta-t-il en léchant un peu de sauce sur son pouce.

— Oui, acquiesça-t-elle en tapant sa fourchette contre la sienne. Il faut que nous dansions. C'est Noël.

12

Marnie avait eu une journée bien occupée. Comme Ash travaillait, elle avait décidé de finir de préparer la maison pour Noël. Elle avait changé ses draps, tout nettoyé, et sorti Violet pour une promenade revigorante en poussette. C'était ce qu'elle faisait normalement, mais ce jour-là elle avait eu une énergie particulière.

Elle était heureuse - vraiment heureuse. Elle se sentait sexy et remarquée, elle était une mère comblée et elle avait une histoire avec son voisin. Une histoire délicieuse qui la faisait rougir même par le temps froid des Cornouailles. Elle essayait d'afficher une expression normale et d'arborer un sourire acceptable. Elle en avait mal aux joues.

Elle avait reçu un texto d'Ash pendant qu'il faisait une pause. Il lui disait qu'il était excité par la soirée à venir. Et à l'idée de la revoir. Il lui demandait ce qu'elles allaient faire, toutes les deux. Il était gentil avec Violet, aussi, voulant savoir comment elle allait.

Oh ! Seigneur, elle rêvassait encore. Elle n'en avait pas le temps. Sa mère arrivait. Elle ne pouvait pas se permettre de souhaiter des choses qui ne faisaient pas partie du plan et n'étaient pas possibles. C'était une idylle de la saison des fêtes. Une idylle temporaire. Elle martela cette pensée dans son cerveau, même si son cœur essayait de s'y soustraire.

Oh ! bon sang, non. Prends sur toi, Marnie !

— Coucou ! cria sa mère en passant la porte.

Marnie se prépara à jouer la comédie. Autrement dit, à cacher le fait qu'elle couchait avec son voisin et projetait de recommencer chaque fois qu'elle le pourrait. Pendant qu'elle le pouvait. Pendant que les sentiments qui se faisaient jour, peu à peu, étaient encore gérables.

— Bonsoir, maman !

— Ne t'inquiète pas, les renforts sont là ! lança Mme Richards depuis l'entrée. Je suis si contente que tu sortes de nouveau, ma chérie. Où est ma petite-fille ?

— Ici, en haut ! répondit Marnie. Veux-tu me monter ce verre de vin sur le comptoir ?

Quelques minutes plus tard, Violet était dans les bras de sa grand-mère qui roucoulait, et Marnie buvait le vin frais en se regardant dans son miroir en pied.

— Tu es magnifique, Marnie. Cette robe est parfaite.

C'était une belle trouvaille, en effet. Elle comportait au-dessous de la taille un empiècement froncé qui cachait son petit ventre de jeune maman, et lui donnait confiance en elle. Elle voulait se sentir bien, ce soir-là. Elle savait que son assurance lui venait en partie d'Ash, mais elle avait aussi son rôle à jouer. Elle avait la sensation de vivre son plan, enfin. Avec en prime un sage-femme sexy d'un mètre quatre-vingt-dix.

Oui, cette robe était parfaite pour son moral. En lamé de soie doré, elle la mettait en valeur et lui donnait le sentiment de pouvoir tenir la tête haute. Elle avait gardé son carré, sachant que Ash adorait cette coiffure. Un carré qui serait sans doute décoiffé par ses mains avant la fin de la soirée. Cette pensée la fit frissonner de plaisir. Ce soir-là lui semblait vraiment spécial. Oh ! elle savait qu'à Noël la plupart des choses paraissaient spéciales, mais elle était ravie de sortir avec Ash. Même si sa mère serait là pour les voir ensemble avant qu'ils partent, et si elle savait que ses sentiments se liraient sur son visage. Elle haussa les épaules.

Quand Ash arriva, il fut d'accord avec Mme Richards sur la robe. Il regarda Marnie d'une manière qui fit trembler son corps sous l'étoffe.

— Marnie, cette robe est splendide. Tu es stupéfiante.

Elle sourit. Normalement, elle n'aurait pas accepté un compliment d'un homme, mais avec lui elle n'éprouvait pas le besoin de se rebiffer.

— Merci. Tu es très beau aussi.

Il était vêtu d'un élégant costume noir qui faisait ressortir ses yeux noisette. Elle remarqua que sa cravate était assortie à sa robe. Ils auraient l'air d'un couple. Elle se demanda s'il y avait pensé. En tout cas, quand elle lui avait dit quelle couleur elle porterait, il l'avait noté.

— Jolie cravate. Elle est neuve ?

Il eut un petit sourire satisfait.

— Merci. J'ai pensé qu'elle irait bien avec ta tenue, mais rien ne peut égaler cette robe.

Il jeta un coup d'œil à Mme Richards qui s'occupait activement de Violet et se pencha plus près pour chuchoter :

— Je suis impatient que la soirée se termine.

Marnie appréciait de le taquiner, de le rendre fou d'elle.

— On ne dansera pas ?

Il lui lança un regard qui lui fit presque descendre la fermeture Éclair de sa robe prématurément.

— On dansera beaucoup. Tout près l'un de l'autre, lui murmura-t-il à l'oreille. Ce sera torride.

Il s'écarta comme la mère de Marnie se tournait vers eux. Il lui décocha un petit sourire et offrit son bras à sa fille comme un gentleman qui ne fait jamais rougir une femme par ses propos dévoyés. Elle lui répondit en minaudant, ce qui indiqua à Marnie qu'elle était conquise. Plus le temps passait, plus cette affaire devenait compliquée.

— Y allons-nous ?

Elle glissa son bras sous le sien. C'était compliqué, certes, mais très excitant.

— Oui, allons-y. J'ai hâte d'être sur cette piste de danse.

Elle lui jeta un regard candide, pour le bénéfice de sa mère, mais ses yeux verts le dévoraient. Et quand il pressa son bras pour l'attirer plus près de lui, elle se sentit comblée.

La soirée était fraîche, mais douce pour un mois de décembre. Néanmoins, leur souffle se condensait devant eux tandis qu'ils s'éloignaient du cottage de Marnie. La neige glacée étincelait.

Enveloppée dans son châle en soie, elle se sentait tout à fait bien. Ou alors, cette sensation de confort venait de la chaleur qui émanait de l'homme marchant à côté d'elle. Dès que leurs maisons avaient disparu, il lui avait pris la main. Aller à pied jusqu'à la salle des fêtes était très romantique. Tout était illuminé. Il y avait des guirlandes dans tous les arbres qu'ils dépassaient. C'était comme une promenade magique.

— On dirait ton jardin de devant, dit Ash, et elle lui tira la langue.

Il l'avait aidée à décorer sa pelouse. C'était un autre souvenir de lui qui s'était gravé dans sa mémoire. Elle savait déjà que lorsqu'elle sortirait ses décorations de Noël l'année suivante, elle penserait à lui. À cette pensée, elle eut l'impression qu'il lui manquait déjà, alors qu'il était à côté d'elle. Elle chassa cette idée. Ce soir-là n'était pas fait pour songer à l'avenir. C'était la veille de Noël. Elle allait s'amuser autant qu'elle le pourrait.

— Tu devrais voir certaines maisons du village, dit-elle, pensant à sa collègue Kiara, qui battait tout le monde par ses splendides décorations. À côté, la mienne ressemble à celle du Grinch, l'homme qui détestait Noël.

Il hocha la tête.

— Je n'en doute pas. Tu es excitée, pour demain ?

— Très.

Elle le regarda, rayonnante.

— Le premier Noël de Violet.

Ils apercevaient la salle des fêtes, à présent, et traversaient la pelouse communale. Ash tenait solidement Marnie, comme s'il craignait que ses talons se plantent dans la terre et les fassent trébucher.

— Oh ! est-ce que ce n'est pas magnifique ?

Ash ne répondit pas. En fait, il avait été assez silencieux depuis qu'ils avaient quitté le cottage. Peut-être n'était-il pas aussi impatient qu'elle d'être au lendemain ? Elle savait qu'il avait décidé de travailler le jour de Noël.

— Ash, ça va ?

Son regard noisette plongea dans le sien et son visage prit une expression presque paisible.

— Je vais très bien, répondit-il en saluant des invités d'un signe de tête. On dirait que tout le village est là.

— C'est le cas.

Tout le monde à Carey Cove aimait Sophie et Roman. Ils formaient vraiment un couple très heureux. Ils ne se quittaient pratiquement pas des yeux, même lorsqu'ils parlaient à d'autres personnes. Marnie les aperçut, chacun cherchant l'autre parmi la foule. C'était mignon à voir. Toutefois, cela lui serra un peu le cœur. Ils avaient leur vie devant eux, ensemble. Elle avait le reste de son congé maternité. Et encore.

— À quoi penses-tu ? demanda-t-elle.

Marnie lui avait posé une question assez innocente, mais il ne pouvait pas lui dire ce qu'il pensait. C'était trop énorme. En quittant son cottage ce soir-là pour se rendre chez elle, il avait senti un sentiment particulier fermenter en lui. Il l'avait éprouvé au travail, aussi, plus il reconnaissait des gens qui revenaient le voir, plus il revoyait pour des visites postnatales des bébés qu'il avait mis au monde. Ces bébés vivaient dans le village, maintenant. Certains d'entre eux iraient peut-être à l'école avec Violet, plus tard. À l'idée qu'il ne les verrait pas grandir autour de lui, que Violet grandirait sans lui, il avait ressenti un étrange serrement de cœur. Sapristi, elle ne se souviendrait même pas de lui. Mais il vaudrait mieux qu'elle ne se rappelle pas un homme qui était arrivé, avait rendu sa mère heureuse, et avait disparu.

Est-ce qu'il manquerait à Marnie ? Combien de temps passerait avant qu'un autre homme se rende compte de sa valeur et décide de la faire sienne ? Berk. Un autre homme dans sa maison ? Cette pensée le rendait malade. Il se sentait chez lui dans leur petite allée, dans le cottage de Marnie. Il se sentait chez lui partout à Carey Cove. C'était un sentiment curieux, mais qui lui plaisait de plus en plus.

Il regarda ses collègues autour de lui. Nya et Theo dansaient, souriant tous les deux en voyant passer Sophie et Roman. Roman faisait tournoyer sa fiancée sur la piste, et elle riait à gorge déployée. Sa bague brillait sous les lumières de fête. Il fallait qu'il chasse cette mélancolie. Il voulait que Marnie s'amuse, ce soir - elle le méritait. Il voulait rendre cette soirée extraordinaire. Rien que pour elle.

— Tu veux boire quelque chose ? lui demanda-t-il.

Il avait bien besoin d'un verre. Pour faire disparaître sa nervosité. Pour repousser ses sombres pensées hors de la piste de danse.

— Dans une minute, répondit-elle avec un grand sourire. Je me régale d'observer les gens.

Elle lui désigna une table dans un coin sombre. Ash plissa les paupières et finit par voir Lucas et Kiara qui se donnaient de petits baisers, en chuchotant.

— Ces deux-là sont si mignons, dit-elle dans un souffle. J'adore les voir ensemble.

Ash haussa un sourcil. Elle fit un geste de la main.

— Hé, ce n'est pas parce que nous avons renoncé à l'amour que je ne peux pas apprécier une romance !

Il regarda de nouveau Kiara et Lucas. Il avait pensé qu'il avait renoncé à l'amour, lui aussi. Autrefois. Il espéra que Marnie ne croyait pas vraiment ce qu'elle disait. Il savait déjà qu'ils se mentaient à eux-mêmes en se disant que ce qui les liait n'était qu'une attirance passagère. Ils savaient tous les deux que c'était plus que ça. Ils le sentaient. Il en était sûr.

Cet endroit, il en était sûr aussi. Il n'avait pas envie de partir. Il pouvait vraiment se voir vivre ici, planter de nouveau des racines. C'était une grande surprise pour lui, mais c'était réel. Il s'était senti si perdu quand sa famille lui avait été arrachée. Il avait abandonné la maison qu'il avait partagée avec Chloe. Ses parents avaient vendu leur ferme, sa maison d'enfance, et étaient partis des années plus tôt. Ils voulaient profiter au maximum de leur retraite ensemble. C'était toujours leur projet et il en était ravi pour eux. Ils étaient heureux au crépuscule de leur existence. Les parents de Chloe avaient récemment vendu leur ferme, eux aussi, entamant également un nouveau chapitre de leur vie. Il semblait que tout le monde allait de l'avant, tandis qu'il se contentait d'observer ces changements et d'aller d'un endroit à l'autre.

Marnie s'était éclipsée en l'embrassant sur la joue, en douce. Ils ne cachaient pas exactement leur relation, mais ils ne savaient même pas eux-mêmes comment la cataloguer. Une passade semblait vulgaire, et bien loin de la réalité pour lui. Il l'observa tandis qu'elle discutait avec ses amis. Elle était pleine de vie, avec eux. Elle faisait des gestes animés, elle renversait la tête en arrière pour rire. Elle avait peut-être renoncé à l'amour, mais l'amour n'avait pas renoncé à elle.

Elle en avait en abondance pour sa fille. Il voyait combien Violet était aimée, chérie. Marnie maman faisait plaisir à voir. Elle trouvait ça facile, et chaque petite tâche était un honneur pour elle. Pas une corvée. Même lorsqu'elle était fatiguée et à moitié endormie, elle restait adorable. Aimable, attentionnée. Il faudrait qu'un homme soit fou pour quitter une femme comme elle. Il haïssait Oliver, bien qu'il ne l'ait jamais rencontré. À sa place, il aurait épousé Marnie et n'aurait jamais eu de regrets.

Les yeux verts de Marnie cherchèrent les siens à travers la salle, et elle découvrit qu'il l'observait. Il put voir ses joues s'enflammer, et alors qu'elle le regardait avec un sourire complice, il sentit son corps réagir. Son cœur, aussi. Il voulait ce qu'ils partageaient, mais c'était trop compliqué, trop dur. Il n'avait pas prévu ça. Il n'avait rien prévu du tout. À quoi bon planifier quoi que ce soit quand on avait tout perdu ?

Il se rappelait comment les choses lui avaient paru finales, à la mort de Chloe et de Sam. Comme sa vie lui avait semblé terminée. Et pourtant il était toujours là, comptant continuer à vivre.

Marnie discutait toujours avec un petit groupe, voulant sans doute connaître les derniers potins de la maternité. Lorsqu'il était arrivé à Carey Cove, en retard et encore brisé, il avait eu l'impression d'avoir clos un chapitre de sa vie. Il n'avait pas pensé que ce village lui donnerait envie d'en ouvrir un autre.

Le temps qu'il avait passé ici était heureux. Plein d'espoir. Il avait eu un sentiment d'appartenance, et il l'éprouvait encore plus fortement en regardant les gens autour de lui. Il était assis seul. Il fit un clin d'œil à Marnie et savoura de la voir rougir avant de ramener son attention sur ce que Sophie disait à ses amis près du bar. Elle allait être servie. Elle reviendrait bientôt le rejoindre.

Il pensa de nouveau à Chloe et à Sam et se demanda ce qu'ils penseraient s'ils étaient au courant pour Marnie. Il avait rencontré une femme qui le rendait heureux. Il avait envie de rester où il était. Il guérissait. Il avait déjà beaucoup guéri. En particulier ici, avec ces gens.

Il regarda Marnie sourire au barman et son cœur se gonfla. Elle était vraiment une femme étonnante, et il ne pouvait imaginer de s'en aller sans voir où leur histoire pourrait les mener. Lorsqu'elle le rejoindrait, il avait bien l'intention de lui demander d'être sa petite amie officielle. Il lui parlerait de son passé, de sa femme et de son fils, de l'amour et du deuil qu'il avait vécus et qui, finalement, l'avaient conduit jusqu'à elle, et à Violet, et à un nouveau départ pour eux trois.

Il pourrait trouver un autre poste lorsque Marnie reprendrait son travail, et il continuerait à habiter à côté. Il pouvait se représenter ce que serait leur vie. Eux deux passant leurs nuits ensemble, marchant sur la plage, faisant des châteaux de sable avec Violet quand elle grandirait sous leurs yeux. Il voulait cela, il voulait tout. Il voulait Marnie. Il était impatient de lui demander d'être à lui. D'aller jusqu'au bout avec elle.

Son téléphone vibra dans sa poche, et lorsqu'il vit le nom qui s'affichait sur l'écran il en eut un coup au cœur. C'était la mère de Chloe qui l'appelait. Elle n'aurait pas pu plus mal tomber. Il éprouva une vague d'émotions. De la culpabilité pour ce qu'il était en train de penser quelques secondes auparavant, et pour s'être senti si heureux avant cet appel. Il allait changer de vie, ce qui changerait aussi la vie de ses beaux-parents.

Il les aimait beaucoup, mais leur relation lui causait de la tristesse, parfois. Comme maintenant. Quand il sentait qu'il était enfin prêt à aller de l'avant, mais sans savoir comment le faire sans peiner d'autres personnes. Il répondit à l'appel, essayant de paraître jovial et espérant que sa belle-mère n'entendrait pas la musique du bal. Il ne voulait pas qu'elle pense qu'il sortait tout le temps s'amuser. Une autre bouffée ridicule de culpabilité. Il avait beau tendre l'oreille, il ne pouvait entendre la mère de Chloe, avec le bruit. Il quitta l'endroit où il était assis et sortit dans la nuit froide de décembre.

Le bal battait son plein. Sophie et Roman savouraient chaque minute de leur fête de fiançailles. C'était un magnifique événement, avec toutes ces lumières qui clignotaient, toutes ces décorations de Noël. La soirée était magique. Tout le monde était sur son trente et un, et Marnie recevait beaucoup de compliments sur sa robe, et sur sa mine rayonnante. Ils étaient loin de se douter de la raison de son état. Son estomac voltigeait encore à la pensée d'elle et d'Ash ensemble. Des chocs qu'elle ressentait sur sa peau chaque fois qu'il la touchait.

Elle marcha vers la table où elle l'avait laissé assis, une flûte de champagne dans chaque main. Elle avait décidé qu'elle allait lui demander de rester. Certes, sa mère allait hausser les sourcils, mais cela en vaudrait la peine. Elle n'aimait pas l'idée d'Ash se réveillant seul dans le cottage voisin. À quoi bon, quand il pouvait se réveiller à côté d'elle et passer Noël en leur compagnie ? Elle partagerait aisément avec lui son premier matin de Noël avec Violet. Puis il irait travailler à Carey House, comme prévu, mais il reviendrait passer la soirée avec elle.

La table était vide. Curieux. Elle l'avait encore vu là un instant plus tôt. Et il avait eu l'air d'aller bien. Elle n'avait vu personne lui parler. Elle resta là, les flûtes à la main, cherchant ses yeux noisette dans la salle. Mais elle savait qu'il n'était pas là. Était-il parti ? Tout cela avait peut-être été un peu trop pour lui. Est-ce qu'il regrettait, pour eux ? Il n'avait pas montré le moindre signe de regret. Il lui avait taquiné le cou avant qu'elle le laisse pour aller au bar.

Elle se rappela soudain où elle était. Fixant une chaise vide, deux flûtes de champagne dans les mains. Elle s'assit à la place qu'il avait quittée et posa les verres sur la table. L'humiliation la submergeait, faisant trembler ses mains. Il était peut-être simplement aux toilettes, se raisonna-t-elle. Il allait revenir d'une minute à l'autre, et elle se sentirait complètement idiote.

Elle se calma, regardant autour d'elle pour voir si quelqu'un avait remarqué son petit fiasco. Si oui, les gens n'en montraient rien. La fête battait son plein, il y avait partout des personnes amoureuses, qui s'amusaient. Elle prit sa flûte et la vida d'un trait. Qui s'amusaient. C'était normal, c'était la veille de Noël.

Son téléphone sonnait dans son sac. Posant son verre sur la table, elle fit jouer la fermeture du sac et prit son portable. C'était Ash.

Elle s'apprêta à répondre, mais fut arrêtée par de forts craquements. Elle tendit l'oreille. La ligne était très mauvaise. On aurait dit que les Martiens débarquaient. Elle distingua une voix, très faible. *Ash !*

— Je sais qu'il faut que je parte.

De quoi parlait-il ? Elle écouta encore. La ligne était coupée sans arrêt. Les craquements étaient terribles. Elle dut se forcer à garder son téléphone à l'oreille. Elle entendit de nouveau Ash. Elle percevait surtout sa voix rauque, ses paroles n'ayant pas de sens pour elle. Jusqu'à ce que cinq mots lui figent le sang dans les veines.

« Ma femme et mon fils », avait-il dit. Elle l'avait clairement entendu, même si son esprit prit un peu de temps à digérer l'information. Ainsi il était toujours marié ? Et ils avaient un enfant ? Il regrettait bel et bien leur nuit ensemble. Parce qu'il avait franchi la ligne. Mais que diable faisait-il ici avec elle, la veille de Noël, s'il avait une femme et un enfant quelque part ?

Elle ne sortait jamais avec personne, mais elle avait pensé que lui en valait la peine. Pour cette courte période. Elle avait même espéré qu'il resterait après. Tout ceci était risible. La ligne se coupa et elle remit son téléphone dans son sac. Il ne rappela pas. Elle avait l'impression que ces mots ne lui étaient pas destinés. Elle regretta de les avoir entendus.

Elle avait envie de courir chez elle, de tout dire à sa mère, de se soûler et de pleurer dans son lit. C'est ce que l'ancienne Marnie aurait fait. Mais elle était mère, maintenant, et elle n'avait entendu que des bribes d'une conversation. Elle devait laisser à Ash une chance de s'expliquer. Elle voulait entendre son explication. Elle avait besoin de le regarder dans les yeux, ne fût-ce qu'une dernière fois. Elle en avait assez de se cacher des hommes, et elle ne pouvait faire une croix sur Ash, pour le moment. Elle vida la deuxième flûte, se ressaisit et retourna auprès de ses amis. Si quelqu'un lui demandait où était son cavalier, elle sourirait et répondrait qu'il avait un problème personnel.

Était-ce le cas ? se demanda-t-elle.

Elle se souciait trop de la réponse. Il ne serait pas là cette nuit, dans son lit, parlant de leur soirée ensemble. Ou le lendemain matin, quand Violet se réveillerait et découvrirait que le Père Noël était passé.

Elle pourrait faire ça seule. Après tout, c'était le plan, au départ. Elle écarta toute pensée d'Ash et s'amusa avec ses amis, essayant de danser et de rire pour oublier ses soucis. C'était Noël, tout de même.

Elle passa une excellente soirée, ou l'aurait fait sans le problème d'Ash. Qu'il ne soit pas là n'allait pas. Elle rentra seule chez elle, ce qui lui fit une impression bizarre. Lorsqu'elle arriva à sa porte, le cottage voisin était plongé dans le noir. Elle résista à l'envie de sangloter. Elle se ressaisit une fois de plus pour affronter sa mère, lui raconter la soirée et la renvoyer chez elle, heureuse. Puis elle alla embrasser sa fille et sourit en la voyant ronfler doucement.

— Joyeux Noël, Vi, dit-elle avant de refermer à moitié la porte de la chambre.

Le petit arbre de Noël lumineux clignotait sur la commode. Marnie le contempla un long moment, puis redescendit. Elle avait encore quelques cadeaux à envelopper, et un peu plus de vin à boire. Pas trop. Elle voulait que sa fille ait une journée parfaite le lendemain. Mais ce soir-là, elle s'autorisa à être un peu triste. Et à manger des tartelettes aux fruits secs qu'elle avait rachetées. Elle alla se coucher deux heures plus tard. Il fallait qu'elle dorme, ou le Père Noël ne passerait pas, se dit-elle.

Quels mensonges nous racontons à nos enfants.

Ce fut sa dernière pensée avant qu'elle s'endorme, des miettes de biscuits autour de la bouche.

13

Matin de Noël

Violet commença à s'agiter dans son berceau vers cinq heures et demie, mais Marnie était déjà réveillée et regardait dehors entre ses rideaux ouverts. Elle avait contemplé la nuit noire, ces stupides étoiles qui scintillaient, et elle s'était mise en colère contre elle-même. Pour se soucier autant d'un autre homme qui était un idiot fini. Qu'est-ce que tout cela recouvrait ? Son enfant était-il encore à naître ? Était-ce la vraie raison de son séjour limité ?

Oh ! elle lui en voulait maintenant de partir en laissant en plan des accouchements à venir. Mais elle savait que c'était ce qui était prévu. Elle avait *voulu* cet accord, elle ne pouvait pas réécrire l'histoire à présent qu'elle était furieuse contre lui. Et elle l'était, mais elle avait su à quoi s'attendre. Elle n'était pas une adolescente follement amoureuse, qui espérait trouver l'homme parfait. Elle avait assez vécu pour savoir qu'on ne voyait ça qu'au cinéma.

Les cris de Violet mirent un terme à ses pensées ridicules, et elle décida de faire ce qu'elle faisait quand elle travaillait. Appuyer sur le bouton « off » de sa vie personnelle et se concentrer sur le premier Noël de son bébé. Son plus beau cadeau était indéniablement de passer cette journée en tant que maman de Violet.

Elle se pencha sur le berceau, sa joie faisant écho à celle de sa fille. Elles s'adoraient, leurs yeux s'illuminaient en voyant l'autre.

— Bonjour, mon petit cadeau. Joyeux Noël.

Violet lui adressa un sourire édenté. Marnie se dit qu'elle avait perdu un homme, eu un bébé, rencontré un autre homme qu'elle ne pourrait jamais avoir, été larguée par ce dernier, et quoi d'autre ? Oh ! oui, malgré tout, elle avait encore souhaité qu'il soit là. À son réveil, elle avait tendu la main à travers le lit. Pas pour trouver Oliver, mais Ash. Un homme avec qui elle avait passé beaucoup moins de temps. C'était assez pour distraire une femme, mais elle était déterminée à avoir la meilleure des journées.

Un peu plus tard, on sonna à la porte d'entrée. C'était le moment auquel Marnie aurait dû se préparer. La Marnie d'avant Violet l'aurait fait, mais la maman-poule qu'elle était maintenant était trop heureuse de voir sa fille profiter de son premier Noël et babiller sur la musique qu'elle avait mise doucement. Elles étaient toutes les deux dans son fauteuil à bascule, son endroit préféré dans la maison quand elle voulait se sentir normale. Les pieds sur terre. De ce fait, elle ne pensa pas trouver Ash devant sa porte, un matin de Noël. Elle ne se prépara pas, elle alla simplement ouvrir, Violet dans les bras.

C'était Ash. Il était superbe parmi les décorations de Noël de son jardin. Le cœur de Marnie battit plus vite tandis que sa main se crispait sur la porte. Elle avait peut-être pensé à lui, mais elle n'avait pas envie de le voir maintenant. Elle était trop en colère, et elle ne voulait pas que son premier Noël avec sa fille soit gâché.

Elle était prête à le tancer vertement et à le chasser du seuil de sa maison, lorsqu'elle remarqua ses habits. Ils étaient tout froissés. On aurait dit qu'il n'avait pas fermé l'œil de la nuit. Alors elle détesta qu'ils soient fâchés. Elle voulait savoir ce qui n'allait pas, même si cela avait à voir avec ce qu'elle avait découvert la veille au soir. Ils avaient couché ensemble une fois, et il s'en allait. Peut-être pouvaient-ils oublier que c'était arrivé, et passer sous les radars du scandale jusqu'à ce qu'il quitte Carey House ? Elle pouvait voir la douleur dans ses yeux, et elle se rappela toutes les fois où cette même douleur avait été là. Ash était-il vraiment aussi perfide qu'Oliver ?

Elle ne le pensait pas, et elle n'était pas stupide. Ou facile à impressionner. Ash était le seul homme qui l'avait intéressée depuis Oliver. Mais elle l'avait déjà relégué dans le passé. Il devait toujours partir.

— Écoute, je…

— Je suis vraiment désolé de t'avoir laissée hier soir, mais c'était important. Il faut que je te parle, Marn. S'il te plaît, puis-je entrer ?

Il avait l'air déterminé, et elle sentit ses pieds se mettre de côté pour le laisser entrer. Ils étaient de nouveau dans le couloir, mais l'atmosphère avait beaucoup changé.

— Joyeux Noël, Violet. Ce sourire est pour moi ?

Marnie regarda sa fille, qui souriait effectivement. Et elle souriait à Ash, son visage angélique aussi rayonnant que s'il était le Père Noël en personne. Le cœur de Marnie se serra.

Il n'est pas à nous, Vi. Nous ne pouvons pas le garder, mon bébé. Il n'a jamais été à nous.

— Elle t'a souri de nouveau !

Elle essaya de rire, mais son rire sonna creux même à ses propres oreilles. Alors elle se mit en colère. Il fallait que ses sentiments sortent.

— Elle ne sourit qu'à moi, d'habitude. Tu es manifestement privilégié !

— Désolé, marmonna-t-il. Ce n'est pas un super début. Tu parais fâchée.

— Je ne suis pas fâchée, mentit-elle, les dents serrées.

— Je suis juste venu te dire…

— Joyeux Noël ? lança-t-elle.

Elle ne pouvait pas écouter ses explications au sujet de sa famille. Elle ne le supporterait pas. Elle voulait juste qu'il s'en aille. Et même pas, en fait. Elle souhaita ne jamais avoir posé les yeux sur Ash Ellerington. Elle ne serait pas dans cet état, maintenant.

Pourquoi cela fait-il plus mal qu'Oliver ? Comment se fait-il que cet homme soit si lié à mon bonheur ?

— Écoute, je ne peux vraiment pas t'écouter aujourd'hui. Je suis désolée. C'est le premier Noël de Violet et…

— Je sais.

Il s'approcha d'elle, mais elle recula.

— Marnie, la dernière chose que je souhaite est de gâcher ta journée. Sapristi, je n'ai jamais voulu gâcher un jour, une heure de ton temps. J'ai juste besoin que tu m'écoutes.

— Ash, je…

— Marnie, je t'en prie. Laisse-moi parler.

Il se tenait devant elle, les mains levées en signe de reddition. Comme si c'était elle qui détenait une arme capable de le blesser. Mais elle ne pourrait pas lui faire de mal maintenant, même si elle essayait. Quels que soient les mensonges d'Ash, il était trop tard. Il possédait déjà son cœur. Il s'était enroulé autour de lui plus fortement qu'Oliver ne l'avait jamais fait. Elle n'était pas sûre de pouvoir s'en remettre.

— Je ne veux pas gâcher ton Noël. C'est à l'opposé de ce que je souhaite pour toi.

Elle avait envie de lui claquer la porte à la figure. Elle avait envie de fermer ses rideaux et de se cacher jusqu'à ce qu'il termine son remplacement et laisse les Cornouailles dans le rétroviseur de sa voiture. C'était ce qu'elle voulait, non ?

— D'accord, murmura-t-elle. Je vais t'écouter.

Les épaules d'Ash s'affaissèrent de soulagement. Elle résista à l'envie de se blottir au creux de son bras, et de l'attirer à elle comme elle l'avait fait auparavant. Comment allait-elle passer le reste de ce jour de Noël sans qu'il la touche, elle l'ignorait. Le reste de sa vie ? Impossible.

— Merci. Je suis désolé d'avoir disparu, hier soir. Je n'en avais pas l'intention.

— Tu as été kidnappé par des trolls ?

Elle avait retrouvé sa langue acerbe.

— Tu habites à côté. Tu as mon numéro.

— Je sais.

Il se passa une main dans les cheveux, se décoiffant.

— Marnie, je n'ai jamais eu l'intention de te blesser. Je te l'ai dit, et je le pensais. J'ai reçu un appel, hier soir. Pendant que tu étais au bar. Je ne serais jamais parti, autrement, mais c'était important. C'étaient les parents de Chloe.

— Chloe ?

— Ma femme.

Elle tressaillit.

— Ne me regarde pas comme ça, Marn. Je ne peux pas le supporter.

Elle essaya de détacher son regard du sien, mais elle n'y parvint pas.

— Je ne suis plus marié, tu le sais. Je ne t'ai pas menti quand je t'ai dit que j'avais été marié.

— D'accord. Mais manifestement tu ne m'as pas dit la vérité, non plus. Tu ne m'as pas tout dit, ce qui équivaut à un mensonge.

Elle passa dans le salon, et s'assit sur le canapé avec Violet dans les bras. Il s'arrêta sur le seuil, regardant cette scène domestique. Puis il s'avança et alla s'asseoir à côté de Marnie sur le canapé, sans qu'elle le lui ait demandé.

— J'ai été marié, mais ce n'est pas tout. La vérité, c'est que ma femme est morte. Je suis veuf, Marnie. Depuis quelques années. Chloe est morte en donnant naissance à notre fils Sam, qui n'a pas survécu non plus. Il y a eu des complications. Cela arrive.

Il haussa les épaules, l'air sombre.

— J'ai analysé le cas, encore et encore. J'étais dans la pièce. C'était juste... trop.

— Je suis tellement désolée, murmura Marnie, que cette nouvelle bouleversait.

Elle serra un peu plus Violet contre elle. Elle l'avait vu mettre des bébés au monde. Elle l'avait vu avec sa fille. Elle ne s'était jamais doutée que sa douleur venait d'avoir perdu sa femme et son enfant. Le bébé d'Ash n'avait jamais eu la chance de vivre.

— Je pensais que tu souffrais, mais que c'était juste à cause d'un divorce. Que tu ne voulais pas t'impliquer à cause de ça. Et je le comprenais.

Elle essuya une larme sur sa joue. Elle pleurait.

— Quand je t'ai entendu parler de ta femme et de ton fils, au téléphone, même si la ligne était atroce, j'ai pensé...

— Tu as pensé que j'étais un tricheur, que je ne valais rien. Comme ton ex. Je ne te blesserais jamais intentionnellement, Marnie. Cela ne me ressemble pas. Oliver était un idiot. Mais je te dois une explication. Veux-tu m'écouter ?

Il avait l'air si dévasté qu'elle ne put pas refuser. Elle hocha la tête en silence.

— Chloe et moi étions amoureux depuis l'enfance. Nous nous sommes mariés très jeunes et nous étions tout l'un pour l'autre.

Quand nous avons découvert qu'elle était enceinte, nous étions si excités ! Nos familles aussi. Nos parents étaient voisins, et nous étions tous très proches. J'adorais Chloe et mon fils. Après leur mort, j'ai vraiment cru que j'étais mieux seul. Je pense que j'ai cessé de vivre, aussi.

Il marqua une pause, avant de reprendre :

— Mais j'ai continué, malgré tout. Seulement il fallait que je trouve une autre façon d'exister, sans Chloe, sans Sam et sans la vie que nous aurions pu avoir. En échappant aux souvenirs qui me suffoquaient, parfois. Alors j'ai choisi de me déplacer dans le pays, en ne prenant que des contrats courts. Et ces déplacements ont fini par m'amener ici. Par me conduire à toi et à Violet. Et sincèrement, pour la première fois depuis des années, ce que j'ai trouvé ici avec toi et avec Carey House me donne l'impression que je pourrais être chez moi.

Il déglutit.

— Hier soir, en te voyant à cette fête, heureuse et détendue, et sachant ce que nous avions déjà partagé, j'ai eu envie de tout te dire. À propos de Chloe et de Sam, mais aussi de mes espoirs. Car j'espérais que tu commences peut-être à éprouver pour moi ce que j'éprouve pour toi.

Il marqua une nouvelle pause, inspira à fond et continua.

— Seulement, avant que je puisse te parler, j'ai reçu ce coup de téléphone de la mère de Chloe. Il m'a complètement déstabilisé. J'ai réalisé combien j'étais égoïste. Je n'avais même pas pensé à eux une seconde. Je n'avais pas considéré comment le fait que je tombe amoureux de toi pourrait les affecter. Je suis le seul lien qu'ils ont encore avec leur fille. Que ressentiraient-ils en apprenant que je pourrais aller de l'avant dans ma vie ? La dernière chose que je souhaite est de leur faire du mal.

— Tu les aimes, dit simplement Marnie. Ça ne change pas parce que leur fille est morte.

Ash hocha la tête.

— Exactement. Je ne pouvais pas leur briser le cœur pour gagner mon propre bonheur. J'avais besoin qu'ils me donnent leur accord. Je ne veux plus vivre en vagabond. Je ne veux plus être le petit nouveau dont personne ne se souvient. Plus maintenant. Je veux que tu te souviennes de moi, mais je ne veux pas te quitter, non plus. Jamais.

Il les regarda toutes les deux en souriant.

— Je n'essaie pas de me procurer une sorte de famille toute faite. Quand nous nous sommes rencontrés, j'ai ressenti une telle secousse. Ça n'a jamais cessé depuis. C'est toi et moi, maintenant, et Violet. Si tu veux de moi.

— Ash, je...

Il riva sur les siens les yeux qu'elle aimait tant et se rapprocha d'elle.

— S'il te plaît, Marnie. Pardonne-moi de ne pas t'avoir dit toute la vérité. Je jure sur tout ce que je suis que je ne te cacherai plus rien, jamais.

Il s'était levé et lui faisait face, maintenant. Marnie leva les yeux vers lui, croyant à ses paroles. Tout se mettait en place. Pourquoi il était seul et ne sortait pas avec des femmes. La souffrance qu'elle avait lue sur ses traits de temps à autre. Ils s'étaient rencontrés dans ce coin des Cornouailles et s'étaient guéris l'un l'autre sans même s'en rendre compte.

— Je te crois, dit-elle en levant la main pour toucher sa joue. Je te fais confiance.

Son visage s'éclaira et il se pencha pour l'embrasser. Violet, depuis les bras de sa mère, assistait à la scène. Marnie crut la voir décocher un grand sourire à Ash. La petite madame avait su à quoi s'en tenir dès qu'elle l'avait vu, pensa Marnie avec une bouffée de fierté. Sa fille allait être un petit génie.

— Vraiment ?

Elle l'embrassa de nouveau, l'attirant à elle.

— Oui, Ash, j'ai confiance en toi. Je suis si malheureuse que tu aies traversé tout ça.

Elle se mordit la lèvre, mais son plan était fichu, de toute façon. S'il avait été écrit sur papier, il serait froissé et jeté à la poubelle.

— Je t'aime, vraiment.

— En dépit de tes efforts ? demanda-t-il en plaisantant, un bras autour des deux demoiselles Richards comme s'il ne voulait pas les lâcher. Je t'aime aussi, Marnie. Tu as fait voler mon monde en éclats.

Il se mit sur un genou devant le canapé et sortit une petite boîte de sa poche.

— C'est pourquoi je veux t'épouser. Pour que nous soyons ensemble, maintenant. Sans jeux, sans plans. Juste nous.

Il prit ses mains dans les siennes.

— Veux-tu être ma partenaire dans la prochaine aventure, Marnie ? Je ne veux plus voyager qu'à ton côté, désormais. Créer un foyer ici, à Carey Cove. T'aider à élever Violet. T'aimer pour toujours.

Marnie inclina la tête sur le côté. Cet homme. Il était si loin de son plan qu'il en était l'antithèse. Parfait comme amoureux. Pas d'attaches, pas de drames, juste l'amusement. Et cependant il y avait davantage, les picotements le long de l'échine, parce que c'était un amoureux qui semblait la comprendre aussi bien qu'elle se comprenait elle-même. Même après des débuts chaotiques, qui les avaient opposés. Elle avait eu envie de l'attacher et de le jeter à la mer la première fois où elle l'avait vu. Ensuite, tout au long de leurs rencontres, les secousses électriques avaient été indéniables entre eux. Elle les sentait encore maintenant.

— Ash, j'adorerais t'épouser. D'où es-tu venu, par tous les diables ?

Elle rit, et il sortit de l'écrin une bague magnifique. Il rit avec elle et se courba pour l'embrasser.

— De l'enfer, Marnie. Je suis venu tout droit de l'enfer, mon ange. Pour te trouver.

— Ne plaisante pas, dit-elle d'un ton prudent. Es-tu sûr de le vouloir ? N'est-ce pas trop tôt ? As-tu besoin de...

Il l'embrassa de nouveau, avec encore plus de ferveur, et elle eut sa réponse.

— Je ne plaisante pas, Marn. Je viens vraiment de l'enfer. Je me suis caché partout dans le pays, avant d'arriver ici. Je me contentais de me fondre dans le décor, d'aider des gens à créer leur famille, de voir leur joie et de repartir. Jusqu'à ce que j'arrive ici. Jusqu'à ce jour dans la salle d'attente. Tes cheveux, tes yeux ont fait que je t'ai regardée. Quand nous nous sommes touchés, j'ai senti quelque chose. C'était le moment que j'attendais. Je ne m'en suis pas rendu compte tout de suite, mais je suis venu ici pour toi.

— Je l'ai senti aussi, mais j'ai résisté tant que j'ai pu. J'ai mis ça sur le compte des hormones, de la fatigue. Ça me terrifiait, je pense. Puis j'ai réalisé que c'était mon passé qui se mettait en travers. J'ai eu Violet toute seule, certes, mais cela ne voulait pas dire que je devais rester seule pour toujours.

— Je comprends. Quand je me suis retrouvé veuf, je me suis dit que j'avais eu ma chance. Je ne cherchais pas à rencontrer quelqu'un d'autre. Es-tu sûre d'être prête à te fier de nouveau à quelqu'un, Marn ? Je me fie complètement à toi, mais si nous sautons le pas...

Il parut batailler pour trouver les mots justes. Elle retint son souffle.

— Si nous faisons ceci, ce sera quelque chose de total, de définitif. Je sais que c'est rapide, mais je sais aussi que c'est juste.

— Je te fais complètement confiance, dit-elle, rayonnante. Je me suis sentie en sécurité dès que nous nous sommes rencontrés. C'était comme...

— Un instinct, dirent-ils ensemble.

— Je veux t'épouser, Ash. Je pense que nous pourrons être si heureux.

Ce fut au tour d'Ash de rayonner. Il se rapprocha et prit sa main dans la sienne.

— Je le souhaite plus que tout, Marnie Richards.

Il courba la tête vers Violet, qui souriait. Elle l'avait déjà enroulé autour de son petit doigt. Comme une fille à son papa. Marnie ne fut même pas choquée par cette pensée. Cela lui semblait juste.

— Je vous aime, dit-il à toutes les deux, mais ses yeux noisette étaient plongés dans ceux de Marnie, et ils étincelèrent quand elle lui en dit autant.

Oh ! elle devenait une telle gourde. Les larmes lui montèrent aux yeux et ils s'embrassèrent de nouveau.

— Je t'aime, lui répéta-t-elle à la seconde où leurs lèvres se séparèrent. Je suis heureuse que tu sois venu ici. Que tu te sois retrouvé chez toi avec moi. Joyeux Noël, Ash.

— Joyeux Noël, chérie. Le premier d'une longue série.

— C'est le plan, acquiesça Marnie, et ils s'embrassèrent encore par-dessus la tête de Violet.

Cette nuit-là, ils s'embrasseraient et feraient bien d'autres choses. Elle n'aurait pas besoin du pyjama en laine polaire, orné d'un renne, qu'elle s'était acheté comme cadeau de Noël, c'était certain. Elle prit un paquet sous le sapin et l'offrit à Ash. C'était un pull qui ferait ressortir ses yeux noisette qu'elle adorait.

— Premier Noël en famille.

Elle sourit. Le baiser d'Ash lui indiqua combien cette idée le ravissait. Elle ressentait la même chose. L'éclair qui passa entre eux lui dit tout ce qu'elle avait besoin de savoir. Elle allait vivre cette aventure avec Ash et Violet, et savourer chaque minute de leur vie ensemble. Ils avaient parcouru tous les deux une très longue route pour se trouver. Il était temps d'en profiter.

Épilogue

Beaucoup de choses s'étaient passées durant les douze derniers mois. Si Marnie se replaçait quelques années en arrière, elle ne reconnaissait plus sa vie. Elle n'avait plus envie de voyager, même si Ash tenait à organiser des vacances pour bientôt. Il voulait commencer à montrer le vaste monde à Violet, et elle l'adorait pour ça.

Elle était impatiente que sa fille en apprenne davantage, et fasse l'expérience de la vie comme elle autrefois. Mais l'emplacement du cœur, c'était son cottage. Elle n'échangerait pour rien au monde ce Noël glacial à Carey Cove contre un coucher de soleil sur une plage exotique. Le monde serait toujours là en janvier. Les plages et les couchers de soleil attendraient que sa famille soit prête à les découvrir. Pour l'instant, Marnie avait pour elle la magie de la saison des fêtes. Quelque chose dont Carey Cove regorgeait. Les « filles » de Carey House y avaient toujours cru, mais après les récents événements liés à leur vie amoureuse, elles n'en doutaient plus du tout. Pas plus que Marnie ne doutait de ce qu'elle éprouvait quand Ash la touchait.

Les étincelles fusaient toujours entre eux un an après. Elle savait qu'elle ne se lasserait jamais de lui. Souvent, elle plaisantait, le traitant de « casseur de plan ». Savoir qu'elle allait devenir Mme Ellerington l'emplissait de joie. Sa peur des mariages et de tout ce qui avait trait à l'amour lui semblait remonter à des lustres. Elle était là, à leur fête de fiançailles, et elle n'avait même pas apporté de crucifix ou d'ail à se mettre autour du cou pour conjurer le sort. Ash avait ri quand elle le lui avait dit.

— *Marnie,* avait-il murmuré en l'attirant à lui pour l'embrasser dans le cou. Tu peux aussi bien te rendre à l'évidence : nous sommes d'incurables romantiques, à présent. Avec les coups de tonnerre et tout le tralala.

Elle avait acquiescé à ce que disait l'amour de sa vie.

Lors du Noël précédent, Ash Ellerington lui avait demandé de devenir sa femme et elle avait accepté. Ils étaient devenus une famille ce jour-là, et Ash était venu s'installer chez elle dès que son bail avait été terminé. De toute façon, il ne dormait presque jamais chez lui. Il était toujours fourré dans le cottage de Marnie, et très vite elle n'avait plus pu se rappeler le temps où il n'était pas là.

Cette année, ils avaient décoré la maison ensemble, Ash se livrant même à une petite compétition avec Nya et Theo. Les enfants trouvaient étonnant que leurs pères soient si excités par des guirlandes et autres décorations de Noël. Ash était devenu un bon ami de Theo. Les deux hommes se complétaient parfaitement, et tous deux adoraient le temps qu'ils passaient en famille. Ash travaillait à temps plein à Carey House, maintenant, pour ne pas manquer une minute de leur vie ensemble. Et il faisait un père formidable pour Violet. À tous les deux, ils formaient un vrai duo comique.

Ah, Violet. Sa fille n'était plus tout à fait un bébé. Elle était sa propre petite personne, maintenant. Tout le monde l'adorait et elle était une petite fille très sociable. Toujours en train de babiller, de sourire et d'agiter la main. C'était une joie de l'avoir. Le visage d'Ash s'éclairait dès qu'elle était là, et ils étaient inséparables.

La fête de fiançailles était parfaite. Tout le monde avait été très excité à l'avance, et à présent Marnie et Ash voulaient engranger chaque petit détail.

Ensemble, ils observaient leurs amis et leur famille qui s'amusaient, profitant des festivités de la veille de Noël. Il n'y avait pas trop de bébés de Noël, pour une fois, alors ils savouraient cette trêve. Une paix que Nya et Theo avaient rompue un peu plus tôt en annonçant leurs fiançailles ! Cela avait été de la folie. Marnie et Ash ne pouvaient pas être plus heureux pour eux. Nya était une femme que Marnie aimait beaucoup, et elle se réjouissait vraiment pour elle. Après tout ce qu'elles avaient traversé ensemble, le fait que tout se termine bien pour elles au même moment était sensationnel. Marnie pressa la cuisse d'Ash, comme pour se rappeler qu'il était toujours là.

— Un autre mariage en perspective, hein ? lui susurra Ash à l'oreille, de sa voix grave. Vous allez toutes finir par vous marier, grandes romantiques que vous êtes !

Elle rit. Sophie et Roman s'étaient mariés, suivis peu après par Lucas et Kiara. Et maintenant Nya. Il n'y avait plus de filles célibataires à Carey House, songea Marnie. Et ils paraissaient tous si heureux. Hope, l'adorable fille adoptive de Nya et de Theo, était magnifique avec ses yeux bleus typiques des Cornouailles. Ses cheveux châtains étaient retenus par de jolies barrettes en forme de pingouins brillants. Nya l'habillait toujours bien.

Marnie espérait que Hope et Violet deviendraient d'aussi grandes amies que leurs mères, en grandissant. Et peut-être même deviendraient-elles sages-femmes ! La prochaine génération dirigeant Carey House. Hope et Violet mettant des bébés au monde. Ce serait plus que parfait.

Pour l'instant, les deux petites filles riaient ensemble.

— J'adore voir Hope et Violet aussi proches, dit-elle en prenant la main d'Ash.

Il porta la sienne à ses lèvres et l'embrassa. Elle en oublia une seconde de quoi elle parlait.

— Sophie est enceinte, aussi, dit-il doucement. Ils attendent juste de le dire aux parents de Roman avant de l'annoncer.

Marnie sourit.

— Je suis si heureuse pour eux. Et j'aime ta façon de tenir à nos amis.

— Bien sûr, que j'y tiens. Mais en voyant les deux petites, là, je me dis qu'il serait bien que Violet ait un autre enfant avec qui jouer.

Le message fut très clair pour Marnie.

— Monsieur Ellerington, suggérez-vous que nous ayons un autre bébé ?

Il fit mine de considérer la question, puis remua ses sourcils de façon joueuse.

— Au moins un.

— Au moins un ! s'exclama-t-elle.

Il haussa les épaules.

— Oui, au moins. Je pense qu'un garçon serait bien.

Il regarda Violet avec un sourire plein d'adoration. Et elle l'adorait aussi. Elle l'avait aimé dès le début, se souvint Marnie, lui dédiant son premier vrai sourire. Avant même que sa mère le sache, elle avait jeté son dévolu sur son nouveau papa. Certaine que l'homme qu'elle avait rencontré à Carey House devait faire partie de leur vie.

— Alors, qu'en dis-tu ? demanda Ash en prenant le menton de Marnie entre ses doigts et en l'embrassant. Pour une fois, je ne peux pas dire ce que tu penses.

Elle souffla.

— Si tu savais !

Il parut choqué.

— Ce qui veut dire ?

Elle lui sourit avec malice.

— Je repensais à cet après-midi où nous avons fait l'amour pour la première fois. Après, je nous ai regardés tous les trois dans la cuisine et j'ai su que je trouverais pratiquement impossible de te laisser repartir.

Il la buvait des yeux, comme le jour où elle lui avait avoué qu'elle l'aimait.

— Tu ne me l'avais jamais dit, chuchota-t-il. Et j'ai ressenti exactement la même chose. Tu le sais, n'est-ce pas ?

Elle l'embrassa pour dire que oui, elle le savait.

— Tu es sûr de vouloir un autre enfant ? demanda-t-elle. Les filles disaient toujours que j'étais un tyran, quand j'attendais Violet.

Son rire lui indiqua qu'il s'en souciait peu. Le cœur de Marnie se gonfla d'amour. Avec l'arrivée d'Ash à Carey Cove, c'était comme si sa vie avait été complétée. Il était la pièce manquante. Et la pensée d'ajouter un autre bébé à ce tableau, de l'avoir avec son mari à côté d'elle l'émouvait. Cela ne faisait pas partie de son plan, c'était certain. Mais ce serait bien qu'Ash ait un enfant à lui, même s'il était plus qu'un beau-père pour Violet. D'ailleurs, elle y avait déjà pensé. Elle le lui dit.

— Cette idée m'avait effleurée, mais je voulais que l'initiative vienne de toi, je pense. Le moment venu.

Elle but une gorgée de champagne et lui sourit. Avec son joli carré blond, elle était adorable.

— Je sais ce que tu as traversé pour avoir Violet, et moi avec Sam… Je savais que ce ne serait pas évident.

Il parlait librement de Sam et de Chloe, maintenant. Marnie lui avait dit de ne plus cacher les précieuses photos qu'il avait d'eux. La vie qu'il avait eue avec Chloe faisait partie de lui. Et le petit Sam avait un lien avec Violet, à travers eux. Un jour, ils parleraient de lui et de sa mère à leur fille.

— Je t'aime, Marnie. Tu as déjà fait de moi un papa. J'adore être le père de Violet, et je veux recommencer. Bientôt, j'espère. Avoir un autre enfant avec toi serait…

Ils étaient ensemble depuis un an, mais il leur semblait que cela faisait beaucoup plus longtemps. Ils aimaient vivre dans leur petite allée. Ils avaient parlé de s'installer dans un endroit un peu plus grand, d'acheter une maison ensemble. Mais ils n'allaient jamais très loin. Le cottage de Marnie était leur chez-eux. En outre, ils avaient une chambre supplémentaire à occuper. Pourquoi quitter le paradis ?

— Parfait ? termina Marnie pour lui.

Ils échangèrent un grand sourire. Ash l'attira à lui et l'embrassa sur le nez.

— Oui. Eh bien, il ne nous reste plus qu'à nous y mettre, sans pression. En outre, nous n'avons pas passé de temps dans le couloir, dernièrement. Ce serait un bon endroit pour commencer.

Ses yeux noisette foncèrent et se firent lascifs. Marnie secoua la tête, souriante.

— Tu es un coquin.

— Je sais, et tu adores ça.

Il lui donna un autre baiser.

— Je suis impatient d'avoir ce bébé. Je t'aime.

— Je t'aime aussi.

Avec le métier qu'ils faisaient, et l'expérience d'Ash, ils étaient bien placés pour savoir que les choses pouvaient mal se passer. Ou ne pas marcher. Mais Marnie pensa aussi à tous les bébés qui venaient au monde sans problème. Et elle savait que même en connaissant les risques, cela n'arrêtait pas les gens de procréer. C'était la vie. On lançait les dés, en espérant être heureux. C'était ce qu'ils allaient faire. Se battre pour leur bonheur. Et si le pire arrivait, chacun pourrait s'appuyer sur l'autre.

La future Mme Ellerington ne pouvait attendre d'agrandir leur famille. Elle était beaucoup plus heureuse que la fiancée qui se trouvait sur cette plage à Bali. Elle n'y retournerait pour rien au monde. Ici, à Carey Cove où elle avait planté ses racines, elle se sentait plus libre et pleine d'espoir qu'elle ne l'avait jamais été. Ce qui ne l'empêcherait pas de visiter d'autres parties du monde avec Ash et leurs enfants. Ce plan semblait en valoir la peine.

Mais Noël à Carey Cove était vraiment magique. Elle regarda autour d'elle leur famille et leurs amis. C'était vraiment un endroit spécial, et ce Noël ne serait pas différent du précédent. Il faisait partie du plan.

Vous avez aimé ces romans ? Retrouvez en numérique l'intégrale de votre série « Sages-femmes de Carey Cove » :

1. *Le Noël d'une sage-femme, Annie O'Neil*
2. *Retrouvailles à Carey Cove, Karin Baine*
3. *Surprise à la maternité, Ann McIntosh*
4. *Le baiser d'une sage-femme, Rachel Dove*